新潮文庫

負けんとき

ヴォーリズ満喜子の種まく日々

上巻

玉岡かおる著

新潮社版

10004

負けんとき　上巻　目次

下巻　目次

負けんとき——ヴォーリズ満喜子の種まく日々　上巻

写真提供　公益財団法人近江兄弟社

第一章 華族の娘

1

ごん、ごとん――。

手で投げ出された白木の独楽《こま》はそのまま落ちた。二限目の授業中とあって、ひっそり静かな職員室。油引きされた黒い木目の床の上に、独楽はみずからの形の傾きで倒れて横たわる。

「Well――it wouldn't.（ほら、だめだわ）」

英語でつぶやき、女教師は独楽を拾い上げる。明治の女性らしく庇髪《ひさしがみ》に結い上げた頭をかしげるさまは、大人とも思えない真剣さだ。大島紬《おおしまつむぎ》の着物の袖《そで》から伸びる彼女の白い手首を、十五歳の一柳《ひとつやなぎ》満喜子《まきこ》はその大きな瞳《ひとみ》をまるくしてみつめた。

独楽というのはひもを巻き付け、ほどける反動によって回すものだ。掌《てのひら》におさまるほどのさして大きくもないこんな独楽でも、ひもを用いずに回すのは不可能だろう。明治三十二年、文明開化を経たこの時でも、独楽は典型的な子供の遊びであったが、長くアメリカに暮らしたこの教師にはなじみがなかったのであろうか。

「Can you?（あなた、回せる？）」

ふいに鼻先に差し出された独楽に、一瞬ひるんで、いいえ、と首を振るのは大谷絹《おおたに》代だ。

「Then, you……（それならあなた）」

微動だにせずNoと答えるのは津田余那子《よなこ》。そして満喜子は、どうしよう、回してさしあげようかと迷っている。独楽は男児の遊び道具だが、兄たち三人とともに育った満喜子には苦手なものではない。名実ともにこの国における女子の最高学府と目される女子高等師範学校で、こんなものが回せるのはおそらく自分だけだろう。

しかし独楽が満喜子の前に出される前に、口を開いたのは教頭の野本志津だ。

「津田先生。この者たち、いかがいたしますか」

新任教諭の津田梅子はやっと独楽から目を放す。三人の少女が呼び出されてきた理由を、やっと思い出したという表情だ。オウム返しに、イカガイタシマスカ、とつぶ

やいて、

「Hmm《フーム》、この、おもちゃは、いけないのですね」

独楽、という名前が出てこないのは、やはり本当にそれを知らないらしい。なおも興味深く掌の上の独楽を眺めている。

「いいえ、独楽がいけないのではなくて——付け文の方です。男子学生からの」

それもあんな公衆の目の前で、と野本は付け加える。少女たちはいっせいに顔を上げた。思いも寄らない濡《ぬ》れぎぬだ。だが教師に向かって反論などは許されない。

事件が起きたのは今朝の登校時のことだった。

御茶の水近辺の通学路は複数の学校の生徒が一緒になる。だから、満喜子たち女高師の学生の集団を一人の男子学生が追い越しても、別段ふしぎな光景ではなかった。後ろから来た野本も、満喜子、余那子、絹代の三人が珍しく一緒に登校しているのをのどかに眺めていたのであった。ところがその男子学生は、三人を追い越しざま、半紙に包んだ何かを投げこんだ。

三人は固まったようにその場に立ち止まり、男子生徒はそのまま逃げ去ったため、付け文事件は未遂で終わった。野本が追いついてきた時には包みだけがその場に残り、詳細を調べるため、三人を呼び出したというわけだ。

「世の女学生の手本となるべき官立女子高等師範学校の生徒が、大勢の人前で堂々と男子学生と接触するなどもってのほかです」

違う、自分たちは何も知らない。三人の顔にはそんな抗議が現れていた。

「津田先生、この三人は学年の成績優秀者なのです」

だから他の学生を刺激しないよう、わざわざ授業中に呼び出したのだと、野本は自分の配慮を強調しつつ、津田に説明を始めた。

「この者たちの出自を申し上げましょうか。まず、横浜で大店《おおだな》を構える絹問屋の娘と、著名なキリスト者の学者の娘」

動と静、華やかなのと地味なのと。対極の特徴を持つ二大派閥を率いる絹代と余那子の二人がまず示された。津田がちらりと反応すると、余那子が慌《あわ》ててうつむいた。

「それに、もう一人は子爵《ししゃく》のご令嬢です」

今度は満喜子が小さくなった。事実は決して派閥の盟主というのではなく、満喜子の身分に敬意を表してついてくる従順な学友が何人かいるにすぎない。

「子爵――令嬢？」

独楽という単語を知らなかったのと同様、その意味がわからないかと野本は察し、

「子爵令嬢と申しますのは、princess《プリンセス》――大名の姫、とでも翻訳いたしましょうか」

そう説明した。さらに、本来ならば華族女学校へ進学しなければならない身分であるのを、満喜子に限り、官立の我が校で引き受けることになったが、それは異例のことだとつけ加えようとして、やっと、津田が華族女学校でも教鞭《きょうべん》を執っていることを思い出す。

津田の、まっすぐ自分をみつめる視線を、満喜子は居心地悪く受け止めたが、そっとそらして目を伏せた。常々、父から、お前の大きなその目は怖い、人の目をまっすぐ見てはいかん、とたしなめられていたからだ。それに、津田はやがてこう訊《き》くのではないか。藩主として一国を領したお殿様の娘が、なぜ平民の通う学校に？——と。満喜子が今まで何百回となく訊かれ、不審がられた疑問であった。華族の娘ばかりを集めた学校で教鞭を執る津田ならば、いっそう疑問に思うだろう。満喜子は反射的にそれの答えを頭の中で用意し始めた。

人はそれぞれ身分に応じた水域で暮らせば混乱を生むことはない。なのに、異なる環境にとびこんだことで、満喜子の存在はたえず小さな波紋を生んできた。

Hmm、とふたたび唸《うな》り、津田はたどたどしい日本語で言った。

「野本先生。お目が高い、と言うのですか、こんな時？」

訊かれた野本は意味がわからず、「は？」と聞き返した。津田は平然とまた訊いた。

「一高生です。野本先生ご秘蔵の三人に目をつけるとは、お目が高い。でしょう?」

ようやく意味がわかったものの、野本は思っていた反応とは違う津田の言葉に、神経質そうに眉間《みけん》に皺《しわ》を寄せる。津田はなお悪びれず、

「世間の目に留まり注目されないようでは、この国のフロンティアとは言えませんよねえ」

フロンティア、の発音があまりにみごとな米国式だったので、皆の視線は思わず津田の口元に集中した。我が国における女子教育の最高機関と位置づけられたこの学校で、津田は鳴り物入りで招かれた米国帰りの才媛《さいえん》なのだった。

「野本先生、そもそもこの子たちは、これを渡されただけなのでしょう?」

深刻ぶる野本に比べ、津田は淡々と言った。三人は、思いがけない展開に目を見張った。

「不届きな行為を責められるべきは、その男子学生だと私は思いますが」

「しかし津田先生、相手は一高の学生で……」

「おや。うちの生徒だから叱《しか》っていい? 一高だから叱れない? 一高でも零高でも、公衆の面前ではしたない行為をしたのはその男子学生。この娘《こ》らは被害者なのでは?」

ただたどしい日本語で津田は言い切り、ふたたび独楽をためつすがめつ眺め始めた。

「ここにこうして独楽があるということは、この娘たちは受け取ってはいないのです」

「おっ、おっしゃるとおりです、津田先生」

おさえきれずに絹代が言う。三人の顔がいっせいに輝いた。自分たちはただあの場にいただけで、野本の言う男子学生の不届きな行為とやらに、ただ巻き込まれたにすぎないのだ。

「お黙りなさい、大谷さん」

すかさず野本が叱った。だがもう怖くはない。津田が真実を見てくれる。明朗な裁きを下してくれる。変わり者と見えた津田だったのに、満喜子は敬意をこめてみつめ直した。

「君子は憂《うれ》えず懼《おそ》れず、ってことでしょうか、津田先生?」

意地悪そうに野本が窺《うかが》ったが、津田は無反応だった。外国育ちの彼女に、ただちに同じ『論語』から、徳は孤ならず必ず隣あり、などとやり返すだけの漢籍の素養がないのが残念だったが、形勢は逆転していた。野本のため息が、他に誰もいない職員室に満ちていく。

「あなたたち、今後はよくよく気をつけることです」

振り上げた拳《こぶし》を下ろすのに、野本にも理由が必要なのだった。

「いいですか、男子学生からのちょっかいであろうと、世間はあなたたち女学生に非があると見るのです。自分たちはそういう、世間から注目される者たちなのだと自覚なさい」

瓜田《かでん》に履《くつ》を納《い》れず、李下《りか》に冠を正さず、と野本の説教は長々と続いたが、処分がないならいくらでも聞いていられる。はい、と神妙にうなずく少女たちの心は明るい。

「では以上です。お行きなさい」

少女たちはとびあがらんばかりに「失礼いたします」と弾んだ挨拶《あいさつ》をすると、先を争うように出ていった。がたん、と大きな音で扉が閉められた時、野本はふたたびため息をついた。十五歳では嫁ぐために学校を辞める者もいるとはいえ、やはりまだまだ子供なのだ。

同時に、ごとっ、とさっきより大きな音がした。津田がまた独楽を床へと落としたのだ。

「Hmm……すみませんがミス野本、Can you?」

野本はもう一度ため息をつくほかはなかった。

解放された少女たちは校舎のはずれまで一列で来て立ち止まった。最後尾の余那子が後ろを振り返ったのは、教師が追ってこないことを確認したためだ。

「ああ、助かった。——どうなることかと思った」

同時に皆で息をついた。男子学生との校外接触などと、さすがに緊張すべき嫌疑であった。

「まったくもって、津田先生のおかげ。でも、恩人ではあるけど、変わった先生ね」

「しかたないわ。帰国したのは十七歳。私たちと変わらない年よ。それまでずっとアメリカで育った人ですもの」

庇《かば》ったのは余那子だった。なるほど津田梅子は、岩倉使節団が率いる第一回の女子留学生として、七歳の時に明治政府の官費でアメリカに渡り、十年もの歳月をかの地で過ごして帰った人物であった。帰国後、さらなる学究心に駆られ、再留学してアメリカの大学を卒業している。

「大学で学んだのは生物学だそうよ。つまり、この国ではまだ女に開かれていない理科系の学問。だから独楽のような、ふしぎな力学で動くものに興味をそそられるのかもしれないわね」

「ふうん、ヨナさん、あなたの名字も同じ津田というだけあって、よく知ってるのね」

ぴんと角の張った繻子《しゅす》のリボンが目印の絹代である。言われて余那子は顔をそらす。

「それにしても、とんだ濡れぎぬだったわ」

あらためて事件の発端に憤《いきどお》るかのように、絹代は難しい顔をして腕組みした。いつも学校には場違いな上質の着物を三日と続けて着て来ることがない生徒だが、ふだん華美を禁じる教師たちも、いっこうに注意するそぶりを見せない。本人の成績がよいことに加え、富商の父親が、折にふれ教師たちに付け届けを怠らないからであろう。学校の中に怖いものなどないかのごとくふるまう絹代は、相手が華族の娘であろうと遠慮はない。

「ねえ。あなたでしょう、おマキさま。あの一高生が付け文しようとした相手は」

ここまで不躾《ぶしつけ》な学友は他になく、満喜子はえっ、と詰まって、ただ目を大きく見開いた。

「知らないわ、私。――どうして、どうして私だっておっしゃるの？」

言われっぱなしにはせず問い返すだけがせいいっぱいだ。むろん絹代は怯《ひる》まない。

「言いましょうか。それはね、あの男子学生の身になってみれば簡単なことよ。付け文する気なら前から現場を調べて準備するはず。とすると、いつもは違う道から人力車で登校する私は除外だわ。たまたま今朝だけ停車場を通ったのだもの」

たしかに、毎日人力車に乗って通う絹代は、皆と同じに通学路を歩くことはない。今朝は、余那子と満喜子が路上で立ち話するのを認めて車を降りてきたのだ。

「じゃあヨナさんだって考えられる」

うろたえながら満喜子は反論する。それでも絹代は動じない。

「いいえ、あの角度。男子学生が正確に独楽《こま》を投げ込むつもりなら、ヨナさんは遠い。いちばん確実なのは、あの人からもっとも近いところにいたおマキさま、あなたよ」

もとより頭のいい娘であった。津田のおかげで無罪放免されたとはいえ、彼女なりに朝の事件を解決したいのであった。満喜子はただうろたえるほかはない。

「知らないわ……きっと誰でもよかったんじゃない」

「もういいじゃないの、津田先生のおっしゃるとおり、誰も受け取ってはいないのだから」

こんな時も冷静なのは余那子だった。未遂で終わった行為がいったいどういう意図でなされたのか、今となっては男子学生本人のみぞ知る、ということだ。

「そうね、あなたを子爵令嬢と知って狙《ねら》ったなら、世が世ならお手打ちね」

またそこへもどるのか。実は今朝も、三人は登校中の路上でそのやりとりの最中だった。

——大名のお姫様だからって図に乗らないで、おマキさま。

——おやめなさいよ、絹代さん、いくらなんでもこんなところで。江戸城へ登城中の殿様ならば、駕籠《かご》の待ち伏せ訴状はお手打ちよ。

馬鹿《ばか》な、と満喜子は取り合わずにいた。百姓らが年貢《ねんぐ》減免について直訴したのは父の時代までは実際にあったことだが、父が領した播州《ばんしゅう》小野はゆたかな土地で、一度もそんな事件がなかったと聞いている。

だが余裕に満ちた満喜子の態度が、絹代にはますます腹立たしかったのだろう、挑みかからんばかりに身を乗り出したところへ、独楽が投げ込まれたのだった。

「それにしてもあの一高生、なかなかの美男子だったことよ」

うそぶく絹代。そしてそれを恐れることなく非難できるのは余那子だけだ。

「絹代さん。あなた、学校に歌舞伎《かぶき》の市川団十郎の姿絵なんか持ってきて、あれだってみつかったら呼び出しだけではすまないんだから」

しかし絹代も引いてはいない。

「九代目の『勧進帳』は一世一代の語り草よ。そんなことにも興味ありませんって顔して、お高く止まってなきゃいけないご身分って、ほんとに不自由だこと」

また自分か。何かにつけ張り合ってくる絹代に、満喜子は今日という今日は辟易《へきえき》した。

「おやめなさいってば。――教室にもどったら、きっとみんな、興味津々《しんしん》で聞きたがるわよ。私たち、運命は一緒なのよ。団結しておかなきゃ」

余那子の言う通りだ。優等生の三人には授業の進み具合は心配ないとはいえ、二限目を抜けての呼び出しは、他の級友たちの、なにごとかとの興味をそそっていることだろう。

「何か三人で研究発表を指示されたことにでもしましょう」

うなずきながら、満喜子は、運命は一緒、という余那子の言葉をかみしめた。

その日はいつもより早足で下校した。無罪放免になったのだから、学校から家庭に何らか連絡があるとは思えなかったが、どうも落ち着かなかった。

小石川のわが家までは四里（約二・六キロ）もある。雨の日も、夏陽が強く照りつける日も、満喜子は伴《とも》もなしに通い続ける。六年生まで学年がある女子高等師範学校の、今、最終学年を通う道である。けっして遠くないとは言えなかったが、慣れてしまえば苦ではない。

風格のある土塀を曲がり、長屋門まで。わが家というのに満喜子はそっと深呼吸する。毎日帰るべき場所でありながら、そのつど身構えなければ、今までいた開放的な町なかとの落差が大きすぎる。播州小野藩一万石の元江戸屋敷が、満喜子の「わが家」なのだった。

一柳家は無城の外様《とざま》ではあるが代々五位相当を賜り、二百六十年ちかくにおよぶ江戸城内の参内では、柳の間詰めに列した大名家である。父はその最後の藩主、一柳末徳《すえのり》。明治維新でその地位を返上してからは、子爵《ししゃく》に叙せられて東京住まいとなり、第一回帝国議会の開催後は貴族院議員として天皇の召集を受け、国政に出仕している華族であった。

いかめしい屋敷の門先では、家紋の〝丸に釘抜《くぎぬ》き〟紋を打ち出した大提灯《おおぢょうちん》が見下ろしていた。戦国時代に幾多の功績をもって天下人に仕えた武家の誉れがそこにある。

かつて江戸における公邸として何人もの武士が詰めていた屋敷は、廃藩置県後、どこの藩でも売りに出されて殿様一家は洋風の家に移ったりしていたが、一柳家では満喜子が子供の頃に出火があって、燃え残った棟だけが使われている。もともと小藩ゆえに広すぎはしないが、古いために、静けさだけが太い柱や梁《はり》にしみついたような感があった。

ただいま、と小さく言って上がっていくのは通用口だ。玄関は勅使口と呼ぶように正式な来客だけが使うものとされており、常に衝立《ついたて》でふさがれていた。そこを飾るみごとな書は、父が東京に出てきたばかりの頃、心酔して師事した福沢諭吉の揮毫《きごう》だという。

天ハ人ノ上ニ人ヲ造ラズ　人ノ下ニ人ヲ造ラズ——人はみな平等である、と説いたものだと聞いている。満喜子はこれを見るたび、複雑な思いにとらわれる。人の上には人がいる。自分たち華族はやはり平民と同じではないし、同じであってはならないからこそ努力もする。

——おマキが一人の娘に成長する頃は、日本の女も、もっと自分の力で生きられるようになっておろう。その時、どんな場所でも生きていける女になっていなければ。

そんな母の願いから、華族学校には行かず平民とともに学ぶ女学校に入ったことは自覚していた。だが、そこではいやでも皆とは違う自分を思い知らされる。けっして型にはまるまいと努めはしても、人は満喜子を華族の娘としてしか見ないのだ。あの絹代のように。

学校でのいやな思いをこめて衝立を眺めていると、

「おマキさま。――お帰りなさいませ」

背後からおそるおそる声をかけた者がいる。それは、すっかり声変わりして低い声になっていたが、満喜子と同い年の乳兄弟、斯波佑之進《しばゆうのしん》だった。学生服の襟元に一高の徽章《きしょう》が光っている。今朝方も会ったその顔に、満喜子は思わず言いつのった。

「佑《ゆう》ったら、今朝のあれはいったい何のつもりだったの？　説明して」

いくら子供の頃に一緒に育った仲といっても、互いに十五歳の学生になった今は、家の外で気安く話などしたことはない。怒りが満喜子を勢いづかせた。

「申し訳ありません。――おとがめがありましたか」

あたりまえだ。あれから自分たちがどんな目にあったと思っているのだ。

独楽を持って濠端《ほりばた》に現れ満喜子らの間に投げ込んだのはこの男、佑之進なのだった。

眉《まゆ》をつり上げる満喜子に、佑之進はひたすらすみませんと小さくなる。

「あの者、あまりにおマキさまに対して無礼ゆえ」

思い出すだに腹立たしげに言う佑之進。そうか、彼は絹代が自分に食ってかかる様子を見て、黙らせるために独楽を投げ込んだりしたのだったか。たしかに三人とも、降ってわいた独楽の出現に、驚かされて動けなくなってしまったのだから、彼のもくろみは当たったった。

「なぜにあのようにおマキさまを目の仇《かたき》にするのです？」

許されるなら斬《き》って捨てたと言わんばかりの佑之進だ。満喜子は苦笑する。

ことの発端は和裁の教科で、満喜子の作品が教師から名指しで〝秀〟を贈られ褒めそやされたことだった。夜も眠らず懸命に仕上げた満喜子にとっては、何よりうれしい評価であった。

ところがそれが不服の絹代は、登校中の車の中から満喜子をみつけると、おさえきれずに降りてきて思いをぶつけてきたのだった。

——先生は一柳さんばかりお褒めになる。でもあの提出物、ご自分でなさったの？お姫様に代わってお女中が仕上げたのではありませんの？

言いがかりにも等しいその言いようにむっとした。だが敵は一人ではなかった。

——ほんとに、どうして華族学校に行かず、我々しもじもの者の来る学校においでなの？

傍若無人な絹代をまるで援護するかのようにたたみかけるのは余那子であった。ふだんはまったく絹代と接点のない、勉強ひとすじの生徒だが、今回は満喜子に成績優秀をさらわれたのがよほど悔しかったらしく、絹代と一致したようだ。

——次からは無記名で作品を提出して採点していただくのはいかが？

豪商と学者、今の社会を動かす階級にあるゆえに、飾りものでしかない階級に対抗する思いはかえって強いのだ。みながはばかる子爵令嬢であってすら遠慮はない。

――失礼はごめんあそばせ。でもね、今は明治の御代《みよ》ですことよ、四民平等の世ですことよ。

おそらく一昔前の自分の立場であれば、ひとこと、「無礼者」と叫べばすむのかもしれなかった。だが一昔前なら、こんなふうに屋敷の奥から出て身分の異なる学友と交わることもなかった。その現実をわきまえるだけの賢さが満喜子にはある。何も言えず何もできず、心のうちでたぎる怒りに大きく肩を怒らせた瞬間、独楽が投げ込まれたのだった。

「じゃあ、佑之進はずっと私たちの後をつけて、聞いていたの？」

「人聞きの悪い。下見ですよ、調査ですよ。ほら、どんな独楽がいいか、実際にこれで遊ぶ小学生を見ればわかるかと、三日ほど、登校時間を合わせたのです」

そうだったのか、とすべての納得がいく。

小学生のために独楽を貸してほしいと佑之進にたのんだのは満喜子であった。高等部の最高学年になり、やがて実習で小学部の後輩たちを教えに行くことが決まっているので、その教材として使いたかったのだ。小学部の生徒たちに独楽を作らせ、どうやったらうまく回るか美しいか、研究させるというものだ。

「じゃあ、独楽と一緒にあった紙――あれには、何て書いてあったの？」

「ひもの巻き付け方を二例ほど」

「ほんとに？　それだけ？」

満喜子の怒気に押された佑之進が力なくうなずく。

そうか、野本は付け文と言ったが、そうではなかったのだ。今頃、津田先生がその図を見ながら夢中で独楽を回しているのではと想像したら、ほっとしたような、気が抜けたような。

「先生には、付け文だと言われたのよ？」

「付け文？」

にらみつけるとたちまちしどろもどろになるのは佑之進の方だ。

「まさか、そのような、おマキさまに、私が？」

ありえない、という反応に、かえって満喜子はむっとする。

「私だって、同じもらうなら佑之進でない殿方にもらいたいわ」

あれが付け文であった方がよかったのか悪かったのか。

「ご迷惑をおかけしたなら、かならず埋め合わせはさせていただきます」

律儀《りちぎ》に頭を下げて詫《わ》びる佑之進に、満喜子はふと思いつく。絹代らとのやりとりを、聞いていた彼ならば答えてくれるのではないか。あんな時、自分は何と答えるべきだったのか。

「佑ならどう言いますか？　その、面と向かって、相手に反論したい時」

身分を笠《かさ》に着るのではなく、根拠もなく傲慢《ごうまん》にふるまうのでもなく、対等に言い返したいのだ。だが満喜子はそうした言葉を知らない。

「そのようなこと。簡単ではありませんか。『御免蒙《こうむ》り候《そうろう》』。その一言でよろしいのでは」

大きな声で言ってやれば相手もこちらが嫌な思いをしていると知るであろうし、第一、胸がすっきりする。言われて、満喜子は目を見張る。

「虎《とら》は鼠《ねずみ》を本気で相手にしないものです。どんな言いがかりをつけられたところで相手にしないでいたなら何も起きない。でも言い返したなら、同じ鼠に成り下がります」

そのとおりだ。今まで誰もこんなに明快に言ってはくれなかった。

「もっとも、あの生意気な娘は、どう見ても鼠というよりキツネですね」

誰のことを言っているのかと思ったら、絹代のことのようだった。

「あのリボン。顔の割には大きすぎて、まるでおいなりさんの耳のようだ」

言われてみたら、絹代のリボンはしゃきっと角も尖《とが》って、たしかにキツネの耳を連想させる。だがそのキツネ娘に、佑之進は美男子だったと褒められたのだ。満喜子は笑い出さずにいられない。

「笑いごとではありませんよ。おマキさまはキツネに押し負けようとしていたのですから」

そうだった。それを見かねて独楽《こま》を投げ入れ、助け船を出してくれたというのが今朝のできごとの真相なのだ。

「失礼を申し上げたならお許しを」

佑之進はぺこりと頭を下げたが、満喜子はいいえ、と首を振った。人のことなら満喜子にも言える。自分のことであるから難しいのだ。

思えば彼も大人になったものだ。満喜子はまぶしく佑之進を見た。乳兄弟とはいうものの、屋敷の内でへだてなく遊んだのは互いに学校へ上がる六歳までで、どちらも母親を亡《な》くしてからはつなぐべき人もなくなって、さらに佑之進が十歳でその聡明《そうめい》さを買われ家中随一の資産家斯波家の養子となってからは、数年の無沙汰《ぶさた》が続いていた。彼が一高に合格してふたたび東京住まいとなったために、こうして屋敷への出入りが復活したのであった。

「今日も与七郎のおじさまと?」

訊《き》くまでもないことで、彼の養父《ちち》与七郎は、今や御用商人として浅からぬかかわりを持つようになっており、ことあるごとに一柳邸に出入りしていた。

「はい。養父は今朝方、蝦夷地《えぞち》からもどり、私の下宿を訪ねてまいりました。めずらしい品々があるとやらで、ちょうど今、御前《ごぜん》と親しく話をかわしているはず。おマキさまも、行かれてはいかがですか?」

彼の中ではいまだ満喜子を主君の娘と仰ぐ思いがあるのだろう。返して寄越す言葉遣いは昔のままに秩序を保った堅いものだ。同い年でも小柄な満喜子よりはぐんと背丈も伸び、見下ろされているようであるのに、へりくだったその言葉遣いがしぜんと満喜子を上に立たせる。

それでもさまざま立ち位置の逆転はあった。下宿と謙遜《けんそん》してはいるが、養父与七郎が東京に来る時の滞在先となる斯波家の別荘だった。その規模は、この一柳家の江戸屋敷をしのぐ立派なものだと聞いている。明治の世となり、実業で身を立てる斯波家は欧米から取り入れた新しい事業に次々成功し、その財力において日の出の勢いと言われていた。

「いいえ、私などが同席すればまた父上がお怒りになる」

全国を飛び回る与七郎の来訪は新鮮な風が吹き込むように刺激的で、満喜子として も珍しい話を聞きたい気持ちはいっぱいなのだが、父は娘であっても、女の同席を嫌った。

「おマキさま、お戻りなのですか？」

屋敷の内から声がした。今の声で、庭に誰かいると気づかれたのだろう。呼んでいるのは奥向きのすべての用を取り仕切っている志乃《しの》だった。

「はい。ただいま」

答えておいて、佑之進を見る。お行きなさい、と目が笑っている。こうやって直接に話す機会はそうそうないだけに、彼とうちとけて話した時間が名残惜しい気さえする。

「では、また独楽をよろしく」

取り上げられてしまった独楽の代わりをもう一度届けてもらわなければならない。

「はい、調査は終わりましたから、またこちらの方へお届けいたします」

思えば独楽は、満喜子と佑之進が共通して持つもっとも古い記憶につながるものだった。二人がまだ四歳、少なくとも五歳になるかならないかだから、明治二十一年の頃のこと。

満喜子が泣いて泣いてあまりにも激しく泣き続けたために、あやうく引きつけを起こしかけたことがあった。なんとか泣き止《や》ませ落ち着かせたいとのはからいから呼び出されたのが、その日たまたま屋敷を訪れていた佑之進だった。同じ子供どうし、遊ぶなり何なり、気が紛れれば楽になるのではないかとの思惑からだった。

そこまで激しく泣いた原因は、満喜子が父の不興を買い、ひどく叱《しか》られ責められたためと佑之進は聞かされている。彼の父は小野藩勘定方《かんじょうがた》、満喜子の父末徳の家臣。そして母は満喜子に乳を与えた乳母になる。父母から聞く末徳は、昔ながらの殿様気質で、独裁的な態度は改まらず、妻子や家来衆にしじゅう癇癪《かんしゃく》を起こして嵐《あらし》をもたらすお人、という印象だった。

——佑之進、おマキが殿にひどう叱られてのう。泣きやむよう、遊んでやっておくれ。

いきなり大人たちにそう言われても、どう遊んでいいものか。佑之進は困ったように母親を振り返ったことを覚えている。そして不安げにこう訊いたことも。

——姉上は？　ナツ姉さまは？

姉は満喜子付きのねえやとして奉公に上がっており、何かとたよれる存在だったのだ。

しかし、姉の名を出したとたん、それが禁句であったことを佑之進は激しく悟らされる。突然、満喜子は、またすすりあげて震える声で、

——ナツ。……ナツを呼んで。

母の栄子の着物をつかんだまま、泣きはらした目で佑之進を見たのであった。

——さあさあ、おマキ。佑之進は、おまえの大好きなナツの、血のつながった弟なのですよ。何かおもしろいことをして、一緒に遊んだらいかが？

困りながらも、栄子はやさしく満喜子の頭をなでて言った。

佑之進に何ができたであろう。さっきまで満喜子の兄たちと庭で夢中になって興じていた独楽を取り出すほかには。

そしてそれはてきめん、すすりあげる少女の興味を惹《ひ》きつけた。

——おマキ、見ていてごらん。佑之進は上手だから、おもしろいぞ。

その一言が、少年の功名心に火をつけた。満喜子はおそらく初めて見るのだろう。

真剣な目をこらし、まるで機械仕掛けのように紐《ひも》を巻き付け、そして思い切りよく独楽を投げ放つ。それを床でぴんと立たせて回すことなど、佑之進には朝飯前だった。

しゅたっ、ごりごりごり……。独楽はみごとに回り始めた。

大人たちも黙って独楽を凝視する。満喜子の気管がたてるちいさなひきつけ音の他には、定かな物音など何もない奥座敷。その静寂の場を、独楽は、音のある領域と音のない場所、はっきり二つに切り分けて、しゅるるる、と迷いなく回転しつづけた。回って回って、栄子ら母子の方へと進んでいって、そして膝《ひざ》に当たって均衡を崩した。かと思うと、ぐらぐら揺れて傾き、力尽きて回転を止めた。

ことん。独楽が倒れる音とともに、ふしぎな時間が流れた。

皆は気づいた。いつか満喜子が泣きやんでいたことに。

佑之進のお手柄じゃ、と、その後たいそうなご褒美《ほうび》をもらったことは忘れない。栄子から、彼自身の母親から、そして、姉のナツからも。

実の姉ナツはこの時十五歳。しかし驚いたことに、座敷に現れた姉は、御台《みだい》様の栄子なみの立派な着物の裾《すそ》をぎこちなく引いた、昨日までとは別人のような姿であった。

この姉を、満喜子が捜していたことを思いだし、思わず弟としての親しさから「ナツ姉さま」と呼びかけたが、たちまち母から「これっ」とたしなめられた。

――これよりはそなたの姉とはいえ、蓉子《ようこ》さまとお呼びなされ。

そう諭されたのが悪い冗談のようで信じられなかった。姉のナツが当主末徳の側室に上がったと理解できるにいたるには、佑之進にはまだ数年の歳月が必要だったのだ。

姉がそういう地位になったおかげで、一柳家への出入りの縁は切れることはなかった。まして彼女が女児を生んでからは、いっそう頻繁な用向きができた。満喜子には異母妹、佑之進には実の姪《めい》になる千恵子は、どうも発育が遅く、周囲の助けを必要とする子供であったからだ。

この日も、玄関先で佑之進と話していた満喜子が奥から呼ばれた理由は千恵子だった。

「お帰りだったんなら、早く手伝っていただきたかったものを」

皮肉めかして満喜子を見下ろす志乃は、母の栄子が生きていたならこの年頃かと思わせるような中年女だ。さして美しいというわけでもないが、たっぷりとした黒髪のゆたかさが妖艶《ようえん》さをかもしだしているのは否《いな》めない。

「お客様がおみえなのですよ。でも蓉子さまはチエさまに手を取られているものですから」

きっと千恵子に喘息《ぜんそく》の発作が出たのだろう。手当には皆がかかりっきりになる。

「斯波さまでしょう? 今、佑之進に会いました」

「ご存じでしたなら、ぜひお客様へのお茶出しをお願いしたいのですけれど」

「私が、ですか?」

大きな目でみつめかえすと、志乃がわずかにひるむのがわかる。

志乃との位置関係は微妙であった。父の妾《めかけ》であるのだから使用人ともいえるのだが、まだ子供にすぎない満喜子にとってはいろいろ世話になるこの家の主婦でもある。志乃も満喜子を扱いかねているのは同様で、末徳の第一息女であり満喜子の異母姉になる喜久子を生んだからには、満喜子に「義母《はは》」と呼ばせたいのはやまやまでも、正式に後妻でない以上、へりくだりつつ目上としての威儀も正すという、複雑な態度をとるしかなかった。

「ええ、お願いしますよ。やがて灯はお持ちしますが、奥は夕餉《ゆうげ》の仕度で忙しくて」

志乃は栄子が次男の恵三をみごもっている時に末徳の手がついた女だ。栄子亡き後、末徳は正式には誰を後妻に、とは据えなかったものの、先に部屋をもらった経緯や、他の女たちより年上であることなどから、自然、主導権を握る立場になっていた。

「わかりました。お茶をお持ちすればいいのですね?」

貴人台に置かれた茶碗《ちゃわん》が二つ、すでにお盆の上に用意されていた。

武家屋敷では、台所は北向きの寒々した場所に離れてあり、そこから表の座敷へ向かう廊下はひたすら長く暗く感じられる。家族が暮らす奥の居住区はあまり日の射《さ》さない小さな中庭で表の客間や書院と区切られており、雨ざらしになってきしむ縁側を渡っていくのは、まるで異界へわたるきざはしを行くようだ。前栽《せんざい》の植え込みから何か得体の知れない黒いものがわき出してくる、そんな錯覚があるのは、片隅にある古井戸で小さな弟が死んだせいであろうか。千恵子の下に生まれた亮は三歳を祝わず事故で逝《い》った。

クロアルジ。そう呼んでいた、暗く陰湿なこの家の空気。

思い出す。それは自分が寝ていた座敷の闇《やみ》の中にもひそんでいた。

御前、と小さなあえぎ声。乱れた息づかいとくぐもる声で、おやめください、おマキさまが目を覚まします。——名前を呼ばれた気がして目が覚めた。隣で添い寝をしていたねえやのナツだ。あらがう気配と動きやまない異常な気配。ナツの上に、誰かいる——。

おそるおそる寝返りを打ち、闇に目を凝らした。ナツの上にのしかかり激しく体を揺すって動くもの。目と目が合い、黒い影は動きをやめた。目をそらさずに満喜子は見つめた。

クロアルジだ。その邪悪な目の輝きが、夜の暗がりの中で光っている。表の庭の闇の淵《ふち》から這《は》い出てきて、かわいそうにナツを餌食《えじき》につかまえにきたのだ。

次の瞬間、四歳の満喜子は恐怖のあまり金切り声を上げていた。ナツが、黒く大きくおそろしいものに組み伏せられ、あらわになった肌ごと食いつぶされていく。

誰か助けて。この怪物をナツから追い払って。悲鳴は屋敷に響き渡った。

あれはいけないことだったのか。悲鳴に驚き、目覚めた栄子は迅速だった。女中たちよりすばやくランプに火を入れ、逃げる暇とてなかったクロアルジを灯りの下にさらしてしまう。そこには下帯すらも身にまとわず、出っ張ってきた下腹を醜く突き出す末徳がいた。

凍りつく女たち。髷《まげ》も乱れたナツは顔も上げられず、かき寄せた襦袢《じゅばん》を必死でまとう。

――騒ぐでない。お栄、ナツには今後、部屋をくれてやれ。

憮然《ぶぜん》として開き直る末徳に、栄子は目を伏せ「はい」と答えるほかはない。このような乱行は何も今に始まったことではなかったのだ。満喜子はまだ恐怖にふるえ、栄子に抱きしめられていた。何がどうなったのかはわからない。ただ大人たちの異常な気配の中で、みずから身を守ることのできない弱者の恐怖が身に迫り、父への嫌悪感《けんおかん》だけがそそりたっていた。そしてもっとも忌《い》むべきことに、あの悲鳴で、満喜子がクロアルジを灯りの下に暴《あば》いたことで、ナツは公然と父に取り上げられてしまったのだ。

その後、佑之進が連れられてくるに至る状況は、今日もはっきり覚えていた。

――ナツを返して。お父さまには、ナツのほかにもねえやがいるでしょう。

満喜子の要求にいちばん困ったのは栄子であったろう。まだ何一つ自分ではこなせぬ幼い子供の要求は正当なものだった。世間には嫁に出るまでねえやの手が必要な高貴な娘たちもいる。だがこの家では、満喜子の全世界を決定するのは母ではなく父なのだった。

――うるさい。もうねえやのことなど口にするな。

怒声とともに満喜子の目の中で火花が散った。平手で頭を殴られたのだ。小さな体がふっとび、畳の上に仰向けに倒れた。強烈な痛みと恐怖。体が縮んでがくがく震えていた。

――何をご無体な。相手はちいさな子供ですのに。

慌《あわ》てて抱き上げ庇《かば》ってくれたのは母だった。

――そのような愚かな子供は捨ててしまえ。我が家には他にも子はおるのだ。

隠微な褥《しとね》の暗がりの中で、目と目が合ってしまった父と娘の不幸であった。満喜子は父に、身震いするばかりの嫌悪をぬぐいきれず、父の側でも、勘の鋭いこの娘が疎《うと》ましかった。

捨てられる、捨てられる、母と別れて、あの暗がりの中に捨てられる。それはこの関係において実際ありうることで、肋骨《ろっこつ》が音をたてて縮み上がるほどの恐ろしい宣告だった。体の底から悲鳴が洩《も》れた。母が抱きしめてくれなければさらに鋭い叫び声になっただろう。

そんなに泣いたら引きつけを起こしてしまう。栄子はなんとか満喜子の興奮を静めようとしたがおさまらず、それで少年が召し出されてきたのであった。

乳兄弟の佑之進だ。ごうごうと全身で泣く満喜子を前に驚いたろうが、独楽《こま》を取り出すと上手に回した。座敷の上を、独楽は揺らぐことなくまっすぐ立って、回り、滑り続けた。すすりあげる呼吸に頭を揺らしながらも、満喜子は独楽に目を奪われた。静止していた時には金や銀や、青の糸が線を描いていたはずなのに、回り出したらたちどころに一色に溶け、明るい緑色の円盤になってしまうふしぎ。

忘れることだ。考えぬことだ。おそろしいものには目を向けず、かかわらなければきれいでやさしいものだけ見ていられる。それは満喜子の悟りであったのだろうか。みずから求めず、むやみに立ち上がることをしないでいれば嵐はいつか過ぎ去っていく。胸の痙攣《けいれん》はゆるやかになり、しだいに楽になっていった。独楽は、泣いた満喜子の苦しみからの解放の使者であったのだ。

お部屋さまとなったナツは身ごもり、同じ屋敷にいても遠い存在となった。

ナツ、一人になって、寂しいよ。――もう少し大きかったならそう言えただろう。ナツを追うこの感情が、人を恋うるゆえの寂しさであることを、満喜子はまだ知らなかった。

ふしぎなことはさらに起きた。ある日学校から帰ったら見知らぬ赤ん坊がいた。黒い物《もの》の怪《け》となった大人の男が、吐く息も荒く女の体を食らった後に、その腹の中に植え付けたものであるとはうすうすわかった。口さがない女中らの口から、その後もナツの部屋では、あの暗がりの中のおどろおどろしい行為が繰り返されているのは察せられた。

ならばこれはクロアルジの分身か。すやすや眠っているのはつかのまで、真っ赤な顔をしかめてぐずりだし、やがて火がついたように泣き叫ぶ。満喜子はひるんで後ずさる。

――おマキさまの妹でございますよ。

妹？　女中たちがほほえみながら言うのを呆然《ぼうぜん》と聞いた。嘘《うそ》だ、この小獣が妹など。だがその生き物はたちまち大きく人間らしくなり、這い始めたかと思うと立ち上がって歩き出し、満喜子を認めて笑うようになった。何がどうなっているか、納得できずにいるうち〝妹〟はすっかり満喜子の世界の一員となり、いつかかわいいとさえ思うようになっていた。

チエさま——自分の姉が生んだ、血の繋《つな》がった姪のことを、佑之進はそう呼んだ。

そう、佑之進とは独楽のほかにもう一つ、共有したものが千恵子であった。

この小獣を、彼はほとばしるような笑顔で抱き上げ、あるいはおんぶし、こまやかに面倒をみた。そのやりかたを見て満喜子は妹の愛し方を学んでいったといってよい。それは自分を泣きやませた独楽の晴れやかさと同じ、やさしくあたたかな記憶であった。

千恵子は満喜子を見ると後を追って喜びを表したが、いつまでたっても喋《しゃべ》ることをしなかった。当初は発達に障害があるかとも思われたほどで、愚鈍なまでにのんびりとした性質に、末徳ははっきり嫌悪を示し、一度も抱こうとしなかった。何年かたって彼女の下に亮という男児が生まれてからはなおさらだった。家督相続に関わる権利を有する末子に、母であるナツ自身、他のものが目に入らぬほどに溺《おぼ》れていく。

だがクロアルジの瘴気《しょうき》は確実にこの家をむしばんでいった。母が亡《な》くなったのは、明治二十六年、満喜子が九歳の時である。

彼女が嫁いで来た時、末徳にはすでに側女《そばめ》がおり子供もあった。また次々と家の内外の女に手を付けては淫行《いんこう》に耽《ふけ》った。いくら栄子が女の道をわきまえていても、姫君育ちが自分より身分の低い女に夫の愛を勝ち誇られるのは耐え難かったであろう。その気苦労がたたったか、栄子は長く病床に伏したあげくにこの世を去ったのだ。

今、満喜子は父の愛人である女二人と、それらが生んだ異母姉妹とともに、一つ屋根の下で同居している。抱き留めてくれる人のぬくもりどころか、明るい会話すらなく、あるのは互いに窺《うかが》い合う張り詰めた空気だけ。わずかになごむものがあるとしたら、父にかえりみられないがゆえに哀れでいとおしい妹と、そして、彼女を気遣ってしばしば屋敷を訪れる佑之進の存在だけだった。母亡き後のこの家の、光と陰といえるだろう。

そんな歴史を通過しながら、満喜子は客人用の茶を運んで縁側をわたる。

表の書院では、上座に父、それに向かい合って恰幅《かっぷく》のいい壮年の男が座っていた。濡《ぬ》れたように光沢を放つ上質な羊毛地の上着、顎《あご》をふちどる手入れの行き届いた髭《ひげ》。洋装がみごとに板についたその男、斯波与七郎は、佑之進の養父であり、もとは国元の小野で回漕《かいそう》業を営み河合屋《かわいや》と名乗っていた商家の当主であった。

もっとも、足利《あしかが》時代にその由緒《ゆいしょ》がさかのぼる斯波の名字は、明治になって士族の株とともに金で買ったものである。才覚ひとつで国元に河合御殿と呼ばれる豪邸を構えるまでの財力を築いているのであるから、彼に買えないものなどないであろう。これまでの自信とこれからの野望が、一度見たら忘れられない強い存在感となって与七郎から放たれていた。

前に進んで茶を置くと、その与七郎が晴れやかに声をかけた。

「これはおマキさまでございましょうか？」

満喜子もにっこり、受け止める。

「斯波のおじさま、お久しぶりです。ようこそおいでなさいました」

訪れるたび、兄たち一人一人に珍しい書籍や文房具をおみやげにたずさえ、満喜子にも美しい箱根細工の裁縫箱など、いつも気の利《き》いた品を贈ってくれる与七郎だ。異母姉妹の喜久子や千恵子にも同様だが、満喜子には一段いいものを選んでくれているのは明らかで、子供心にもそれがうれしく、彼の来訪が待ち遠しかった。

今回は末徳が正四位に叙されたのを、賑々《にぎにぎ》しく祝いに来たのだった。

末徳は小野藩主の座を継いだばかりの青年の頃、世に言う蛤御門《はまぐりごもん》の変において、宮中警護の任を果たした功で、孝明天皇に拝謁《はいえつ》する栄誉をたまわった。その折、従五位《じゅごい》下、対馬守《つしまのかみ》に叙任されたのが何よりの自慢であった。それから四十年ちかい歳月をかけての昇進である。末徳の有頂天を察し、与七郎は尋常でない祝いの品を持参してきたようだった。

「北海道から持ち帰りました鮭《さけ》の缶詰でございます。鮭など珍しくもありませんが、缶詰というのは西洋人が考え出した技術でして、中を真空にすれば腐らないのでございます」

与七郎は政府が推進する北海道の開拓事業に積極的に参入していることもあり、貴族院議員を務める末徳にとっては、現地の事情を知るまたとない情報源でもある。

「乾燥させた茶や海苔《のり》というならともかく、魚肉とはのう」

缶詰を手に取り、末徳は裏返したり倒したりして眺めている。

「貿易をやる以上、貧しい日本が外国に輸出できる品といえば、無尽蔵に獲《と》れる魚ぐらいですが、あいにく干物か塩漬けしか方法がない。しかし缶詰にすれば水煮を売買できます」

「西洋の文明とはどこまでもたいしたものだのう」

客に茶を出した距離の近さから、満喜子も同じものを眺めて驚嘆する。

「河合屋、そなたのような先見の明があればこそ、新しい商売も興《おこ》せるのだな」

「なんの、まだまだ。同じ商人でも、この缶詰に目をつけた近江《おうみ》商人にはかないませぬ」

のちに深い縁があったと知ることになる地、近江の名を、満喜子がそうとは知らずに初めて耳にした瞬間だった。

「なにしろ近江商人は織田信長の昔から、西へ東へ、全国に向けてこれと見込んだ品を持ち下り、その版図は九州、四国、みちのく、蝦夷地《えぞち》にまでも及んでおったのです。いや、その壮大なこと。ちんまり上方だけ行き来していた私など、恥ずかしいほどでございます」

「なんと、近江とはまた奇遇な。当家始祖三代目の一柳直末公は、主君の豊臣秀次《とよとみひでつぐ》どのの命によって近江八幡《おうみはちまん》の城下町を築くとき、その町割りを請け負った奉行をつとめたと聞いておる」

「御意にございます。直末公は秀次どのからいたく重用され、屋敷を頂戴《ちょうだい》した場所にはお名前がついたとか。幼名の市助という名をとって、市助町。今では仲屋町《すわいちょう》と申しますが」

江戸と呼ばれた小さな町しか知らない満喜子にとってはさらに広範な話であった。遠い近江への広がりだけではなく、はるか戦国の世まで時も飛ぶ。

「おマキ、そこで何をしておる。用がすんだなら下がってよいぞ」

見とがめた末徳が鋭く言った。はっとして膝《ひざ》を立てる。それを与七郎が、庇って言った。

「いやいや今少し、この場にて、どうぞ。なんともおマキさまは、亡くなられた御台《みだい》様によう似ていらしたなあ」

父の怒気にひるむ満喜子を救う声だ。誰も言ってはくれないお世辞も喜ばしい。母に似ていないとは百も承知の満喜子である。涼やかな切れ長の目をした小粋《こいき》な顔だちの栄子に比べ、満喜子は丸顔で子供そのもの。残された写真が二人の違いを示していた。どうやら満喜子は、互いに好きとは言えない父の方に似たらしい。それでも、もうこの家で母のことを語る人もいない中、彼がこうして話題にしてくれることがうれしいのだ。

「ご教養の深い、近代婦人のさきがけのようなお方でございましたが、おマキさまも女学生になられて、先が楽しみですな、御前」

しかし末徳はふん、と顔をそむけ、即座にうち消す。

「似られては困る。あの高慢で、強情で、権高い母親には」

思わず満喜子は唇を噛《か》む。死んだ母の悪口だけで、父には敵意を抱いてしまいそうだった。

それは今に始まったことではない。幼い頃から、母を罵《ののし》り大声を出し、時には手を挙げることも少なくなかった父の乱暴な姿を、満喜子は何度も目にしていた。両親が仲むつまじい夫婦でなかった事実は、子供心に刻まれている。

無理もなかった。そもそも栄子の輿入《こしい》れは一柳家という関ヶ原以来の大名家を守り継承するための縁組みであった。播磨《はりま》一柳家の血統は、末徳の先代にあたる第十代当主、末彦《すえよし》を最後として断絶してしまったからである。末徳はその危機を救った末期養《まつご》子であった。

彼は元来、播磨一柳家とはゆかりのない丹波《たんば》綾部《あやべ》藩九鬼《くき》家の五男坊だ。それが十二歳のとき一柳家に入り、戦国以来のこの家をなんとか幕末まで長らえさせたのである。一柳家の血統が一滴も流れていない若者を当主と仰ぐにあたっては、国元の家老たちが知恵をしぼることになった。関ヶ原の後、一柳家は本家を四国に置き、播磨はその飛び地として分家が領した経緯を持つ。当の本家はとうに断絶してしまったが、播磨と並行して伊予《いよ》小松にも、もう一つの分家が幕末まで家名を保っていた。栄子はその一柳の姫だったのである。家老たちは、この姫を正室に迎えることで、せめても戦国以来の一柳家の血を組み込もうと考えたのだった。

しぜん、伊予一柳の側には、大きな使命と、自分たちこそ血統のつながる者という矜持《きょうじ》がある。末徳は、姫君育ちの栄子の中に、いやでも重圧を感じずにはいられなかったろう。

栄子は未来の一柳家を継ぐべき三人の男児をたて続けに生んだ。断絶する宿命にあった家は、こうして命脈を保ったのだ。その手柄は、栄子の方により多くある。

「逝《ゆ》かれて何年になりますかな」

政略によって結ばれた夫婦の葛藤《かっとう》を察し、与七郎が話の流れを変えようとする。

「もう七年になろうかのう」

「六年です」

すばやく訂正した満喜子に、末徳はあからさまにむっとした。お忘れですかと問い詰めたかったが、逆に、父から怒鳴られた。

「おマキ、そのように人の目をまっすぐ見るのは不躾《ぶしつけ》ぞ。お前のその目は人を威嚇《いかく》する」

うなだれはしたが、謝りはしない。父が満喜子の大きな瞳《ひとみ》を嫌うのは、あの夜、闇《やみ》の中でクロアルジとなりナツを犯した姿を暴《あば》いたからだ。満喜子は父をいまだに許していない。

「そなたは下がれ。奥に行って、早よう酒の用意をせよと伝えよ」

玄関の衝立《ついたて》の「天ハ人ノ上ニ人ヲ造ラズ」の書が頭の中でひらひらと舞う。女は「人」の中には含まれないのか、満喜子は父にいつか問い質《ただ》してみたい。

「よいではありませんか、御前。お久しぶりです。退屈でなければ私の見聞を父上にお話しするのにおつきあいいただいては」

願ってもないことだ。満喜子は目を輝かせ、ご迷惑でなければぜひ、と居住まいを正す。

ふん、と顔をそむけた声が大きい。苦虫を噛み潰《つぶ》したようなその横顔には、小娘が聞いたところで何がわかる、との侮《あなど》りがある。与七郎はそんな末徳を慰撫《いぶ》するかのように言った。

「新しい明治の世を動かすのは実業家でございますな、御前。失礼ながら、欧米でもかつては貴族が文化を生み国の力となりましたが、産業革命ののちは実業家がそれを担《にな》っています」

与七郎にも、自分はすでに商人ではなく実業家だという自負はある。なたね油の製造工場にはイギリス製の高価な機械も導入したし、柳城《りゅうじょう》銀行を設立しその頭取となった。だが日本では金だけを稼ぐ成り上がり者は尊敬されない。だから彼は、ただの田舎商人ではない証《あかし》に、地元に貢献する事業に力を入れ、世間から信用と尊敬を得るための基盤づくりに懸命になっている。その一端が、もとの藩主であり現在も貴族院議員として国政に参与している一柳家との結びつきだった。

父親も、先代藩主の姉であり末徳には義理の伯母にあたる一柳家の息女を妻に迎えている。莫大《ばくだい》な結納金とひきかえに、花嫁の引き出物として小野の藩邸の長屋門をもらい受けたのも自慢であった。末期養子として小野を引き継いだ末徳には何の愛着もない遺物だろうが、国元では代々殿様のすみかを示す象徴として皆が仰いだ門だからだ。これを移築したことにより、戦国時代の出城《でじろ》跡に建つ〝河合御殿〟は、名実ともにこの地方きっての、藩主なみの象徴を得たことになる。

世間は与七郎のことを、武家の名を買い、高貴な血を買い、金ですべてを手に入れた「播磨太閤《たいこう》」「兵庫長者」などと、感心半分、揶揄《やゆ》半分、噂《うわさ》する。そしておそらくこれから政界へ進出する魂胆であろうとも見てとっていた。

どう噂されても彼はいっこうにかまわなかった。家名も人も建物も、すべて、自分が買ってやらなければ価値なく朽ち果てる定めにあったではないか。さらに彼は思うのだ。商人は何のために稼ぐのか。答えは簡単だった。この国のためだ。

今では納税額も地元で群を抜くこととなり、世間の噂どおり、近い将来、代議士選挙に立候補する心づもりもある。この国に男として生まれた以上、みずから政治に加わることは成功者としての夢にほかならなかった。議員として政治に参加し、国を動かす。一介の商人でしかない自分が駆け上がることのできる限界まで、与七郎は賭《か》けてみようと願うまでだ。

聞きながら、満喜子は、なんと大きな男であろうと与七郎を仰ぎ見るばかりだ。

「そうか、そなたが衆議院議員にな……」

現行では、国税を十五円以上納めている者に、投票する権利、立候補する権利がある。同じ権利なら、与七郎は選ぶ側に回るより選ばれる方を望む。もっとも、めざすのが末徳と同じ貴族院議員であるとはさすがに今は言わずにおく。

「金と力は表裏一体かもしれませぬ」

今、世の中を動かしている商人といえば、やはり、長く上方で米会所に名を連ね、この国の米の相場を動かしてきた家々であった。名前でいえば三井や住友、鴻池《こうのいけ》、のちに満喜子とも大きな縁を結ぶことになる加島屋廣岡《ひろおか》といった押しも押されもせぬ豪商たちだ。神戸や横浜で外国人との貿易を始めた新興商人は数限りなくいるが、やはり過去からの蓄えのあるこれら豪商たちには歯が立たない。だから与七郎は考えたのだろう。資本力が足りないならば、政治を左右する権力に結びついて立ち向かうしかない、と。

「国税を投じて開発した鉱山や開拓地も、これからは民間の手でやるべしと払い下げられますが、すべて豪商に有利です。なにしろ、一定の経営資金を持っていることが入札の条件ですからな。我々弱小商人には、残念ながら入り込む隙《すき》もありません。資本のたくわえのある豪商たちの一人勝ち、ということです」

それで何度悔しい思いをしただろう。欧米列強に追いつくためにはあらゆる産業を興し、とりわけ工業には近代化を導入するというのがこの国の共通の認識だったが、そのため国民の血税を投入して零《ゼロ》からきりひらいた新産業も、払い下げるとなるとほとんどが政府中枢《ちゅうすう》を独占している薩長土肥《さっちょうどひ》に連なる政商の手に落ちるのだ。

「事業は国利民福のためになされなければなりません。ということは、武士なき時代、世のためお国のために働けるのは、政治家と実業家、ということです」

維新の動乱を、その健康な体と功名心、そして何より誠心誠意の闘志とで今の地位を勝ち取った末徳には、好ましい言葉として響いた。

「よいのう、そなたの話を聞いていると、わしですら、もうひと花咲かせてみたくなる」

遠い目をして末徳が思い浮かべるのは実兄のことだ。兄の摂津《せっつ》三田《さんだ》藩主、九鬼隆義《くきたかよし》は、知恵者と言われる家老の白洲《しらす》退蔵を用いて志摩三商会という商社を作り、神戸の土地を買い占め、転売することで生んだ利益でさまざまな新しい実業に手を出して成功をおさめていた。できれば自分もあやかりたいという気持ちは、常に末徳の中にあったのだ。

「咲きますとも。御前には志を継いでくださるお方が三人もおありですし」

息子たちを指していると知って、末徳は苦笑いする。事実、彼がその手で実業を興すには時間が足りないが、息子たちにはまだこれからどんな可能性も開けている。

「そう言うそなたは、未来を託す跡継ぎももう決めておるのだな」

「はい。いくら私が法外な夢を見ようと、この人生だけではどこまでやれるかわかりませんが、息子と二人、二代でかかれば多少の事業はなしとげられましょうから」

すかさず答える与七郎の晴れやかな声。

「それが蓉子の弟――このおマキの乳兄弟か。佑之進とは、それほどすぐれた息子なのだな」

与七郎が満面の笑みでうなずくのは、それだけ自慢の養子息子であるからだ。

「それはもう私が見込んだ男児ゆえ。国元で、ずいぶんあちこち見聞させてまいりましたが、私が言うのもおこがましいことながら、なかなか聡明《そうめい》な子でございます」

自分でみつけ、自分で見込んだ佑之進であった、与七郎は謙遜《けんそん》をしない。

「そうか。会ってみたいものじゃ。――おマキ、兄たちを呼んでまいれ」

よほど満喜子を追い払いたいのか、末徳が命じた。今度は満喜子もあきらめて、はい、とこたえて立ち上がる。そろそろ座敷に灯りが必要な時間になっていた。

男子《おのこ》ばかりが集まる座敷からは、国元小野について語る弾むような声が聞こえていた。

「そうか、小野とはそのようにのどかなところか」

東京帝国大学の学生である恵三だった。

「よい体験をしたな、佑之進は。私も一度この目で見てみたいものだ」

この席での最年長らしく、年下の佑之進へのねぎらいにあふれている。長兄の譲二がいないのは、一柳家の次期当主たるべく米国へ遊学中だからである。

男ばかり三人の兄弟だが、それぞれ、長男でありながら譲二、次男なのに恵三と、数字が一つずれた名前であるのには事情があった。正室の栄子が譲二を生むより先に、「一」の字のついた名をもらった男児が生まれていたからだ。

側室が生んだその子は三歳まで育ったが、冬に発熱してあっけなく母子ともこの世を去った。育たずに逝った長子がわが子に押しつけていった「一」の字は長く栄子を苦しめたはずだ。誰はばかることない正室の自分が生んだ嫡男《ちゃくなん》が、つねに自分より先にいた女を思い起こさせる。母に女としての苦悩があったことを、今では熟知している兄弟たちだ。

「大阪からはどのくらいかかるのだ、小野までは」

彼だけ順位の数字のない三男の剛《ごう》が訊《き》く。学習院大学への入学をひかえた、穏やかな青年である。東京以外の地を知らないだけに、国元への興味は隠せないのであった。

「そうですね、鉄道がありますから、半日もあれば」

佑之進が答えたところへ、満喜子は追いつくようにふすまを開けた。

「待って。私にも聞かせて、国元のお話」

父もすぐに彼らを召し出したいわけではあるまい。女学校で女ばかりの視野の狭い会話に辟易《へきえき》しているせいか、満喜子は兄たちにまじって話を聞くのが好きだった。

「しょうのないヤツだ。早く座れ」

手招きしてくれるのは年の近い剛である。誰に対しても気遣いを忘れない剛は、どんな人にも敬意を抱かせてしまう。その人柄をもっとも深く認めた人は東宮殿下、次のみかどになられる明宮《はるのみや》であろう。剛はやがて学習院でのご学友としてたえず殿下と行動をともにすることになる。

そんな剛と、佑之進の間へ、満喜子はすばやく座りこむ。きらきら輝く大きな瞳でせがむように見上げられると、佑之進はとまどいを覚えずにいられないが、すぐにその脳裏には、初めて川船で入った小野の風景がほどかれてくる。

父祖の地、小野に、佑之進が初めて足を踏み入れたのは三年前、十二歳の夏だった。田植えが終わったばかりで、どこもかしこも同じ背丈の青苗が風になびき、水を張った田んぼがそれをのどかに映している。奥にはやさしい傾斜で裾《すそ》を引く山の連なり。そしてこの地を他のどことも違って見せるおびただしい数のため池は、こまぎれにはめこまれた鏡のかけらのように、きらめきながら天に向かって光をはね返していた。

播磨は水の国だったのか、と佑之進は思った。

「水の国、か」

兄弟妹《きょうだい》は、佑之進の言葉のうちからそれぞれに小野の地の景色を思い描いた。

池からせせらぎを作って流れる水路、そのたどりつく先の大川。そして青苗の線描を映しこんだ水田は、どれもうるおい、たっぷり水をたたえて、一倍の広さで播磨の大地を示して見せた。それは、人の手が丁寧に入って初めて創《つく》り出された天地であった。播磨は民の国でもあるのだろう。

――民の国、か。佑之進、それは巧《うま》いことを言った。

与七郎に褒められたことを思い出す。

「播磨は、代々、誰か一人の権力者が治めた土地ではなく、民がこぞって守ってきた国だと養父が申しておりました」

剛が眉《まゆ》を動かす。うーむ、と唸《うな》ったものの、否定はなかった。

「そうかもしれん。我らがご先祖は、徳川さまの世になってから四国にご領地をたまわり、飛び地として分家が小野を拝領したが、播磨という地はそれより前から栄えた国であったのだしな」

実際、秀吉に仕えた後、関ヶ原の合戦以降に家康側についた一柳家である。外様《とざま》という位置づけはやむをえないが、断絶させず、幕末までもった背景にはそれ相応の苦労があった。

「大名といっても、城を構えることの認められない一万石という待遇であったのだ」

武家の子らは自分の家の来歴はよく教えられている。大名と呼ばれるのに最低限の石高《こくだか》である一万石は、彼らにとっても弱小藩との自覚があった。

「しかしいくさをしないのならば、あれほどゆたかな土地はございません」

川筋の東と西、見渡せば徳川家親藩に連なる姫路藩や明石《あかし》藩の領地、それに幕府直轄地《ちょっかつち》の境界が入り組んでいる。一柳家の領地はまだ少し奥、川の中流あたりだ。歴代、誰もが播磨を領地にしたいと願ったのも当然で、そこには太古から米作りの体制ができあがっていたのである。

「小野は、そういう国か」

遠く、はるか遠くを眺めるまなざしで剛がつぶやく。うなずきながら佑之進は続けた。

「米がとれるということは、それすなわち百姓の力。百姓がみずから精進を重ね、より多くの収穫を上げるための努力を惜しまずに来たからです」

新田を開き、ため池を築いて、この地を発展させてきたのは百姓たち自身。そこへ入れ替わり立ち替わり藩主がやってきたからといって、何を望むかといえば、百姓たちの邪魔をしない、それだけだ。しかし与七郎のそんな非礼な話は、そのまま藩主の息子たちには聞かせられない。

「殿様やお上も、百姓を上手に使えばご自分たちの得になるわけです。それゆえ、百姓には自治権を与え、寄合いという独自の組織を認め、この地に生きる者たち自身に知恵を出させてやらせてきたのが小野という国です」

寄合いの力がどんなものであったか、与七郎は例を挙げて話したが、年貢《ねんぐ》の率も、天候や災害など、その年その年の状況をみて名主たちが直接交渉してきたのだという。

「そんなに百姓たちは賢いのですか?」

つい満喜子は口をはさんだ。妹の無知に皆はふっと笑みを洩《も》らしてほぐされる。

「そうですとも。民はくまなく寺の支配下にあって、寺子屋で読み書き算盤《そろばん》を習います。同時に神仏の前で義や徳など、人としての修練も受けるのです」

西洋では学校こそが最高の教育機関と思われているが、江戸期の日本にはもっと裾野の広い教育機関が全国津々浦々に浸透していた。民は、自分たちが思う以上に賢いに違いない。間髪入れぬ佑之進の答えに、満喜子はなるほどと頷《うなず》いた。

「そういう国で版籍奉還が成った時、国元ではどんな様子であったのであろう」

自分たち藩主一家の存在は国元でどのようなものであったか、知りたいと思うのは当然のことだ。だが佑之進は口をつぐむ。以前、彼も与七郎に同じ質問をしたことがあった。

――お殿様がこの小野の地をまるごと、みかどにお返しになったのだから、民は騒いだでしょう。まして、殿様が東京へ去ってしまわれたと知ったなら。

しかし与七郎は笑いながら、そっけなく言った。

――何を言っている。民には何も変わりはなかったさ。藩主が代わろうといなくなろうと、日々が続いていくのだし、生きるためには働かなければならないのだからな。

言われて、佑之進でさえむっとしたものだ。武士にとって絶対であった藩主が民にとってはお飾りのように軽い存在でしかなかったなどと、藩主の息子たちには耐え難いだろう。

だがたしかにそうなのだった。小野で生まれた一柳の正統な血脈の藩主の跡が絶えれば、家名だけを引き継ぐかたちでよその家から新しい藩主がくる。それまでこの地と何のゆかりもなかった人を殿様と呼ぶ日の始まりだ。それが以前とどう違ったか。おそらく何も変わるまい。民にとっては、上に誰が来ようと、日々の中身は同じことなのだ。

版籍奉還の知らせは、お留守居役のご家老のもとに届くのとほぼ同じ時期に与七郎ら在所の庄屋のもとにも伝わってきたという。在所をまとめる郷の名主たちには、大坂の蔵屋敷から川船を使って独自に知らせが伝わる仕組みになっていたのだ。国家老たちには早馬で知らせが来たが、末端のさむらいたちに伝わるには少々時間がかかり、やがて上を下への大騒ぎになったのは言うまでもない。版籍奉還は武士たちから職を奪い、小さな世界の天地を覆《くつがえ》した。だが武士より多数を占める百姓たちには、何ら意味なきことだった。

そんな事実を、藩主のご子息たちにどう説明すればよかったか。佑之進は話題を変えることにした。

「藩がなくなり新政府の支配となって、百姓どもは困っております」

それは嘘《うそ》ではなかった。今まで年貢というかたちで物納でよかった租税が、土地にかかる地租として、金で納めなければならなくなった。それだと、今までのように作物の出来不出来、天候や災害などを考慮しながら名主とお上とが話し合って折り合いをつける、ということはできない。しかも換金しておかなければならないのだ。

「どんな土地も一律同じ税率というのですから、播磨のように米がとれるところはともかく、荒れ地で綿を細々そだてる地では、百姓に死ねと言っているようなものです」

兄弟はそろってうーむ、と黙り込む。目立たぬようにひかえていた満喜子でさえ、新しい社会が決してよきものではないと感じていた。

新政府がうちだす新しい政策については、いくら貴族院議員の父といえど、一人分の声しか出せない。議会政治とは藩主の独断にあらず、皆で相談して決めることであり、その政界も、維新に功績のあった薩摩や長州に牛耳られているのが現実なのだ。

もっと聞きたい、考えたい。前のめりになる兄弟妹の耳に、書院からの大きな声が届いてきた。

「恵三、こちらへ。剛も、一緒に来なさい」

呼びにやらせた満喜子はいったい何をしているのか、いらだつ響きの末徳だった。

息子たちは、はい、とそれぞれ返事をすると立ち上がる。

「佑之進も、これへ」

呼ばれなかった満喜子だけが、男子たちを見送った。

2

放課後の女学校は、校庭の木々のそよぎがきわだつほどに静かだった。音楽室から聞こえるオルガンの音も、昼間とは打って変わって優雅に響く。ふだんなら、満喜子は遠方から通っているのを理由にまっさきに下校するところだが、この日は木曜。待ちに待った放課後だった。うきたつ気分をおさえ満喜子は音楽室へと進んでいく。胸に大事に抱えているのは一冊の楽譜だ。木曜の放課後は一人ずつ音楽授業の補講があるのだった。

廊下に出された椅子《いす》に座って、次の順番の者が待つ。教室からは先の学生が受けているレッスンのゆるやかな音色が聞こえてきた。満喜子は膝《ひざ》の上に広げた楽譜の上に指を立て、中の生徒と同じ音符をなぞっていく。

師範学校はいずれ教壇に立つ者を輩出する使命を持つだけに、オルガンが弾けることは必須《ひっす》であった。全国の小学校でも、オルガンが弾ける教師といえば師範学校を出た教師、と一目置かれるが、その絶対数は少ない。

満喜子はすべての学科の中で音楽をもっとも得意としていた。何より音楽が好きで、努力や鍛錬として身構えなくても、何時間でも楽しんで弾いていられるのだ。

それはきっと幼い頃母に連れられて行った教会での体験がもたらしたことであろう。

クリスチャンだった母は満喜子らを連れて日曜ごとに教会に通ったものだ。ステンドグラスの目のさめるような美しさ、アメリカ人宣教師らの澄んだ瞳《ひとみ》と金色の髪。時折は父も、シルクハットにフロックコートの正装で、二頭だての馬車を仕立て、家族が全員そろって訪れた。あれはクリスマスの集まりだったのか。おしえられた賛美歌を大声で歌えば、心が洗われたようにすがすがしくて、もっともっと歌いたかった、聴きたかった。荘厳《そうごん》なオルガンの音と透き通るような合唱は、今も母の思い出とともに、胸に深く焼き付いていた。

とはいえ日本の音楽事情は貧困だった。明治も三十年代に入り、日本はさまざまな分野で西洋の先進技術を体得していたが、西洋音楽に関してはまだまだこれを理解し実践できる者がいない。開国当初、学制を敷いて国民の教育に乗り出した新政府だが、こと音楽についてだけは何をどうしてよいやら指針が見あたらず、「当分ノ間、コレヲ欠ク」とお茶を濁すほかはなかったのであった。

それでも西洋では、音楽は王侯貴族に保護され発展してきた文化であり、野蛮な者には縁のないもの、といった定義づけだ。すなわち音楽はその教養度がはかれるほどに重要であり、外交や社交の場には欠かせないとわかってきている。鹿鳴館《ろくめいかん》で夜ごと舞踏会を催し音楽を奏《かな》でたのも、日本が文明国であると知らしめるための懸命な主張だったのだ。やがて文部省はわざわざ音楽取調掛という部署を置き、有能な者たちを留学させて西洋音楽を学ばせた。その甲斐《かい》あってようやく人材が育ち、師範学校でも音楽を教えられる教員の養成にたいそう力が入っていた。

「No, no, no!《だめだめだめ》　Once again.《もう一度》」

教室の中から声が飛ぶ。教師の指導が英語であるので、当初、みなは面食らったものだったが、今では、アメリカ帰りのこの先生の授業はそういうもの、と馴染《なじ》んでしまった。近視のせいで眼鏡をかけた先生は、柳色の無地の着物を上品に着た色白の人で、ひかえめな態度からは、とてもそんな激しい英語が飛び出すようには見えない。

「(アンダンテ、アンダンテ。歩くようにゆっくり。テンポをとって)」

漏れ聞こえてくるオルガンは優雅さからはかけ離れたたどたどしさだが、リズムをとりつつ満喜子も楽譜の上の指をゆっくり動かした。中の生徒は苦戦していて、何度も詰まっては弾き直し、もどってはまた弾き始めるというあんばいだ。

「今は絹代さんでしょ、苦戦中ね。ふふっ、あの調子じゃあ長引くわね」

次の順番である満喜子がまだ入れないのに、早くもやって来たのは次の番の余那子であった。予備の椅子に腰をおろし、好敵手の苦戦をおもしろがっている。幾何や英語では首席をめぐって余那子と渡り合う絹代も、こと音楽だけは苦手らしい。

そこへ、渡り廊下のむこうからやってきたのは津田教諭だった。慌《あわ》てて二人は起立した。

津田は二人の生徒の前を素通りし、音楽室の扉をノックした。

「Excuse me, Shige, are you in?（シゲ、いる？）」

なんと砕けた挨拶《あいさつ》かと目をみはるうち、オルガンの音がやんで、戸口まで出て来たのは瓜生《うりゅう》繁子だ。二人はたがいにほほえみ交わし、早口の英語で用件をかわしあった。

津田や大山捨松とともに岩倉使節団の率いる女子留学生としてアメリカに渡り、最後まで命運をともにした仲間。それが彼女たちの絆《きずな》だった。

「Yes, alright. I'll be there after this lesson.（わかったわ、このあと行きます）」

話がまとまったのか、津田はてのひらを小さく掲げてByeと合図し、扉を閉めた。

どちらも日本人なのに流暢《りゅうちょう》な英語が共通の言葉なのだ。

「あなたたち、これからレッスン？」

まだ起立している二人に津田が訊《き》く。はい、と勢いよく答えてまた姿勢を正した。

「シゲのレッスンはどう？　怖いでしょう」

うんとはいえない。二人、同時に首を振る。津田は笑い、

「嘘をおっしゃい。シゲが厳しくないはずないわ」

二人の隣の椅子に腰をおろしてしまった。

教室からはなおゆるやかな演奏が聞こえる。むかし主イエスのまきたまいし　いともちいさき命の種……。思わず口ずさみそうになるのは、その曲が満喜子の大好きな賛美歌であるからだ。この女学校は官立のため文部省訓令により一切の宗教教育は禁止されているが、簡単で明快な賛美歌は好んで歌われ、覚えやすさからこうして教材としても用いられる。

「懐《なつ》かしいわ。初めてピアノの音色を聞いた時を思い出す」

つぶやきは彼女の表情をとてもなごんだものにした。風が吹いて、校庭の桜の枝がやさしくそよぐ。

「In your American age?（アメリカ時代に？）」

英語で尋ねたのは余那子だ。驚いたのは彼女が英語で訊いたことにではなく、なめ

らかなその英語が目上の教師である津田にも対等に話しかけられるものだったからだ。

「Yes, at Shige's host family's.（そう、シゲの家で）」

津田もしぜんに英語で答えている。アメリカ時代、まだ子供だった彼女は音の鳴る楽器を初めて見た驚きに、鍵盤《けんばん》を無秩序に叩《たた》いて鳴らし、繁子に叱《しか》られたのだった。楽器は優しく対話するものよ。そう言って弾いてみせたのがこの曲だったという。

「（シゲはおそらく日本で最初にピアノを弾いた女でしょう）」

そして、置き去りにされている満喜子のために日本語で、

「音楽はいいですねえ。国境がありません。ヨーロッパのようにさまざまな言語が入り乱れる地でも、いちいちその国の言語を使わなくても音楽があればわかりあえます。音楽を修めたシゲがうらやましい」

しみじみ言った。長いアメリカ生活ですっかり日本語を忘れても、音楽は言葉を必要とせず、繁子はすぐに教壇からお呼びがかかった。音楽は体で表現できたからだ。

「先生、ぶしつけなことをお伺いしてもいいでしょうか」

突然訊いてみたくなったのは、いつも孤高の津田が、なぜか人恋しそうに見えたからだ。こんな無防備な彼女と近しく言葉を交わせる機会は二度とはあるまい。

「何でしょう。今は放課後です、ぶしつけは許しましょう」

津田の笑顔に、満喜子はほっとした。では思い切って尋ねてしまおう。

「先生は七歳の幼さで海を渡られたと聞きました。お寂しくは、なかったのですか？　その、ご両親と、そんなに小さくて別れることは」

目を丸くして津田が満喜子に向き直る。彼女のもっともやわな部分への問いかけであるのは自覚していた。しかし津田はゆるした。受け入れた証《あかし》に、やんわり笑った。

「そうですねえ。幼なすぎて、寂しいとか何だとか、わかりませんでした」

横浜から船が出る時、洋装に身を包んだ小さな女の子を見て、見送りの人は、あんな小さな子供が単身、夷狄《いてき》の国へ行くのかと驚き、親は鬼か、とあきれたそうだ。しかし幼いがゆえに彼女は常に周囲から庇《かば》われ、守られ、しかも子供心を躍らせる珍しいことが続いたために、親を恋しがる暇もなかったといってよい。

「それに、実の親同然の愛を注がれて育ちましたし」

それがランマン家という受け入れ家庭であった。彼女には生涯最高の幸運であった。

「あなたは、ええと、六年生の生徒でしたね？」

あらためて津田は、この大きな瞳をした生徒を仰ぎ見た。

「六年一組、一柳満喜子です」

まっすぐに梅子を見て答える。

「ヒトト……？」

長い名字は、英語に慣れた者には難しいようだ。もつれた音を、余那子が正す。

「ヒトツヤナギ。ミス・ヒトツヤナギです」

おお、とうなずき、梅子は再度、言いにくそうにやりなおす。

「Oh, you're Miss Hitotuyanagi, aren't you?（あなたが一柳さん）」

その言いにくい長い名前ははっきり満喜子に結びついていて、このあいだの独楽《こま》の事件や、その特例的な存在のことまで、一切が思い出されたようだった。

津田はしばらく生徒の大きな瞳をみつめていた。のちに自分の後に続く者として歩んでくる満喜子と自分の運命を、彼女はもちろん知るよしもない。満喜子も同じだ。頰を紅潮させてこの師に向き合っているが、誰も踏み入ったことのない荒れ野に最初の道をつけたこの人の跡を、まさか自分がたどるとは誰が予測しただろう。

教室から、オルガンの音色は流れる、流れる。

「私はね、ミス・ヒトトゥヤーナギ」

音色に合わせ、膝をゆっくり手で叩きながら津田は言う。

「留学からもどり、親と再会した時には私は異人でしたよ。留学生として送り出してくれた開拓使は影も形もないし、アメリカで得た最高の学歴は嵩高《かさだか》いばかりで役には立たない」

淡々と語る口ぶりに恨みはなかったが、何のために留学したのか、苦労を重ねて得た教育をどこに活《い》かせばいいのか、彼女が人生を見失ったであろうことが窺《うかが》えた。秘密兵器ともいうべき彼女を活かしきれないこの国は、まだまだあきれるほどに遅れているのだ。道を求めて苦悩する梅子の今は、皮肉なことに、そのまま数十年後の満喜子の姿となる。むろんそのことも、この時の二人には知るよしもない。

オルガンの音が止《や》んだ。レッスンがようやく終了したのだろう。Well, と膝を叩《さて》いたのちに、津田は立ち上がる。

「あなたはいい選択をしたのではないかしら、ミス・ヒトトゥヤーナギ。華族女学校に行かなくて正解だったと、私は思いますよ」

伝えたいことが簡単な内容ならば日本語なのだ。独楽という単語さえ知らないアメリカ育ちがここまで喋《しゃべ》れるようになるまでに、彼女はどれほどの努力を重ねたのだろう。おくびにも出さず津田はわずかにほほえんだ。満喜子はただ尊敬の念をこめて頭を下げる。

兼任している華族女学校の生徒たちが羊の群れのごとくにおとなしく、与えられた枠にはまってみずからの意志などないかに見える令嬢たちばかりであるのを、彼女は物足りなく思っていたのだった。従順なだけに教師は教えやすく楽ではあるが、何のおもしろみもない。

だがすくなくとも満喜子は華族という枠にはまらぬ自然な少女に育っているようだ。その将来には多くの華族の娘たち同様、家格につりあう結婚が用意されているのだろうが、彼女が身につけたことはいつか母親となった時、家庭の中で次の世代に種まくことができるだろう。それを伝えたかったが、梅子の語彙《ごい》では不十分だったらしい。

「Yona, you are friends, aren't you?（ヨナ、それであなたたちは友達なのね）」

この娘らにとってさいわいなのは、同じ道を行く者が他にもいることだ。少なくとも、津田梅子と瓜生繁子、二人しか同行者のない自分たちとは違う。Good. いいことだわと余那子に向ける親しげな視線を、満喜子はやはりふしぎな思いで見送った。だから、梅子が立ち去った後、訊かずにはいられなかった。

「ヨナさん、あのう、あなた、津田先生とは、その……」

その親しさはいったい何なのだ。すると余那子はてらいもせずに淡々と答えた。

「知らなかった？　ウメ先生と私は姉妹なのよ」

姉妹。姉妹。その意味が満喜子にはぴんとこない。余那子は笑った。

「梅子先生が渡米中に生まれたのが私です。私たち、年の離れた姉妹なのよ」

絶句した。それでは、日本語を忘れて帰国した梅子に猫という単語から教え、靴のまま座敷に上がろうとするのを、違う、と一から教えた家族は、彼女だったのか。

今、納得がいく。だから誰より梅子を知り、だから誰より流暢な英語を喋れたのだ。

「誰にも言っていないわ。特別視されるのいやだったから。私は私で勝負したかった」

勝負？　つまり、姉の高名を七光りとしたくなかったということか。

「あきれた人ね。でも、今まで隠しとおしたのはたいしたものだわ」

女子に教育などは必要ないという風潮の世の中で、師範学校で学べるのは経済的にも学力的にも特別な者であるのはまぎれもない。さらに、この国初の官費女子留学生、津田梅子の実妹であるという背景は、余那子がずっと背負っていかねばならない運命だろう。世間から常に好奇と驚異の視線でみつめられ、誰一人同類のいない存在として、たった一人の荒野をゆくしかないのは満喜子も同じだ。その孤独と苦悩は、もしかしたら二人が互いにいちばんわかりあえる存在なのかもしれない。満喜子と余那子、目と目で微笑《ほほえ》み合う。

その時、がたん、と音がして教室の扉が開いた。憮然《ぶぜん》とした表情で絹代が出て来る。

「Next.——今度の人はちゃんと練習できてるかしらねえ」

疲れたような教師の声が追ってくる。はい、と自信いっぱいに答えて、満喜子は肩をそびやかす。悪いが今だけはいつものようには張り合えまい。横目で満喜子を見る絹代の顔が悔しげだ。しかしそう感じたことが、満喜子自身も張り合っている証であるとは気づかずに、すまして絹代の脇《わき》を通り抜けた。

レッスンを終えて下校の途に就いた満喜子は、正門を出たところで一台の人力車に出くわした。台座に敷いた赤い毛氈《もうせん》で女乗りとわかる小型の車だ。黒光りする漆の幌《ほろ》に、小さな手鞠《てまり》の飾りが下がっている。

「やっと終わったのね、おマキさま」

車の陰から現れたのは絹代だった。

「絹代さん、まだ帰らなかったの?」

笠《かさ》を深くかぶった車夫は黙って梶《かじ》の間で待機している。

学期が始まった当初、下校時間になると毎日学校の門の前に停まっているその人力車は、級友たちの間で、どうやらヒトツヤナギマキコのものらしい、と噂《うわさ》になった。車で家からお出迎えなど、この学校では子爵《ししゃく》の家でなければできなかろうと思われたのだ。実際、当然顔で乗り込む一人の少女は、いつもはなやかな着物を着て、頭に繻《しゅ》子《す》のリボンをなびかせた、いかにも人にかしずかれて育ったおひいさま然とした様子であった。

しかし、やがて人違いだとわかっていく。あれは羽振りのいい横浜の商人の娘だそうな。そう判明すると、皆の好奇の視線もしずまっていった。だが当の絹代は子爵令嬢に間違えられて、それは誰だと満喜子を意識せずにはいられなかった。飛ぶ鳥を落とす勢いの豪商の娘としてあたりに怖いものなしで育った絹代にとって、誇りはいたく傷つけられたのだ。

「おマキさまのレッスンだけ、ずいぶん長いわね。一時間はかかってるんじゃないかしら」

ことあるごとに張り合ってしまうのも人力車の事件以来のことだった。

「そう？　でもうれしいことに次の曲へと進んだのよ」

対抗心というなら満喜子の側にもなくはないのだ。人力車の主が人違いなら、本物の子爵令嬢ヒトツヤナギマキコはどれだとばかり、次なる詮索《せんさく》が始まったからだ。そして皆は突き止める。いつも変哲もないなりをして、誰の送り迎えもなく一人登下校する小柄な少女。それが我が校でただ一人の、華族の娘であると。

——へええ。あの人が華族のお姫様？　ずいぶん普通なのねえ。

皆は自分たちが勝手に描いた偶像との落差に、聞こえよがしに囁《ささや》きあった。聞こえぬふうを装《よそお》いながらも満喜子は傷ついていた。華族の娘というだけで皆と違う特別な者であらねばならないのか。違うのは外側のいでたちではなくこの精神、魂なのだと言い返したい。そんな互いの思いを知ることもなく、ことあるごとに対峙《たいじ》してきた二人であった。

けれども今の満喜子はまるで雲の上にいるかのように気分がいい。

「先生がたっぷりお手本を弾いてくださったの。バッハという人が二百年も前に作った曲ですって。カンタータ。神様のために書いた曲だそうよ。すばらしかった。あれならきっと神様も聴いてくださる。ヨナさんも一緒に聴いたのよ。あなたもいたらよかったわねえ」

饒舌《じょうぜつ》なのも満喜子には珍しい。思い返せばまた興奮がよみがえり、心が浮かれるのは抑えようもないのだ。その余裕が腹立たしいのか、絹代は多少いらいらとした口ぶりで言う。

「音楽は苦手よ。それより、明日提出の作文のことで、あなたに話しておきたくて」

なにかしら、と身構える。楽譜は大事に両手で抱えた。

「私、今回は勝負しませんから。課題が気に入らないの」

勝負？　いつ満喜子が絹代と勝負すると言っただろう。それに、課題とは何だった？

「だいたいふざけてるでしょう、母のことを書けなんて」

本心から憤《いきどお》ったように言い、車に乗り込んでしまう。

「でも課題が違えば次は勝負を受けて立ちますから。それだけ言いたかったの」

だからいつ自分たちは勝負を始めたというのだ。満喜子はため息をつき、御免蒙《こうむ》り候《そうろう》、小さな声でつぶやいた。佑之進から教わった、虎《とら》が鼠《ねずみ》と戦わずにいる方法だ。

車夫が梶を持ち上げ、まいりますよ、と合図するのを、満喜子はため息とともに見送った。

勝手なものだ、言いたいことだけ言って去っていくのだから。

それにしても、お題は母か――。考えてみれば満喜子にとっても書きにくい題材ではあった。死んだ母のことはもう話題にしてはならぬと厳しく父に命じられていたし、それゆえに年々満喜子の中で美化されるか失われるかのどちらかだ。ある意味、絹代はいい提案をしてくれたのだ。

学校にはいまだに栄子の記憶を持ちつづけて伝えてくれる教師もいる。栄子は官立の学校への入学を選んだ時から、みずから何度も足を運んで教師と満喜子の教育について話し合うことをいとわなかった。学校側でも華族の子女の受け入れは前例のないことであったが、教師たちは栄子を前にこれが大名家の御台《みだい》様というものかと思わず平伏してしまいそうになりながら、印象深く眺めたのであった。それだけにいまだに栄子が贈った歳暮の品などを大事にし、満喜子に見せてくれる教師もある。また、満喜子がよい成績を収めた時など、居合わせた小学部時代の担任が小さく一言、ああお母様にお見せすればきっと喜ばれますでしょうに、などと洩《も》らすこともあった。

しかし、書かないと決めた作文の課題は、思いがけない事態を引き起こすことになる。

ふだん評価を競う絹代と満喜子、二人の優等生が、同時に教師に呼び出されたからだ。

「あなたたち、作文を何と心得ていますか」

険のある顔で二人を叱《しか》りつける教師の様子から、学級の生徒は、二人が何かとんでもないことをしでかしたことを察していた。絹代に至っては、いつも腰巾着《こしぎんちゃく》のように引き連れている子分格の留子も一緒に呼び出されている。しかも留子は泣いて目を真っ赤に腫《は》らせているのだ。

三人一緒に呼び出されたが、まず叱られたのは満喜子だった。

「残念です、一柳さん。あなたの作文をお読みになったらお母様はどう思われるか」

叱られたことなど一度もないだけに、満喜子は唇を噛《か》んでうなだれる。

「さあ、もう一度、用紙を渡します。ここでお書きなさい。いくらでも書けるでしょう、あのすばらしいお母さまのことは」

そう言って、空いた机を指され、課題用紙を渡された。

「いいですか、創作はまた別の機会に書いてもらいます。クロアルジがどうのこうの、そういう怪物の物語はあなたらしくありません。作文は、事実をお書きなさい」私の家には黒い、誰もどうすることもできない闇《やみ》がいます。――そんな作文は、けっして創作ではなく、満喜子の事実であったのに。

次いで絹代の番だった。

「あなたはまた、自分がどんなことをしたかおわかりですか？　上山留子という別人になりすまして書くなんて、留子さんをいちじるしく傷つけたのですよ」

教師の声が大きかったので、職員室じゅうに絹代の罪状は知れてしまった。留子がまた泣き出す。なんと絹代は、母は母でも他人の母のことを書いたらしいのだ。たしかに作文の課題は「母」であり、誰の母かという指定はなかったというのが絹代の言い分だが、教師としてはこれほど人を食った主張はない。

しかも作文はすぐれており、教師が思わず涙したほどの出来だった。八人兄弟姉妹の末っ子に生まれ、もうこれで子供はいらない、留め置く、の意味から留子と名付けられた事情に始まり、子だくさんの家の中で稼業《かぎょう》の魚屋を切り盛りして働く母親の姿がいきいきと書かれ、その母に寄せる子の思いが優しく綴《つづ》られる。ところが留子本人を呼んで褒めると、うちはそんなに貧乏じゃありませんと泣き出す始末。それで全貌《ぜんぼう》があきらかになった。

どうしてまあそんな大胆なことをと、満喜子は小さくため息をつく。

「大谷さんもここに残ってお書きなさい。上山さんは、お帰りなさい」

結局、二人残されての罰だった。静寂が流れる。机の上の、西洋紙の空白がやたら大きい。

書けばいいのだ、どうという感動のない文章を、ただその空白を埋めるために。自分に言い聞かせるものの、何も浮かんではこない。ふと見ると、絹代も同じく腕を膝《ひざ》の上で組んだまま、微動だにせず前を見ていることに気がついた。

どうしたの、と訊《き》きたかったが、声をかけられずにいた。自分だって、今、どうしたのと訊かれたら答えられない。

また時間が過ぎる。時折、互いに顔を見合わせてはため息をつく。

「絹代さん、なぜあんなことしたの」

ぽとん、と鉛筆を落とす。

「うるさいわね。書きたくないのよ」

宣言どおり、絹代が梃子《てこ》でも書かない気でいるのが伝わってきた。

人ごとながら、留子は今後、絹代との関係をどうするのだろうと案じられた。もう今までのようにはつきあえまい。ずっと絹代の取り巻きだった彼女であっても。

教師の姿もまばらな放課後の職員室に、また沈黙が流れる。

そこへやって来たのは津田だった。

並んだ机にすわった二人を、ことさらにじろじろと見た。二人はばつが悪くて、意味もなく姿勢を正す。あなたたちなぜ居残りさせられているの？　そう尋ねるべきところ、津田は何も言わない、何も訊かない。ただゆっくりと入ってきて二人の前の作文用紙を手に取り、目を通すと、かわるがわるに二人を見比べた。そして、

「英語で書けば？」

いきなり言った。二人がきょとんとしていると、

「Mother――my mother is――（私の母は）」

ネイティヴなみのみごとな th の発音でさらに言う。

「beautiful? lovely? tender? or mild?（きれいだった？　優しかった？）」

二人にわかるかぎりの形容詞を並べる。

「（歌った？　踊った？　神様や仏様、何を信じていましたか？）」

問われたことに英語で答えを用意していると、ふしぎに満喜子の中に母の顔が引き寄せられてきた。栄子は歌わなかった、踊らなかった。けれど、クリスチャンとして多くのすぐれたことをなしていった。たとえば教会の婦人学校に積極的に参加し、衣類を何枚も縫って寄付をしていたこと。幕藩体制最後の時代の姫であり、かつ、押し寄せる欧化主義の時代の最初の淑女でもあった。高い身分にありながら、まっさきにキリスト教に入信した女性でもある。そう、それはさかのぼって明治十年十月のことになる。なだれこむ西洋文明を受け入れる過程で、母はもっともすすんだ気質の人であったのだろう。

――神様はたまたま隣に来た人であっても、神様を敬うのと同様にいとおしみなさい、とおっしゃっておられる。

同じ家に起居する妾《めかけ》たちを、栄子は隣人とみなしたのであった。だがそうしなければわき上がる嫉妬《しっと》や憎悪《ぞうお》をおさえこめず、心の均衡が保てなかったに違いない。

――人間、一度たりとて袖《そで》を触れあった者は、これすべて隣人といえましょう。ナツのように、よくしてくれた者ならなおさらです。あの者の出世としあわせを祈ってやらなければ。

そう言って、新しく妾となったねえやのことも受け入れた。最後までナツを蓉子とは呼ばず、ねえや時代の名前を呼び通したとはいえ、赤んぼうのこともナツ自身のこともたえず気に掛け、季節の衣類などこまやかな気配りを欠かさない人であった。他の妾たちに対しても同じ。自分より若く美しい女であっても決して自分をおびやかす女と見るのでなく、ともに末徳に仕える役目を負った同志と見、それを束ねるのは正室である自分以外にはないととらえていた。

さいわいなるかな、心の貧しき者たちよ。天国はかれらのものなり――自分よりも身分低く、不倫の罪をおかしながら生きねばならぬ女たちを貧しき者とみる。おかげで、満喜子らきょうだいたちはいつも大勢で心賑《にぎ》やかな存在だった。母親の違う兄弟姉妹は、満喜子にとって、最初に出会い愛すべき隣人だったといえる。

「もう書けますね」

津田が二人の顔を見て言った。いつか絹代も素直に用紙をみつめている。

きっかけはささいなことでいい。鉛筆が動き始めていた。二人とも、あとは夢中だった。

「待って、おマキさま」

課題を提出しての帰り道、いつもの人力車はどうしたのか、背後から追いかけて来たのは絹代だった。

一人で校門を出てきた満喜子はここまで夢見心地だった。課題を出し終えた充足感が胸にあったし、夕方に向かう景色は驚くほどゆたかに変化していく。神田川に突き当たって視界が開けると、そこには襖絵《ふすまえ》のような夕焼けが待っているのだ。

うまいぐあいに、絹代はここで満喜子に追いついた。

「あなた、どうして最初から書かなかったの？　私への義理？」

また絹代はふしぎなことを言う。いったい自分と絹代にどんな義理があるというのだ。

「私が書かないって言ったからでしょ。おマキさまって、不戦勝を喜びそうじゃないもの」

だから、不戦勝だの勝負だの、はじめから満喜子は絹代を敵とは思ってもいないというのに。言おうとしたが、絹代はさらに言いつのった。

「私、あなたには負けませんことよ」

負けない、か――。それは何か意味あることなのか。だがその瞬間、二人はそろって水道橋の上に出た。

「わあ!」

示し合わせたかのように二人同時に洩らした嘆声。眼前で、傾き落ちる太陽が赤く熟して、まるでみずからの重みに耐えるかのように、持てる熱と光のすべてをしぼりだす。この位置からは、満喜子が「独楽《こま》」と呼んでいる建物がよく見えた。

それは駿河台《するがだい》の高台にあり、碗《わん》を伏せたような建物と、それに並んだ尖塔《せんとう》だ。どちらも鮮やかな青緑色の西洋瓦《せいようがわら》で覆《おお》われて、てっぺんには尖《とが》った十字架が繊細な線を描いている。天を突き刺すように伸びたその形は、ちょうど独楽を逆さにした姿を思わせた。

「ニコライ堂よ」

正教会の東京復活大聖堂。その塔の高さはあたりから抜きんでており、皇居を見下ろすほどに高いがゆえに不敬であるとそしられたのもうなずけた。

「西洋人は、いったいなぜにあんなに高い建物を地上に築きたがるんでしょうね」

思いがけないほどに素直な声で絹代が言う。理由は定かに知らないものの、天へ、高みへと憧《あこが》れる人間の思いだけは共感できた。今、尖塔の先にはあかね雲が掛かり、暮れゆく夕闇の中へ明度を落として溶けていく。期せずして二人でそれを眺めた。

風が出てきて、袴《はかま》の裾《すそ》をはためかせる。あのすばらしかった夕焼けも、やがてすみれ色にたそがれるだろう。

「あなた、車は?」

「あちらに待たせているの。でも歩きたい」

わがまま言わないで早く車にお乗りなさいとでも諭したいが、むろんそんな偉そうなことは言えない。

「どうせ家では誰も私を待ってはいないんだから」

語尾が小さくなっていた。顔を合わせれば競い張り合ってきたこの級友の、初めて見せる弱気な顔だ。少し拍子抜けがした。負けないわよと勝負してくる絹代でないなら、身構えないし邪魔でもない。じゃあ歩きましょうとしばらく歩いた。何だろう、ぎこちないが絹代との距離が近い。思えば入学以来、満喜子が誰か学友と並んで帰るのは初めてだった。

何も話さず数区画を歩いた後、絹代が突然立ち止まる。

「あれは、もしかしたらおマキさまのお迎えでは?」

向こうの橋からやってくる一台の人力車。二人の随員が歩いてついてきている。

だが自分に迎えなどあるはずもない。なのに絹代は大きな声で指さした。

「ほら、あの人、あのときの一高の学生ではないの？」

そして満喜子と人影を見比べる。よくよく見れば、それはたしかに佑之進だ。

佑、と言いそうになって口をつぐむ。付け文事件はまだ全貌が明らかにされてはいないのだ。

車はたしかに、父が用いる一柳家のものだった。後から来るのは女中のおふじに間違いない。

「どうしたんです？」

歩み寄って尋ねると、おふじは眉間《みけん》にしわを深く寄せ、つぶやくように答えた。

「チエさまが」

それだけで満喜子は事態を察した。また喘息《ぜんそく》の発作であろう。医者を呼びに行くのか、あるいは千恵子本人を寄宿舎まで迎えに行くのか。

「絹代さん、妹が急病らしいのです。申し訳ないけど、ここで失礼いたしますね」

溢《あふ》れそうな好奇心をあらわにした絹代は、何度も満喜子と佑之進を見比べていたが、急病と聞いて敏感に事態を理解し、うなずいた。

「じゃあ明日。おマキさま、また話しましょう」

何を? と聞くのは間が抜けている。絹代は屈託のない笑顔で手を挙げた。

「また明日」

あれだけ敵対心に満ちていたのに、こうも素直に心許す彼女が同じ人とも思えなかった。けれども「ごきげんよう」と返す声は微笑《ほほえ》みになる。頬に夕焼けの余熱があるようだ。もう絹代は「勝負」などとは言わないのではないか。理由もなくそう確信できた。

「よいのですか、お仲間とご一緒でなくて」

気遣いながら佑之進が訊いた。

「ええ、大丈夫。それよりチエは?」

千恵子は女子学院の寄宿舎で行なわれている泊まりがけの寮体験に参加していたはずだ。それが、用務員がやって来て、遠慮がちに一柳家の通用門を叩《たた》いたのは夕刻になってからのことだという。上流階級の子女を集めたミッション教育による全寮制のこの学校へは、いずれ入学させたい希望があって、本人もすすんで出かけたのだが、千恵子は生まれつき喘息の持病があり、これまでも何度も発作を起こしていた。学校ではしばらく安静にして様子をみていたものの、やはり自宅に帰した方がよいと判断したようだ。

「蓉子さまは手が離せなくて、ちょうどお屋敷に遊びに来ていた私が代わってお迎えに出てきたわけです」

実の姉を「蓉子さま」と呼んで、佑之進は事情を説明した。

「そうね、佑が来てくれた方がチエも安心しますね」

ではよろしく、と託して別れてもよかったが、満喜子はふと気まぐれを起こす。

「私も一緒に行くわ」

驚いて佑之進が満喜子を見る。

「遅くなります、我々だけで大丈夫です」

しかし行ってみたいのだ。千恵子の学校はかつては桜井女学校といって、母栄子が義理の娘である喜久子のために何度も訪ねた学校だ。彼女を入学させたのも他ならぬ栄子であり、保護者として娘の教育に自分が責任を持とうとしていた態度をよく覚えている。

「このまま一人で帰っても途中で暗くなります。チエと一緒なら助かるわ」

「では車にお乗りください」

おふじも一緒にすすめたが、満喜子は車の脇《わき》を、おふじ、佑之進と並んで歩き出した。

佑之進はまた背が伸びたようだ。彼が学業においてとても優秀な成績を収めているのは、ナツから伝え聞いている。姉の身びいきを割り引くとしても、その聡明《そうめい》さを見込んで斯波与七郎が養子にしたのだから、尋常の者でないのはたしかであった。高等学校では首席を誰にも譲らぬそうで、やがては東京帝国大学に進み、西洋建築というものを学ぶ希望を持っているとも聞いている。

女子学院の正門には、その日同時に行われる行事の立て看板があり、案内役が何人も、訪れる人に小さな札を手渡していた。満喜子も当然のように手渡された。

「胸におつけください。本日お越しになられたしるしです」

四寸ほどに切られた白いリボンだった。係の女性がわらわらと近寄ってきて、素早く三人の胸に留め付けてくれる。されるがままになりながら、あらためて立て看板の文字を読んでみた。東京婦人矯風会《きょうふうかい》集会――。白いリボンは、白票と言われる、この会の象徴だった。そばには一段ちいさな文字で、禁酒運動推進幻灯会、とある。

この時代、日中から大酒をくらって働かず妻子に暴力をふるったり酒代のために娘を借金のかたにするなど、まだ人権というものが認められない弱い立場の女たちが男によって虐《しいた》げられている現実があった。そうした社会のひずみを正していこうという運動は、教会を通じて始まり、少しずつ大きな流れにまとまろうとし始めていた。そしてその活動には、こうした私学の講堂や校庭が用いられることが多かった。

「幻灯会といえば、子供の頃、おマキさまの母君に連れられて、何度もまいりましたね」

やはり白票を留め付けられている佑之進が思いがけなくそう言った。

母と？ 私も行ったのか？ 佑之進と？ 満喜子は慌《あわ》てて記憶を探る。

「覚えておいでではありませんか？ どこだったか、小学校の校庭だと思っていましたが、案外ここだったのかもしれません」

校庭で待つと言う佑之進を残し、満喜子が一人で寄宿舎へ向かう。夕闇《ゆうやみ》がせまる校庭には提灯《ちょうちん》が灯《とも》り、茣蓙《ござ》が敷かれ、子供を連れたおかみさんたちが随所に場を取り座っていた。観客たちの正面、朝礼台の前に設営された白幕は、大きな竹の枠に白い布を張った簡易なものだ。子供たちがはしゃいでその周囲を駆け回ったり、幕をくぐってみたりしている。

布が夕風を受けて、大きくふくらんだり、またへこんだり。あっ、と満喜子は思い出す。

暗くなって、幕に映し出される大きな像。蓄音機から流れるぼやけた音。自分たちはその裏側にいて、しゃがんでそれを見上げていた。満喜子はじっとしていたのに、ふざけて、幻灯の人間の姿を真似《まね》て立ち上がり、大声を出したのは、あれは佑之進か。大人の男がこわい顔でやってきて、こんなところにいてはいかん、とつまみだされた。その影が幕に大きく拡大されて映ったのが、まるで怪物のようで、それで満喜子は大声を上げた。そう、あの黒い影が、満喜子がおそれたクロアルジの原型だったのだ。

とすると、自分は、母に連れられ、ここ——幻灯会に来た。内容は何一つおぼえていないが、来たのだとしたら、母もこの婦人矯風会という集まりに関係していたのだろうか。

「よくいらしてくださいました。用務員に背負わせてきますから、お待ちください」

寄宿舎に着くと、年配の舎監は、大人ではなく姉と名乗る少女が一人でやって来たのに驚きつつも、すぐさま千恵子を呼びに行ってくれる。咳《せき》は相当ひどいらしい。

幻灯会の開始時刻が近いのか、せわしなげに主催者たちが行き来していた。

その中の一人、六十も半ばというような洋装の女教師が満喜子を認めて足を止めた。

「ご家族のお迎え？　喘息のお嬢様、一柳さんでしたわね？」

胸に白いリボンで作られた花がついているのは、この集会の運営者というほどの地位がある人なのだろう。満喜子はあわてて会釈《えしゃく》をした。

「妹がお世話になりました。義母は手が離せませんので、代わりに私が参りました」

女教師はしばし満喜子をみつめた。そして何かに思い当たったというふうにほほえんだ。

「一柳栄子さまのお嬢さま？　ですね？」

驚いた。ここにも、母を覚えている人がまだいたのか。

「昔、お目に掛かりましたのを覚えておられますか？」

じっと彼女をみつめてみたが、何も思い出せない、おぼえていない。

「でございましょうねえ、あなたはお小さかったから。でもあの頃のおもかげがおありです。お姉君のおキクさまが学んでいらした頃、まだ桜井女学校といっていた時代ですが、栄子さまはよく学校にお越しくださったものです。あなたを連れてね。私はその時校長をしておりました者です」

自分の知らない母がここにいる。目の前にいるこの女教師となにかを語り、気持ちを通わせ、そして彼女に記憶を残した。年を経た女校長の顔は穏やかな思い出に満ちていた。

「今はまだあなた様にはおわかりにならないでしょうけれど、いつか、お母さまが何を考え何をめざそうとなさったか、知る義務はあると思いますよ。——これを」

そう言って、女教師はこれから会場に持ち出すつもりであった書類の中から、一部、満喜子にも手渡してくれた。その目をまっすぐ見つめた。女教師はもう一度ほほえんだ。

そこへ、わさわさと、用務員に背負われた千恵子をかばいながら舎監がもどってくる。

「矢島院長先生、申し訳ございません、今、ご家庭からお迎えが来られまして……」

矢島院長——千恵子の学校の院長である矢島楫子《かじこ》がその人だった。

「お迎えが来てくださってよかったですね。今度は正式に入学されてお目にかかりましょうね」

眉間に刻まれた皺《しわ》が表情をとても厳しいものに見せるが、声はとても落ち着いていてやわらかだった。それでも、千恵子は用務員の背中でぐったりしたままだ。

「おうちに帰ればけろりと治るでしょう」

答える代わりに千恵子は弱々しい咳をした。その背をさすってやりながら、満喜子は矢島院長に丁寧な挨拶《あいさつ》をして別れた。見送ってくれるまなざしにとても温かいものを感じる。

「さっきの先生ね、病気でないなら帰ってはいけないとか、熱が高いなら帰っていいとか、そんなきまりの校則をお作りにならないのですって」

校庭で千恵子は用務員から佑之進に背負い直される。そこでやっと声が出た。

「なぜかわかる？　マキ姉さま」

咳の重さとはうって変わった甘え声だ。佑之進はもう手慣れたもので、喋《しゃべ》ったらまた咳が出ますよと千恵子を揺すぶる。さあなぜかしら、と満喜子が言うと、

「あのね、それはね。校則なんかなくても、いいことか悪いことか迷うとき、聖書を読めば全部書いてある、とおっしゃるの」

しっかり聞いていたのねとほめてやるのも忘れていたのは、母の栄子が同じことを言っていたのを思いだしたからだった。

「つまりね。聖書は学校を卒業しても、死ぬまで通用する校則なのですって」

言って、ふたたび咳が出た。ほらお黙りなさいと佑之進が叱《しか》る。千恵子は今度は言いつけを聞き、彼の背中にことんと頭をあずける。

印象に残る出会いであった。人力車に千恵子と二人で乗り込んで、満喜子はさっきもらった刷り物を開いてみた。東京婦人矯風会会長、矢島楫子の名で、国会における婦人の傍聴権を求めそれが認められるに至った経緯から始まり、以後の主張が列記さ

れていた。

残念ながら、難しくてよくわからない。母も矢島院長と一緒にこんな活動にかかわっていたのだろうか。母がその人生で何を考え、何をどうしたかったか、今の満喜子にはまだ推し量るすべもなかった。玻璃《はり》のように透けゆく夕空に、もう宵の明星が輝いていた。

3

停車場を降りると、潮の香りを嗅《か》いだ気がした。海を知らない満喜子に香りを特定できるはずはないのだが、そこが日本の玄関口たる国際港だという先入観がそうさせるのだろう。

満喜子は、初めて東京以外の地、横浜に降り立っている。その後の生涯でいくたびも通過することになる港の町だ。明治三十三年、女高師六年の課程を終えた春だった。補習科二年の新学期が始まるまでの試験休みを利用して、英語科教師の引率により、課外で英語劇の鑑賞会が計画されたのに参加したのだ。

——そんなもの、全員参加ではなかろう。

却下されるのは承知のうえで、ただ行きたいのですと満喜子は父に食い下がった。なぜそんなに行きたかったのか、衝動的に、というほかには自分でも理由が見あたらない。

——他の者に行かせておけ。どうせ行くのは平民であろうが。

思ったとおり父の反応はかんばしいものではなく、無言でうつむくほかはなかったが、引き下がらずにいると、しつこいやつだとこぼしつつ、どこの公会堂だ、どんな集まりだと、問いが具体的になってきた。言葉少ない中にも辛抱強い娘に育とうとしている満喜子の中に、彼としても、年々栄子に似てくる血の事実を避けがたく感じていたのであった。

——才蔵しかつけてはやれぬぞ。

老下男をお伴につけるというのは彼の許可の意であった。

よほどのことでない限り娘は遠出しない時代のことだ。満喜子出席、との回答を得た引率の教師の驚きも大きかった。途上、何かあっては困る。

「よろしいですか、大谷さん、津田さんは、必ず一柳さんと一緒に行動するように」

満喜子は自分についてくる縛りを厄介に感じながらも、初めての横浜に胸を躍らせた。

劇はシェイクスピアの『ヴェニスの商人』の一幕で、教会活動の一環で素人《しろうと》役者が演じるのだが質は高く、かなりの練習をこなしたことがうかがえる熱演だった。終演後には絹代など、自分たちもやってみようと勢いづく。なにしろ自分の本拠地なので、いつにも増して大胆で、

「先生、家の者が来ていますので、ちょっと自宅へ寄ってもいいですか？」

公会堂を出るなりそんな勝手を言い出す始末。後ろから身なりのいい若い女がついて来るのにはみな気づいていたが、どうやら絹代の身内であるらしい。東京では見ない明るい色の羽織を着て、絹代とは母娘《おやこ》というより姉妹といっても通じそうだ。ふだんは父親が商用で使う目黒の別宅に寝起きしている絹代だが、せっかく娘が近くに来るなら顔も見たいのは家族の心情だろう。

「はい、私どもで、かならず汽車の時間までには戻らせます」

女の丁寧な物腰に、引率の教師は安堵《あんど》して許可をした。

だが皆と別れると絹代はそれまでの笑顔はどこへやら、厳しい表情で家の者に向き直る。

「お母さま、ここまでで結構よ。許可さえもらえば、私たち、勝手にやりますから」

驚いたのは母親で、家には寄らないのかと不満だが、絹代は反論をはさむ隙《すき》も与え

ない。

「家の前くらいは通ります。でもせっかく横浜に来られたのですもの、皆様に街をたっぷり見せてさしあげたいの」

言うが早いか、さああなたたちこっちへ、と二人を誘い、もう歩き出している。

待って、と制止にかかるのは余那子で、満喜子はうろたえながらも絹代の後に続く。

「おマキさままで、何よ、絹代さんを止めなさいよ」

うち捨てられたようにたたずむ絹代の母に、失礼します、と会釈《えしゃく》をすると、慌《あわ》てて踵《きびす》を返す。

馬車道を行き交う人の肩がぶつかる。横浜の街の活気が、目から肌からとびこんできた。絹代は学校に着てくるよりいっそう派手な花柄の小紋だったから、見失うことはなかった。

「うちはあそこよ」

指さす自宅は目抜き通りにあるようだ。思った以上に繁盛《はんじょう》している商家であるらしい。

通りの両側には二階にバルコニーのあるコロニアルスタイルの洋館が間口の大小さまざまな軒を連ね、TAILOR《仕立て屋》、HAT《帽子》と横文字の看板が軒を飾る。時折、和建築の商家が建っていて、狭い間口に藍染《あいぞ》めのれんの屋号を翻《ひるがえ》していた。この界隈《かいわい》は、かつてのように外国人居留区、日本人居留区と明確に仕切った痕跡《こんせき》はすっかり失《う》せて、栄えるものだけ残って雑居となった感がある。それら和洋入り混じった商家の前を、背中に荷物を背負った商人や洋装の紳士、連れ立っていく丸髷《まるまげ》の奥様ふうから裾《すそ》を揺らして通る外国人まで、引きも切らない人の往来がある。時折、その流れを裂くようにして馬車が高らかなひづめの音を響かせ通過していくのも目を引いた。

「ウメ姉さまから話は聞いていたけど……ここはすでに外国ね」

ふだん冷静な余那子が興奮を隠せずに言う。

「港に行けばもっとたくさんの外人さんがいるのでは？」

意外にも、目を輝かせて周囲を見回し、伸び上がるのは満喜子だった。人ごみにアメリカ婦人を目撃し、長く忘れていた記憶がよみがえってきたからだった。あれはまだ六歳ぐらいの頃のこと。ダイジョウブ。モウダイジョウブ。片言の日本語で、震える満喜子を抱きあげ膝《ひざ》に載せてくれた、ふくよかな白人女性の記憶。隣には母がいて、ともに祈りましょうと十字を切った。そう、その夜、使用人たちの火の不始末から出火して、満喜子たちは夜中に小石川の屋敷を焼け出されて教会へと避難したのだった。半鐘が鳴り、人々が大声を出して行き交い、荷物を持ち出す者たちに押されたり引かれたり。恐ろしさに身が震えたが、大柄な女性宣教師に抱きかかえられると温かくて、満喜子はたちまち眠りへ導かれた。目覚めた時には火事の始末は終わり、焼け残った屋敷の修復が淡々と始まったのだった。

今、すれ違う外国人に、あの女性宣教師のおもかげが重なる。母の死後は教会に行く機会もなく、外国人を見掛けることなどめったになかっただけに、いっそう懐《なつ》かしく思い出される。

「何て話したらいいの? いきなり日本の女学生がHelloと言っても、変ですよね」

通りがかりの外国人に本気で話しかけようと考えている様子の満喜子に、絹代と余那子は思わず顔を見合わせる。まさか、そんなはしたないことを、本当に?

だが満喜子の頭にはさっき見た英語劇の演技の余韻がまだ残っている。それに横浜のこのおおらかで自由な空気。誰も自分を知らない、自分のことを気にも留めない。ならば自分も華族であると意識せずともよいし、こうあらねばと自分を縛る必要はない。第一、外国人にとっては、どんな者でも同じ日本人にしか見えないだろう。

「ねえ、時間を尋ねる、なんていうのはどうかしら?」

だから提案も大まじめだ。通りすがりでも、時間を尋ねるならば不自然ではあるまい。What《ホワット》 time《タイム》……と英文の確認に余念がない。

「あきれた。なんて困ったお姫様なの」

余那子はしみじみ満喜子を見る。本来ならば率先して絹代のはしたなさをたしなめてもよいはずの彼女が、いったい何を考えているのだろう。

当の満喜子は平気な顔だ。津田先生から言われた、華族学校ではなく官立に来て正解だったという意味が今わかる気がした。まさしく、華族学校にいたならこのような大冒険はできなかったであろう。

「ねえ、ちょっと覗《のぞ》いて行かない？　この店、話題の雑誌も置いてるのよ」

二人の袖《そで》を引き、絹代が寄り道するのは、軒先に洋書を並べた小さなハイカラな本屋だ。

「ほらこの口絵の役者、似てるでしょ？」

「誰に？」

「やあね、あのときの、付け文をした一高の学生よ」

心臓がぱくんと鳴って、満喜子は思わず、絹代の手元に吸い寄せられる。創刊されたばかりの演劇雑誌『歌舞伎《かぶき》』は初めて見た。絵にある細い目や鼻を強調した手法はとても生身の人間を想起させないが、舞台で実物を見ている絹代にはほぼ実像に近いのだろうか。

「おマキさまったら知らない顔を通したけど、やっぱりお知り合いだったじゃない」

水道橋で千恵子を迎えに行く佑之進と出会った時のことを、絹代は今日まで問いつめることはしなかった。だが今日はいい機会だと思ったのだろう、意地悪そうにつついてくる。

「知り合いだなんて。あれは、家の者で……」

視線をそらしたものの、満喜子は自分が赤面しているのを頬の熱さで自覚できた。

「ほらほら、もう隠さないで話したらいかが？　私たち三人、運命は同じでしょう？」

すべてを語れば、いっそう絹代は興味津々《しんしん》にさまざまなことを問い重ねるだろう。絹代の前では佑之進が満喜子にとっての一大弱点になっている。

救われたのは、背後に絹代の母が現れたからだ。

「絹ちゃん、ここまで来たんなら、ぜひ家でゆっくりしていってちょうだい」

おそらくずっと後をついてきたのではなかったか。だが絹代は振り向きもしない。

「はいはい、また考えておきます」

ぞんざいに言うと、ふたたび通りを先へと歩き出す。母親は久しぶりで帰った娘と少しは話もしたいのだ。なのに絹代のその態度は、故意に反抗していることが明らかだ。

「お母様にお気の毒では？」

まだ人ごみを後からついてくる姿を見て、余那子が責めた。

「いいんだってば。勝手に罪の償いをさせておけば」

罪？――満喜子と余那子、同時に口にし、思わず顔を見合わせる。

「そう。あの女は罪人よ。罪は、私を裏切ったこと。私を捨てたこと」

きっぱりと言う絹代の声。だがその不可解さに、二人はまた顔を見合わせた。

「話しましょうか。あの人、母が死んでから、私をわが子も同然に育ててくれた叔母なのよ。だからほんとの母じゃない」

ますます事情がわからず続きを待つ。絹代は大きく溜息《ためいき》をこぼしてから言った。

「それがね、ある日突然父と一緒の部屋で寝る〝義母〟ということになったのよ、だから」

後は言いたくないとそむけた頬が冷たい。瞬間、ナツ、ナツと、ねえやを求めて泣いた幼い日の自分の声がそこに重なった。

たよりとする者を父親に取り上げられた痛み、しかし取り上げられたはずの当のナツが、艶然《えんぜん》とほほえむ先は自分ではなく父であると知らされた現実。叔母の行いを裏切りと取り、捨てられたとする絹代の心は、かつての自分とまったく同じではないか。無理もない、疑似であれ義理であれ母親役であるはずの人に、子供は〝女〟を見たくはないものだ。

「その罪を、責め続けているの、あなたは」

たかが学校の作文にも母としての面影を描くことを嫌い、あんな騒ぎを起こした絹代。それは父親にさからい、だだをこねて逆に叱り飛ばされた幼い頃の自分そのままだった。

「だっておかしいでしょう。お父様は悪い人ではないけれど、ちゃんとした妻がいながら私の母にも私を生ませ、母が死んだら今度は叔母まで妻にする」

そうなのか、義母に対する絹代の反発は、いまだ癒《い》えない不条理への抵抗なのか。

「宣教師の先生から聞いたのよ。こんな野蛮なことがまかりとおるのは日本だけだって。西洋では一人の夫に一人の妻と決まってるのですって」

たしかにそうだ。絹代の家庭だけではない。母栄子の弱々しげな笑みを思い出すと、わが家はもっと陰惨だったと満喜子は胸が詰まる。末徳は栄子に四人の子を産ませた後も、若い女に次々と手を出しては屋敷の内外に住まわせ、人目もはばからぬ獣のふるまいを通したのだ。

だからこそ栄子は日本の男に絶望し、夫婦が互いに信頼しあう幸せを説くキリスト教に傾倒した。父に同じ価値観を求め、はねのけられ、それでも求めては父の暴力に屈するしかなかった母を思うと、悪の本体である父と戦うのではなく犠牲者である義母にだだをこね続ける絹代は幼くはあるが、理解はできる。なのに、満喜子の口を突いて出たのは冷たい言葉だ。

「絹代さん、あなた、まだ子供ね」

それは絹代に対してではなく、過去の自分自身に向けた言葉であったかもしれない。

絹代は凍りついたように満喜子を見た。自分の立場を同情されこそすれ、まさか非難されるとは思ってもみなかったのだろう。その目を、満喜子は強い意志で見つめ返した。

自分は正しい、と声高に騒いでじたばた抵抗するのは子供にすぎない。佑之進が言ったように、虎《とら》は鼠《ねずみ》と無駄には戦わぬもの。いつかもっとも犠牲の少ない動きをもって、目の前の不愉快な不条理を乗り越える瞬間を待つべきなのだ。

そこまで言ってやりたかったが、言わないことが大人でもある。絹代は何か言い返したくて、それでも言えずにただ満喜子をにらみ付けている。二人が動けばすぐ止めに入ろうとでもいうのか、間で余那子が二人を窺《うかが》いながら立っている微妙な均衡。

だがその均衡を破ったのは、すぐ向こうの通りで起きた騒ぎだった。

行く手の人だかりから、突然、うわあっ、と声が上がって人垣が崩れたのだ。その足下からは、すさまじい叫びを上げて猫が飛び出す。その後を追って、白い犬がけたたましく吼《ほ》えながら飛び出した。日本では見かけない、耳の垂れた大型犬だ。

「Bruce《ブルース》! Come on《カモン》!」

人垣を割って、黒っぽいドレスを身にまとった大柄な外国婦人が現れた。彼女の付き人なのだろう、下男ふうの男が慌てて犬を追っていくが、犬は猫を追って物売りたちが路上にひろげた売り物の籠《かご》を蹴散《けち》らし、右へ左へ、俊敏な動きで跳び回る。

そして目にも留まらぬ速さで満喜子たちの方へと突進するが、猫はすばやく足もとをくぐりぬけて去る。

ブルース、ブルースと、それが犬の名前なのだろう、懸命に追ってくる外国婦人。

とっさに満喜子はとびだした。犬は嫌いではない。子供の頃、兄の譲二が拾ってきた犬を、兄弟妹《きょうだい》で飼ったことがあるのだ。あれはもっと大きな犬だった。

背後では絹代と余那子が固まったようにその行動を眺めているが、従者の才蔵が満喜子を助けて犬の行く手をふさいでくれたおかげで、満喜子はたやすく犬に追いついた。

「よし、おいで。いい子だから、よし、よし」

青い革の首輪をつかむと、犬は猫の立ち去った方をなお未練がましくみつめて前足をばたつかせたが、自分を抱き留め頭をなでる人間の手のやさしさに、いつか鎮《しず》まっていった。

「ほら、いい子」

かがみこんで犬をなで続ける満喜子のそばへ、やがて黒いドレスの婦人がやってくる。

「Thank you, thank you.——Oh, Bruce.」

満喜子と同じく、犬の高さまでかがみこみ、首輪を握る。

犬を介して、同じ高さで目と目が合った。

「アリガト」

片言なのに、ふしぎにあたたかい日本語だった。外国人の年齢はよくわからなかったが、もう四十を過ぎていると示す目元の皺《しわ》はけっして厳しいものではなく、その人柄のやさしさを描いてゆるんだ。

「イヌ、好キデスカ？」

意外に上手な日本語だった。なおも犬の頭をなでながら、満喜子はただうなずき返す。見上げた婦人の、鳶色《とびいろ》の髪、ふくよかな頬。みつめられるとまぶしいような澄んだ灰色の瞳《ひとみ》は、ダイジョウブ、という片言の日本語が伝わりそうなぬくもりを帯びていた。そう、幼い頃、出火によって焼け出された先の教会で、満喜子を抱きしめてくれた、あの大柄な女性宣教師と同じ種類の温かいものがそこにはあった。

気がつくと、彼女の背後にはふたたび人垣ができていた。外国人が多い横浜でも、彼女が歩けばこうして人に囲まれてしまうのであろう。

後から駆けつけた日本人の下男が犬の首輪に革でできた綱をつけた。

「アリガト、ホントニアリガト」

丁寧に御辞儀をして、婦人はドレスの裾《すそ》を払って立ち上がろうとする。

その瞬間、満喜子は口を開いた。

「What time is it now?（何時ですか?）」

示し合わせたとおりの英語の会話。そばで二人の級友たちが目を白黒させた。

「Oh, it's ten minutes to two.（ああ、二時十分前ですよ）」

婦人は懐中時計を取り出して眺め、初めてなめらかな英語で喋《しゃべ》った。

二人、犬を間にしての初めての交流。婦人の灰色の目がやさしくなごむ。

のちに満喜子を養女にまでする生涯の師、そして母と慕う女性との出会いであった。

その人との再会は、思いがけなく、進級したばかりの補習科の教室で果たされた。

「アメリカからいらしたアリス・ベーコン先生です。みなさん、起立なさい」

英語科教諭の津田が紹介した。並んで登壇したのは皆が初めて見る外国人の女性だ。

級長の号令で、いっせいに女学生達が椅子《いす》を引いて立った。満喜子がその人を横浜で会ったあの婦人だと確信するのには時間が必要だった。なぜなら愛犬を連れた彼女はもっと若やいで見えたが、今そこに立つ人は、威厳ある無表情な熟年の教師だったからだ。

他の生徒たちはというと、アメリカ人教師の大柄な体軀《たいく》に戦々恐々、すっかり萎縮《いしゅく》し、ものも言えない。それでいながら、自分たちを見回すその女性に目が釘付《くぎづ》けになっているのだ。

紺色のドレス、鳶色の髪、白い肌に灰色の瞳。自分たちとはまったく異なる姿をした女性は、まだ見ぬ欧米の威厳であり、大きさであり、進んだ文明そのものだった。どれ一つとっても自分たちは小さく、くすんで、古めかしく思われた。

やがてその白人教師は女性としては低いアルトの声でいきなり英語の挨拶《あいさつ》をした。

Hello, how are you?——英語の授業ではとっくに学んだことなのに、アメリカ人をこんな間近で見るのは初めての者もいて、教室じゅうが異様な静けさに包まれた。

「どうしたんですか、みなさん。お返事は？」

津田が言う。生徒たちはいっそう静まりかえる。

こういう時、信頼できる生徒といえば、やはり余那子であろう。実妹という立場を差し引いても、津田が指すのは彼女になる。

「ミス津田。アンサー」

Yes とはっきり答える余那子を、満喜子は身内贔屓《びいき》の指名と思わずに見た。

「We're fine, thank you, and you, Miss Bacon?（我々は元気です、先生は？）」

きっかりとした区切り方だが、よくわかる英語だった。皆は魔法から解けたように我に返る。人選は誤りがなかった。

Good, you're very nice. とほめられ、わずかに照れて目を伏せる余那子。

あとの授業は、みな無我夢中だった。英語を母国語とするアメリカ人による本物の英語だという意識がみなを高ぶらせたのだ。

アリスは満足した。十二年前に初めてこの国に来た時とは違い、あきらかにこの国の人間は進歩した。この分ならば盟友ウメがめざす女子教育も早々と実を結ぶだろう。

もともと日本の女たちが勤勉で向学心が強いことは、彼女たちがその身をもって証明してきたことだ。

「(コネティカット州のニューヘイヴンから来ました。日本へはこれで二度目です)」

教室じゅうを見回しながら彼女は話した。

遠いアメリカで宣教師の娘として生まれ育った彼女がこうして日本の教壇に立つことになった縁の始めは、三十年前にさかのぼる。日本政府が送った岩倉具視《ともみ》を代表とする使節団とともに派遣された初の女子留学生。その五人の少女のうちの一人を、彼女の父が家庭の内に預かった。その少女とは、帰国後、陸軍卿《りくぐんきょう》大山巌《いわお》の妻となる捨松である。

二つしか年の違わなかった捨松とアリスは、十年以上の歳月を一つ屋根の下、ベーコン家の姉妹として過ごした。十代の多感な時期は二人に分かちがたい絆《きずな》をむすんだのだった。

そんな二人が描いた夢は、ともに日本で暮らし、アメリカに比べてまだまだ遅れた日本の女子の教育にその身をささげ、女子のための学校を作ろう、という明確なものだった。

「(私はみなさんに、私の国アメリカの、文化を学んでもらいたいのです)」

文化を学ぶということはその背骨でもある精神をも知るということだ。父レナード・ベーコンは早くから黒人解放のために尽くした牧師であり、その薫陶《くんとう》を受けた彼女は、自身、黒人学校で教えたこともある。人間の平等と自由を理想論ではなく実践してきた人物なのだった。だからこそ、封建制が長く続いたこの日本で自分がまっさきにまく種は、どんな人も生まれながらに自由であり平等であるという精神だと考えていた。

かつて捨松とは、そんな抱負を熱っぽく語り合った。だが女性として結婚の適齢期にあった捨松は、日本の現状に単独で直接ぶつかる困難さを思い知り、結婚を選んだ。政府高官である夫の高い地位を活《い》かして夢に向かおうとしたのである。実際、政府の力を動かしてアリスを招き、華族女学校の教壇に立たせることに成功している。

アリスはこの時の日本滞在時の見聞を本にまとめた。当時あまり知られてはいなかった日本の内側を書いたこの本はアメリカで評判を取り、いくばくかの印税収入をもたらすことになった。彼女はそのお金で何か日本のためにできることはないかと模索していたのだった。しかし、次に彼女を必要としてくれたのは捨松ではなく、津田梅子だったというわけだ。

「ということで、補習科では英語科を開設し、授業は我々二人で受け持ちます」

津田の採用、そしてアリス・ベーコンの登場によって、官立女高師に小さからぬ変化が起きたとしてもふしぎではない。最先端にある二人の指導者にひかれ、英語を選択する者はなだれをうってふえていた。六年間の本科課程を修了してなお上の補習科に残る者は学年でも一割程度だったが、家政科と英語科、二つの選択肢ができたことは大きい。

「私は断然、補習科では英語科を択《と》るわ、もちろんヨナさんもでしょう?」

早々に決意を表明したのは絹代だった。庶民が、それも女が、英語など学んだところで何の役にも立ちはしないという風潮はまだまだ根強い。それでも当面の生活に困らない生徒たちは、この二人に続き次々と英語科に希望を出した。

「おマキさまは? 音楽科があるならまだしも、どちらか決めるなら英語でしょう?」

熱病に浮かされたように英語や米国へのあこがれに傾倒していく者もある中、満喜子は口籠《くちご》もった。家政科に進む、と言えば、皆の流れを止めることになる。

「まさか、まだ和裁を?……おマキさまだって英語は得意でしょうに」

答える必要はないと思った。人にはそれぞれ事情がある。末徳にさらに二年の就学を許されるにはこれが限度であろう。女はそれぞれの家格に釣り合った縁を得て嫁ぐのが人生の最終目的、と考えられている社会で、学問するなら良妻賢母となるのに役立つ家政学、との観念はそう簡単にはうち破れない。教師の側でもそれは熟知しているから、特に英語科進学への指導はなかった。

「残念ね。絹代さんはおマキさまと一緒の教室で学びたいのよ」

「何を言うのよ、そういうヨナさんはどうなのよ。あなただって好敵手はほしいでしょう」

ぶつかったり反目したり、長く敵対の位置にあったはずの関係が、いつのまにこんなことを言い合える距離にいたのか。生まれも身分も育ちも違う。持っているもの持たないもの、どれ一つとっても同じではない。だからことあるごとに逆方向に思いは走るし、三人いれば誰か一人がどちらかに近くなって、釣り合いをとろうと位置を移す。だがそんなことを繰り返すうち、三人がこんな近しい存在になっていたとは。

けれども満喜子は、二人に対し、どう応じていいのかわからないのだ。ナツを求めて否定された子供の日から、好きなものを好きと言ってはいけないのだと体で学んだ。満喜子は自分の思いを殺すことしか知らない。

思えば母の手に引かれて平民の通う小学部に入った日から、満喜子は学友には不自由しなかった。たえず誰かが近づいてきて親切にしてくれたのは、子爵《ししゃく》令嬢という身分への敬意であったろう。それが友情と呼べるかどうかは確信が持てない。満喜子を孤独にしないでいてくれた存在としてしか思い出せないのがその表れだ。だがそれに比べ、絹代と余那子はあきらかに違う。これほど心に食い込み満喜子自身を変えかねない力を持った学友は今までなかった。

「あー、何？　華族サマはまたまた私たちとは違って大人だとでも言いたいの？」

そんなふうに満喜子に挑む友など、過去に誰か一人でもいただろうか。

「違います。そうやって人を身分で決めつける絹代さんはやっぱり子供と思うだけ」

ついそう言い返してしまう満喜子自身も、過去にはないことだった。

「なんですって」

また火花を散らしてくる絹代。勝負、と言い出さなくなったのはいい傾向であったのに。

「もういいじゃない、そのへんで」

あやうく余那子が間に入った。そんな冷静で客観的な態度がとれる友も、かつて存在しなかった。

嫌いなものを嫌いと言い切り、やりたいことをどこまでも求める絹代の天真爛漫《らんまん》さは、疎《うと》ましくもあるがうらやましくもある。またどこまでも冷静に目的を追う余那子のことも、気にならないわけがなかった。自分の身分ではかなわぬことだと悟ってはいても、知れば知るほど、親しくなればなるほど、彼女たちがねたましくなる。それは恥ずべき感情と知ってはいたが。

その時、廊下の端から、生徒たちの生活態度に小うるさいことで知られる教頭、野本がやってきたのでそこまでになった。皆は早々に口をつぐんで彼女が通過するのを見送ろうとした。

「あなたたち、進路のことで騒ぐのはほどほどになさい」

米国人教師の出現により生徒達の英語熱が高まり、どうも自分の担当する和裁が軽んじられているのが面白くないといった風情《ふぜい》だ。そして、中でも目立つ絹代に視線をめぐらすと、

「大谷さん、英語を学ぶならいっそうみだしなみも正しくなさいね。派手なお着物は慎むことです」

名指しで注意した口調にはいつにも増してとげがあった。最大派閥の中心となって皆を煽動《せんどう》している絹代を叩《たた》いておくのが望ましいと思ったのだろう。皆は、しん、とうなだれる。

だが絹代は悪びれなかった。はい、と素直に答え、その場は殊勝に頭《こうべ》を垂れていたが、翌週、登校した彼女の姿に、教頭の野本はもちろん、生徒全員、絶句した。

なんと絹代は洋装で登校してきたのである。明治も三十三年になり、町では男性の洋装はもう珍しくはなくなっていたが、女性の洋装はあの鹿鳴館《ろくめいかん》の中だけぐらいなもので、まして女学生なら、一人も洋装の者などいない。

「どう？　〝派手なお着物〟じゃないことよ。横浜の仕立て屋にたのんだの。よかったらあなたたちのもたのんであげるわよ」

落ち着いた濃紺の生地でできたドレスは腰を細く絞ったバッスルスタイルで、余計な飾りのないあっさりとしたものだったが、洋装は洋装というだけで度肝を抜く。いつも絹代を取り巻く仲間たちですら、少し遠巻きに眺めずにはいられないありさまだ。

「どうしたのよ。ベーコン先生もおっしゃったじゃない。学ぶのは欧米の文化。外側だけ学んでも文化は身に付かないわ。英語を学ぶ学生として、これが正しい身だしなみでしょ」

彼女にとっての学校用の衣服――いわゆる制服を定めたという宣言に、誰も面と向かって意見できる者はいなかった。

満喜子は舌を巻いた。富めることや身分が高いことなど、自分が望む望まないにかかわらず身にそなわったものは、打ち消し、隠し、へりくだることで皆と同じになれると思ってきた。だが絹代は違う。皆と同じになる必要はないと、はなからそう宣言している。自分が恵まれゆたかであることを、良くも悪くもありのままであろうというのである。そしてその分、彼女は自分の負った責任をはたした。注目される分、期待にもこたえ、勉学にいっそう力が入っていったのはその現れだ。

身分ある者の責任と義務《ノブレス・オブリッジ》。はからずも、満喜子は父たち華族の男が実践する態度を、絹代から示された思いだった。

帰宅すると、前庭で佑之進と鉢合わせした。同じ道を前後分かれて到着したようだ。おかえりなさいませと挨拶《あいさつ》を寄越す彼に、満喜子はふと訊《き》いた。

「来る途中、佑はニコライ堂を見た？　高いのと低いのと」

ずんぐり、独楽《こま》をさかさにしたような低い方が満喜子は好きだ。

「あれですか。低い方はロマネスク様式というのです。対して、高く尖《とが》った塔はゴシック様式といって、西洋の地には、もっと鋭く尖った塔が無数にあるそうです。天へ天へ、高い塔を造りたがるのは、西洋人が神様のいる天国に近づきたいからだそうですよ」

そうか、神様に近づくためなのか。

「コンドルというイギリス人の建築技師が建てたのですよ。鹿鳴館や帝室博物館と同じく」

佑之進は博識だった。まだ日本人の手に西洋建築を造るだけの技術がない明治初期、日本が近代国家であることを示す建築物は、みな西洋から法外な報酬で招いた建築家によるものだ。それは満喜子が聞きたかったことではないというのに、聞けば興味深くて引きこまれる。

「でもう状況は変わっています。工科大学で学んだ日本のすぐれた建築家が巣立ち、工科大学本館や日銀本店といった堂々たる外観の建築は、今やみな日本人自身の手で築かれているのです。国を開いてまだわずか三十年で、そんなことをやりとげたのですよ」

発展する日本にはこれから数々の組織が生まれるし、その容《い》れ物である建築物はさらに需要が多くなる。そんな話を兄からも聞いた。だが聞きたかったのはそれでもない。

「その建築を、佑はめざしているの？　どうしてそれを選んだの？」

勉学とは、何のためにするものなのか。絹代や余那子が確《しか》と学科を選んだように、男子の佑之進には、どんな定かな理由があったのだろう。それを知りたかった。

「はい。養父が言うのです。いずれ東京だけでなく日本各地に洋館が建つ。あの奥まった播磨《はりま》の小野の地にも。その時、建物を築くのはもちろん日本人技師でなければなりません」

「小野にも？　できるの？　日本人の手で、西洋建築なんて」

「できます」

きっぱりとした声だった。

「長い鎖国の間には外との比較もできませんでしたが、わが国の力量は侮《あなど》れませんよ」

自国のよさは、他と比べなければ見えないものだ。商用で日本中を飛び回り進んだ文物を見聞きする与七郎は折にふれ彼に語った。――こころせよ、佑之進。今、日本は、何でも西洋に劣っていると思い込んで、西洋を取り込むこと一辺倒だが、我々の大地には西洋以上の歴史が流れ、西洋にひけをとらないものがあるのだ、と。

あんな田舎にいて、養父には世界が見えることに佑之進は驚く。できるなら自分は海の外へととびだし、世界が見たい。驚くべき先進の文化、そしてそれの行き着く先を。いつの日にか、それらを日本に持ち帰りたいのだ。与七郎はそんな若者の血気を小気味よさげに肯定し、見せてやってもいいぞ、そなた次第だ、と言ったものだ。

「今はまだ言葉でしか言えないのです。でも、きっとこの手で建ててみたい」

百塔の町、ヨーロッパ。二人はまだ見ぬ遠い異国の地を思い、空を見上げた。いつかと同じ、茜色《あかねいろ》からたそがれてすみれ色へ変わる天幕の内に、宵の明星を一個、鋭く輝かせて、空は夕から夜へと移る大いなる舞台転回を始めていた。

その天空の、巨《おお》きな円弧を描いて宇宙が東へ傾く半球のかなた――。うねうねと寄せていく太平洋の大海原を横切り、大陸の夜に達し、岬の果てから山脈の尾根筋、そして頂上を駆け上がり砂漠を越えて日の出を迎え、はるかに明けゆくアメリカ大陸の朝日の下。明けの明星として退いていくその同じ星は、山渓を仰ぐコロラド州デンバーの地の一隅に立つ一人のアメリカ人青年の上にあった。

金色の髪、灰緑色の澄んだ瞳《ひとみ》。端整なその顔には、敬虔《けいけん》なクリスチャンの父母から受けた慈愛あふれる育ちが輝き出て、持ち前の陽気さに色を添えていた。緑あふれるコロラド大学の広大なキャンパスの中、彼はもっとも古く、もっとも威厳に満ちた石造りの図書館の前に立っている。そして堂々たる彫刻を備えたアプローチを見上げてはスケッチに余念がない。その背中に、後からばらばらと近づいてくる仲間たちの声が明るく注ぐ。

「Good morning, Merrell. How're you?（おはよう、メレル。ご機嫌いかが）」

「Morning, Merrell! You're a hard worker!（おはようメレル。精が出るね）」

後ろからひときわ賑《にぎ》やかなグループが近づく。アメリカの大学でもまだ少数しかいない女子学生が中にいた。縹色《はなだいろ》の清楚《せいそ》なドレスのその学生は、メレルに気づいて駆け寄った。

「（おはよう、メレル。昨日は町の公会堂をスケッチしてたのに、あれはもう終わり？）」

その目は明るい栗色《くりいろ》で、髪も同じ色に輝く美しい娘だ。

「（ミス・ツッカー、おはよう。そうなんだ、灯台もと暗しだね。わが校の建物がこんなにすごかったとは、しみじみ見直してるところだよ）」

You're great.（すごい）、と褒める彼女に当然だよと片目をつぶる。そのお茶目さに、また笑顔を誘われて、彼女もはしゃいでノートを覗《のぞ》く。そこには彼が行く先々で出会ったありとあらゆる建築の威容が描き留められているのだった。

「（将来のアイデアのためと思って。建築学科にいる以上、スケッチは財産になる）」

「（あなたってMITに合格して入学が決まっていたんでしょう？　もったいないわね）」

女子学生は敬服しながらおもノートを覗き込んでいた。

遠い大都市にあるＭＩＴへの進学を経済的な理由であきらめたことは、この恵まれた同級生には理解できない現実だろう。だが不幸ではない。

今では信じられないほど健康な彼であったが、以前は体が弱く、そのため一家はカンザスからアリゾナ、さらにデンバーへと越して来たのであった。ロッキー山脈の自然に恵まれたここでの暮らしは彼の体をすこやかにし、自宅から通える大学生活をゆたかなものにしていた。今や彼の放課後はＹＭＣＡ活動で埋められている。

「(野山で子供たちと活動するのって楽しそうね。私も行ってみようかな)」

背後で仲間が彼女を笑った。

「(きみのようなお嬢様には無理だよ。メレルは詩も書く。行くなら文芸部にしな)」

「(さあメアリー、授業が始まるぜ。メレル、またな。ＹＭＣＡには僕も参加するよ)」

すこやかで明るい青年たち。日本でもアメリカでも、いつの時代も若さに大きな違いはない。

「(じゃあまた後で。ウイリアム・メレル・ヴォーリズ！　未来の偉大な建築家)」

ああまた、と答えて閉じたノートの表紙には、彼の頭文字ＷとＭそしてＶとが飾り文字で記されているのが見えた。

しかしいったん仲間と立ち去りかけた彼女はすぐさまもどってメレルにささやいた。

「(ミス・ツッカーではなく、メアリーと呼んで。いい? ミスター・ヴォーリズ)」

照れくさそうに彼は笑顔で応じた。おそらくその一笑で誰をも魅了する無敵の宝。そこにあっても昼には見えない星のように、この青年メレルのすばらしい笑顔は、今、地の裏側に立つ満喜子や佑之進が、やがて一万キロの海山を越えてめぐりあう運命にあった。むろんその時までには今少し、地球はさらに数千回も、昼と夜の壮大な交代劇をくり返さなければならない。東と西、夜と昼、地上に若者たちの日々をくり返した後まで。


どこかで桜が散り始めているらしい。いつものようにオルガンの個人レッスンに精を出す午後、満喜子は音楽室の外で、三人の教師が英語で立ち話する場に出くわした。

「(それじゃあ、ウメ。今年じゅうには本当にやるの? 独立するというのね?)」

繁子と梅子は紬《つむぎ》に袴《はかま》、アリスは黒っぽい洋装。彩《いろど》りのない三人の姿は、まるで影のようであるのに、その存在感は強烈に明るく、会話もなにやら浮き立っている。

日本の女子のための学校を作る。——かつてベーコン家の居間で、捨松とアリスが二人して思い描いた夢の続きが、今、津田梅子その人の手で実現しようとしていた。

「(ええ、当面は私塾という形でやります。アリス、シゲ。ぜひ力を貸してね)」

何かをなさねば国費で派遣された留学生として面目がたたないと律儀《りちぎ》に思い悩む梅子の使命感は、悲痛なまでだった。そのためここ女高師や華族学校など既成の学校でその道を探っていたが、そもそもアメリカ育ちの彼女はとかく他の教師らからは浮いてしまう。だから彼女が育ったアメリカ式の教育現場を独自に作りたいというのが究極の目的だった。そんな彼女に、アリスはどんな協力も惜しまぬつもりでいる。あえて結婚を選ばずその身を日本の女子教育の発展にささげようと考えた同志ウメは、同じく独身の道を歩きつつ自分の仕事を模索していたアリスにとって、捨松と描いた夢の継承者であったのだ。

「(夢のようだわ。捨松が聞いたら何て言うでしょうね)」

三人は堅く握手を重ね合う。この日、念願の女子英語塾の開設のめどがようやくたったのであった。花の降る廊下での立ち話というのに、三人は感慨のためか、動かない。

だからそばを通り抜けることができなかった。そんな満喜子にアリスが気づいてくれた。

「(ああ、ごめんなさい、私たち廊下を塞《ふさ》いでいたわね。――どうぞ通って)」

灰色の目は深く澄んで、鳶色《とびいろ》の髪は束ね髪にしてあった。年はこのとき四十二歳。アリスらがそれまで何の話をしていたか知るよしもない満喜子だったが、三人のあまりに明るい様子は気持ちをほぐし、ふと質問を投げかけたい気になった。教壇の上のアリスにはできずにいた、あの横浜での出会いの続き。ずっと心に掛かっていたからだ。

「Bruce――your dog――is fine?（ブルースは――あなたの犬は元気ですか）」

しぜんな口調であった。するとアリスの顔はみるみる親しげな笑みにあふれる。

「Oh, you are!（ああ、あなただったの）」

顔をほころばせ、あのときは助かったと早口で言うアリス。横浜での出会いを満喜子の顔の中にはっきり思い出したようだった。そばで梅子がいぶかしむ。

「おや、一柳さん。アリスとはもう知り合いなの？」

教壇で見せるのとは大違いのなごんだ目だ。そしてすぐにアリスに解説をする。

「（アリス、この人は補習科の生徒でね）ミス・ヒトトゥヤーナギ、あなたオルガンを弾いてきたの？」

アリスには英語、満喜子には日本語、あざやかに切り替えながらそれぞれの目を見てしゃべる。満喜子はうなずき、楽譜を軽く持ち上げて見せた。

「そんなに好きなら、音楽科があればよかったわねえ。シゲもふんばりどころね」

晴れやかな顔で梅子と繁子、お互いを見る。

新政府は幕末に西洋列国と結んでしまった不平等な条約を撤廃するため、日本が文明国であることを示威するのに躍起になっていたが、それには音楽がたいそう大きな役割を占めていることに気づいていた。

以来、音楽教育を暗中模索していた政府は東京音楽学校を設立するなど本腰を入れ、滝廉太郎ほかすぐれた人材を輩出するまでの成果をあげている。文部省唱歌が作られ、小学校の子供たちから音楽教育が始められていくのもその一例だ。もっとも、耳に慣れた賛美歌をそのまま唱歌にした例は少なくなく、あらたな曲作りに当たった作曲家たちも、たとえば『赤とんぼ』の山田耕筰《こうさく》のようにクリスチャンであるなど、教会音楽の影響が大きかったことは否《いな》めない。音楽は英語と並んでエリート女子が学ぶべき学問という位置づけになり始めていたが、この学校ではまだ専門課程がないのであった。

「あと十年も待てば、日本人の中から音楽を教授できる者も巣立つでしょうけど」

誰をなだめるつもりか、繁子が決意のように静かに言った。

「(アリス、この生徒はね、華族令嬢です。お父様は子爵《ししゃく》。彼女はうちの学校の例外なの)」

あらためて梅子が紹介すると、アリスはおお、と小さくうなずき、手を差し出した。

「(私も以前の来日の折には華族学校で教えていました。たくさんの華族のご令嬢を生徒に持ちましたよ。多くの生徒の家庭は、わがアメリカが建国されるより前の時代にすでに興《おこ》っていました。あなたの家も、そういう古い由緒《ゆいしょ》の家ですか?)」

しかしそれは長すぎて、満喜子には伝わらなかった。代わって梅子がもちろんですと答え、この少女の家も三百年前のSekigahara War関ヶ原合戦《せきがはらかっせん》の時に名を馳《は》せた家ですと答えた。アリスは感服したように首を振った。

「(あなた、一般の学校で学ぶとは、勇気がありますね、ミス・ヒトトゥ……)」

一柳という長い名がすぐには反復できずにアリスが詰まる。梅子もまだ発音できない名前であった。だから自分でマキコ・ヒトツヤナギと言い正す。

「(マキコ? マキ、ですね。いい名です、ミス・ヒトト……)」

なおも一柳と言おうとするアリスの真面目《まじめ》さがほほえましい。

この日のことをのちに二人はたびたび思い出しては懐《なつ》かしがった。アリスは満喜子はアリスに対し、数少ない外国人女性との出会いとしての印象深さを。アリスは愛犬を助けた少女が自分の生徒であったこと、そして日本の古い伝統を誇る華族の娘であったことへの驚きを。この縁は、アリスの死まで、続くことになるのだった。

アリスの授業は個性的であった。その日も生徒らの前に取り出したのは「手製」の「紙芝居」だ。

「(今日は皆さんに、アメリカにどんな人たちが住んでいるかをお話ししましょう)」

垢抜《あかぬ》けた絵の描写や鮮やかな色彩に皆の目は釘付《くぎづ》けになる。

金髪に青い目の男の子、白い肌にそばかす、赤い髪の女の子、自分たちと同じ黒髪に黒い目の子供もいる。アリスが一枚めくるたび順に手をつないでいく仕組みに、皆は目を輝かせて見入った。そして最後に目だけが白く大きい黒人の女の子が現れた時、教室にはとまどいとともに沈黙が走る。日本人の少女たちには見慣れぬ容貌《ようぼう》の子供だったからだ。それを見透かしたように始まるアリスの話は重かった。

「(アメリカには奴隷《どれい》制度という恥ずべきものがありました)」

のどかなアフリカの大地で自由に暮していた人々を、まるで獣を捕獲するがごとくに網をかけて生け捕りにし、遠い大陸へと連れてきて働かせたという事実に、生徒たちはふるえあがった。日本人には奴隷を有した歴史はない。奴隷制は、狩猟民族を根源とし武力で国境を奪い合ってきた欧米人ならではの発想だろう。勝った者、強い者が、敗れた弱者を略奪し支配するのは有史以来、当然のように行われてきたことだ。

「(安心して。南北戦争により、人類最悪の罪深きその制度はなくなりました)」

生徒たちはほっとした。アメリカがとてつもなく恐ろしい国に思えたのだ。

「(奴隷は解放されましたが、問題は残ります。差別が根強いために教育を受けられなかったり、ろくな仕事に就けなかったり、今なお黒人は貧しく人として幸せではないのです)」

簡単な単語を使い、かみ砕いたアリスの説明はわかりやすかった。

「(神は地上にさまざまな姿をした人をお創《つく》りになりましたが、どの人も、神から見れば同じ重さの人なのです)」

満喜子は全身を耳にして聞いた。

「(肌の色が黒でも白でも黄色でも、あなたたちには、どんな人であっても人として重さをちゃんと感じ取れる、そういう人になっていただきたいのです)」

同じ重さなら上に積むことはできないし下に踏むこともできない。だがアリスの言うhuman《ヒューマン》「人」には自分も含まれるのか。父や兄や男たちだけをさした単語ではないのか。満喜子は手を挙げて尋ねたかった。古い屋敷の衝立《ついたて》の文字が頭の中で浮いては沈んだ。

アリスが女子高等師範学校に着任してから三月《みつき》、少女たちが熱くなって学んだのは英語だけに終わらなかった。

秋が来て、一柳家の正玄関からその衝立が動かされた。正玄関をひろびろと空け、そこから人を通すためだ。「天ハ人ノ上ニ人ヲ造ラズ　人ノ下ニ人ヲ造ラズ」毎日見慣れたあの文字が退き、皆の視線の届かないところへと消える。

奥の襖《ふすま》が開いて、代わりにその空間に現れたのは、志乃に手を引かれた花嫁だった。白い綿帽子の下でうつむきかげんに唇を結び、豪華な縫い取りのある裾模様《すそもよう》をゆたかに引いたその人は、異母姉の喜久子だ。この年、縁談が調い、華族令嬢として一柳家のこの正玄関から出て行くのである。

ミッションの女学校を卒業し、子爵令嬢として穏やかな娘に育っていた喜久子は、父末徳を中心にすすんでいく縁談を従順に受け止めた。嫁ぎ先は同じ播州《ばんしゅう》でかつて二万石を領した森家である。あの忠臣蔵で名高い赤穂《あこう》藩の後継、といえば誰もがうなずく縁組先で、旧藩主として子爵に叙せられている忠恕《ただやす》公が夫となる人だった。

むろん、それ以上のことは知らない。どんな男であるかも知らない。しかし家と家との格が釣り合い、年齢が釣り合い、皆がめでたい慶事として喜びあえるのであれば、嫁ぐ娘本人には何ら異議はない。身分ある者の結婚とはそういうものだ。まして一万石から二万石への身上がりとなる大家へ嫁ぐからには妾《めかけ》の子では縁談は成らず、先方では正室の子である満喜子の方を、と望んできた。それを年の順で喜久子が嫁ぐにあたっては、生母の志乃が正妻に直ることになった。長く日陰にいた母を、晴れて父の隣に座らせてやれる喜びで、喜久子はこの結婚が自分にできる最高の親孝行ととらえていた。

一年がかりの支度は一柳家に春を呼んだかのような浮かれごとで、出入りの河合屋をたよりに嬉々《きき》として励む母を見るのが喜久子には楽しみでならなかった。今朝は仏間で戦国以来のこの家のご先祖たちに挨拶《あいさつ》をし、緊張したおももちで家を出て行く花嫁である。

沓脱石《くつぬぎいし》にそろえられた赤い鼻緒の華奢《きゃしゃ》な草履に花嫁が足を置くと、先に下りていた志乃が足下にかがみ、履かせてやる。もう女中ではなく妾ではなく、この日のために一柳家の正妻となった志乃の、花嫁の母としての仕事であった。

表門にいたる庭には親族をはじめかつての家臣たちが駆けつけ、晴れの出立を見送っていた。長く玄関の天井に吊《つる》されたままの女駕籠《かご》がおろされ、喜久子が乗り込む。かつて栄子が嫁いだ時に乗って来たものであり、一柳家の家紋である〝丸に釘抜き〟

の紋様が金蒔絵《きんまきえ》でほどこされてあった。駕籠の後からは荷宰領が立ち、長持ち七棹《さお》が後に続く。

「立派なお輿入《こしい》れでございますねえ」

「さすが、世は変われどもお大名の姫様の花嫁御寮。なんと豪華な」

物見高い人々が黒だかりの群衆となってこの輿入れを見送った。ゆっくり、ゆっくりと行列は進む。さすがに派手派手しい家奴《やっこ》の毛槍《けやり》の先駆けはないものの、かつての大名行列を彷彿《ほうふつ》とさせる、ひどく古風な行列だ。

「次はおマキさまの番でございますね」

見送る女中たちの列に、いつのまに隣に来ていたのだろう、与七郎が言う。

自分も、か？　まるで遠い世界のことのように見ていただけに意表を突かれた感がある。華族の婚礼としての体面を保つため、志乃がどれほど奔走したか間近に見てきただけに、あんな大儀な仕事を、誰が自分のためにしてくれるだろうとの思いは強い。

だが与七郎は晴れやかに言う。

「おマキさまはなんといっても次の当主になられる譲二さまのご実妹。正嫡《せいてき》のご令嬢であらせられるのですから、この河合屋、はり切ってお手伝いさせていただきまするぞ」

なおも変わらぬ忠義を訴えるうれしい言葉だ。けれども子爵の娘として生きる、それがこのように格式と見栄《みえ》を重んじることであるなら、あまりにむなしい労力ではないのか。

ふと振り返ると女中たちが、早くも正玄関の衝立を戻そうとしている。出る者のためだけに開かれた玄関は、ひとたび喜久子が出れば元の通り衝立によってふさがれるのだ。もとより外から入ってくる者のためのものではない。花嫁は二度とはここに帰れぬ定めであった。天ハ人ノ上ニ人ヲ造ラズ……。今は異母姉が幸せであれと祈るのみだ。

学校の秋は、校庭に植えられた金木犀《きんもくせい》が匂《にお》うことでそれと感じさせる。

窓の内側では、今日も少女たちが英語の発音練習に励んでいた。

絹代の周辺で洋装の者も二人、三人とふえていき、授業はさらに熱心なものになっている。人は互いに刺激し磨かれることで成長するが、前を走る絹代や余那子の存在は、学年全体を力強く牽引《けんいん》していた。アリスの日本滞在は次の時代を生きる女子学生たちに、着実に種をまき成果をあげたといえるだろう。

そんなある日のこと、絹代が血相変えて教室に飛びこんで来た。

「大変なことになったわよ、みなさま」

ざわめいていた教室がぴたりと静まる。絹代の視線は余那子に向かう。あなたはどうする、と問い詰める目だ。肩で大きく息をつくと、絹代はかまわず一気に言った。

「津田先生が、この学校をおやめになるって」

教室が騒然とする。どうして？　何があったの？　ここをやめて、どこへ行かれるの？　皆は口々に問いながら絹代を見た。だが代わって口を開いたのは余那子だった。

「あたらしく、女子のための英語塾を開くのよ」

ふたたびのざわめき。満喜子は呆然《ぼうぜん》と余那子の声を聞いていた。その年の九月、梅子は悲願であった女子英学塾を開校する。それまでの学校のように、欧米から派遣されてきた宣教師たちが作るのでもなく、またお上が作る官立でもない。日本人女子個人の手による、初めての女子教育機関であった。塾頭は津田梅子、のちの津田塾大学の創設である。

4

日本の女子教育界は、大きな成長の時を迎えていた。

梅子の女子英学塾が開かれた翌年、やはり満喜子の人生を大きく変える一人の女性が尽力した学校が目白台に開校する。成瀬仁蔵が創立した日本女子大学校である。この学校の立ち上げについて惜しみなく経済援助をしたその人は、廣岡浅子といった。

胸にフリルのあるブラウスに裾《すそ》を引くスカート。活動的な浅子の洋装は、モダンな西洋建築が立ち並ぶ大阪中之島の界隈《かいわい》にはこれ以上ないほどよく溶け込んだ。だが男ばかりの商工会や取引先では、烈女だの豪傑だのと不当な評価にいつも悔しい思いをする。

「女が賢うて何がいけまへんの？　あほな男はんに都合がよろしいだけやおまへんか」

「いや、ようわかってまっせ。ご寮人《りょん》さんが賢かったおかげでこの加島屋は保《も》ったんや」

こぼす相手は夫の廣岡信五郎だ。生まれながらの若旦那《わかだんな》、育ちのよさがすっぽり浅子を包み込む。世の中に一人でも自分を正しく見る人があれば、人は自信を失うことはない。

「そうやんなあ。わかってくださるんはやっぱり旦《だん》那はんだけや。女でも男でも、危機に面したらその能力がある者が出ていって活躍したらよろしいやん。何が男の沽券《こけん》だす」

事実、浅子は女ながらに並外れた経営手腕を発揮し、九百万両にものぼる大名貸しを一気に整理したばかりか、九州にある炭鉱を始め、銀行や紡績工場などさまざまな業種に進出し大成功をおさめている。実家は三井。縁戚筋《えんせきすじ》に当たる加島屋とは生まれながらに定められた許嫁《いいなずけ》だったが、おっとり育った信五郎は、十五歳で嫁いで来たこの快活で聡明《そうめい》な妻を、やりたいように放任している。自分もさまざま道楽を持ち、縛られることなく生きる喜びを知るだけに、人にも規制をかけたりしない。それが大阪の旦那衆というものだった。

「うちはたまたま旦那はんのような話のわかるお人と一緒になれて運がよかった。けど、世の中の男はんのおおかたはぼんくらどす。そやからもっと女の方で賢うならんと」

商都大阪でも、女性の実業家はまれだった。行く先々で物珍しがられ、ゆえなきことで批判されたり止められたりと、もどかしいことが多かった。だから浅子は同類の女たちをふやして生きやすくしたいと考えるのだ。それには教育が大事であった。大阪では梅花女学校など成瀬氏が実践してきた女子教育を見守ってきた。だが大学という女子の最高学府を築く夢はまた格別だった。やっと日本もそこまで来た。そんな思いが胸にたぎる。

浅子の行動力が爆発したのは言うまでもない。まず敷地。それには実家三井の別荘を提供した。次いで資金。建物や優秀な教師を誘致するために必要な額を捻出《ねんしゅつ》した。またこの遠大な計画の後援者を、その輝かしい人脈から募って回った。高潔な教育者である成瀬氏にはどれも力およばぬことだったが、すべて浅子が補い、夢を現実のものにしてみせた。おそらく浅子の手腕なくば、女子教育の歴史の進みはもっと遅かったことだろう。

のちにその門をくぐることにもなる満喜子だが、そうとは知らず、当の立役者浅子に会った日のことは、やはり長く忘れ得ぬ記憶となった。なにしろ父末徳が、めずらしく女たち全員を連れ、能楽堂に行くことにした日のことだったからだ。

「お能だなんて、まあ御前も急に、どうしたことでしょう」

今や一家の主婦となり皆が出掛ける支度に大忙しの志乃がいぶかるのも当然で、一柳家ではクリスチャンだった栄子の影響でずっと西洋的なものに触れて暮らしてきており、能楽のような日本的なものの方がなじみが少なかったのだ。

「何を言っておる、日本人なら当然の素養だ。お前たちも行くだけで理解できよう」

ほんの三十年ほど前までは、能楽は幕府が保護した経緯もあって、上は大名から下は農民まで、国民が共通して知っている情緒の世界であり、教養であり、また娯楽であった。むろん末徳も能には目がなく、小野藩では小藩ゆえに藩主が能に入れ込むゆとりはなかったが、加賀や備前《びぜん》のような大藩では藩主みずから豪華な装束をまとって舞台に立ち、民に奨励するほどだった。

播磨《はりま》では農民がゆたかであったため、村々の社寺、いたるところに能舞台があった。いわゆる農村舞台と呼ばれるものだ。その数、播磨は日本で二位を下らないというのが定説だ。一位はもちろん佐渡を擁する越後《えちご》であり、世阿弥《ぜあみ》の足跡を刻む地であればうなずける。

そんな播磨のうちでも小野では町会所のある愛宕《あたご》神社に商人たちが資金を出し合って立派な能舞台を造っていたが、旦那衆は寄合と称していそいそ境内の会所に集まっていき、しじゅう京から能楽師を招く相談ばかりしていたらしい。それがあまりにはなはだしいので、藩はたびたび享楽《きょうらく》禁止令を出したくらいだ。

開国後、西洋人たちは日本人の教養レベルがおそろしく高いことに驚いたようだが、それはもちろん日本全域に普及していた寺子屋に負うところが大きいものの、こうして津々浦々で繰り広げられた能楽が、五感で庶民の知性や感性を耕してきた事実は見逃せない。

「わしもひさしぶりだ。なにしろ西洋の文明ばかりに押されていたからな」

文明開化で、日本の古典芸能もしだいに変化していくさなかにある。能楽堂という建築スタイルもその現れで、それまで寺社の境内など野外に能舞台を置くのが一般的であったのを、屋内に能舞台をしつらえた能楽堂というものが造られ始めたのは明治十四年あたりからのことだった。

この日は播磨太閤《たいこう》の異名をとる斯波与七郎が肝いりとなって、東京に新しく造られた屋内施設の能楽堂のこけら落としが催されるという。招きを受けて、末徳はせっかくならばと家族総出で楽しむことにしたのである。

「どうだおマキ、そなた、横浜くんだりまで芝居を観《み》に行きおったが、こうして近くにいながらこんなよいものが観られるのだ」

言われて初めて気がついた。以前、横浜へ英語劇を観に行きたくて説き伏せた時のことを、父なりに気に掛けていたということか。

「家の中に、また屋根がある！」

幼い口調で千恵子が言った。昨年、喜久子が嫁ぎ、姉妹は二人きりになったため、千恵子はいっそう満喜子の後ばかりついてくる。その千恵子を保護するように付き添うのは、主催者の息子であり千恵子の叔父である佑之進だった。珍しげに能楽堂を見回す千恵子は、女学校の二年生。年頃の娘になってはいるが、佑之進の前ではいまだに小さな子供のようだ。

「よく考えたものでしょう。電気というものができたおかげです。これで雨の日も雪の日も、たっぷり能を楽しむことができるのです。それに、どうです、能舞台というのはどこのものも、簡単に壊して運んでまた組み立てることができるのですよ」

広島の福山には太閤秀吉が桃山時代に造った能舞台が移築され、その優美な姿を今に伝えているらしい。小野にいた頃、実際にその目で見る機会のあった佑之進の弁舌はやけに熱い。

「寺院や神社も同じです。京都で大地震があって壊れた仏閣を、播磨へ運んで立派な御堂として再建した例などいくらでもあります。日本の建築技術はたいしたものなのですよ」

西洋建築を志すと言っていながら、佑之進のその口ぶりは日本古来の建築の秀逸さにばかり傾いている。背後でやりとりを聞きながら、満喜子は彼がこの春、念願どおり、東京帝国大学に入学し工科を学ぶ初志を貫いた事実に納得していた。

「さあ、お席はこちらです」

観客がすわる見所《けんじょ》の奥、すだれで仕切ったいくつかの座敷がある。姉妹を案内して立ち去っていく佑之進は、背丈も声もすっかり異性であった。屋敷の外で会う時は、いつも目を引くばかりの彼の成長に驚かされる。そして彼が近くにいる間、妙にどぎまぎしてしまう自分がいる。

すだれの内にすわってみると、正面席が一柳家、目付柱の前に当たる中正面が廣岡家の一族だと教えられた。

「廣岡家って？」

千恵子の浮いた声を皆が「しっ」とたしなめたが、それが大阪から来た来客であるのは、誰もが暗黙のうちに了解していた。

すだれを透かして隣を見れば、座った中央、夫と並んで堂々と舞台を見上げているのが夫人の浅子であろう。そしてその隣には、あでやかな皐月色《さつきいろ》の振袖《ふりそで》を着た娘が並んでいる。

女中心のその着席は、一柳家が末徳以下息子たちを一列目に座らせ、後ろに女たちを控えさせるという男性優位になっているのとは対照的だ。女が前面に出ている分、廣岡家では女たちの着物の豪華さが目立ち、そこだけ花が咲いたように華やかだった。

武家と商家の違いと言ってしまえばそれまでだが、浅子がしじゅう席を立って、見所のそこかしこの客たちに挨拶《あいさつ》しに行き、愛想をふりまき、明るい笑い声をたてることにも驚きだった。志乃、そしてナツ、それに満喜子、千恵子と、四人も女が座っていても、一柳家の女たちが表情ひとつ変えず黙ったままでいるのとは大違いだったからだ。

「あの方は誰？」

「大阪の実業家、加島屋さんのご一家ですよ」

気になってしかたないらしい千恵子に志乃が声をひそめて答えてやる。その加島屋さんがなぜここに？　さらに訊《き》こうとする千恵子の袖を、ナツがそっと抑えた。

「今日は兄上さまと、あちらのお方に、大事なお出会いがあるのです」

千恵子はまだ知り足りない顔をしたが、志乃はそんなことより気になるらしく、橋懸かりの前にしつらえられた小屋の方をうかがっている。そこには喜久子ら森家の面々が座っているのだ。

人妻らしい束ね髪と伏し目がちなまなざしは、遠目に見ても身分の高い奥方とわかる。落ち着いた灰鼠色《はいねずいろ》の着物をゆったり着付けているその奥方こそが、志乃の愛娘《まなむすめ》、喜久子である。

喜久子の輿入《こしい》れに当たって、志乃はやっと念願の正妻の座を与えられたが、このことにより、ナツは妾《めかけ》のままで据え置かれた。それをたいそう不服とし、奥の空気は以前にも増して険悪な、居心地の悪いものになっている。末徳が一家を連れて能見物に出かけてきたのには、沈滞した家の空気にうんざりし、気分転換をはかりたい意図もあったにちがいない。

喜久子には早くも懐妊の吉兆があり、志乃を狂喜させていた。むろん彼女の初産《ういざん》であり、末徳、志乃にとっても初孫になる。この日は夫の忠恕《ただやす》ともども招きに応じ、席に連なっている。

だがやがて子も生まれる幸せな身でありながら、何をそんなに憂《うれ》い顔でいるのだろう。志乃は母親の直観で、伏し目がちな喜久子が妊娠以外に何か悩みを抱えているのではないかと案じているのだった。

まもなく揚げ幕が開き、橋懸かりをしずしずとワキの僧が進み出た。与七郎である。

喜久子の輿入れの時もずいぶん親身に世話をしてくれ、一柳家との関係はいっそう深くなって、屋敷に出入りの回数もますます頻繁になっている。今では末徳の腹心の家来といえるほどだ。その与七郎相手に、父は最近息子らの将来をこぼしたらしい。

譲二はすでに二十六歳、米国遊学からもどり、川崎に新しくできた化学工業会社の重役に就いてはいるが、早くしかるべき身分の娘を娶《めと》って身を固めてもらいたい。東京帝国大学を卒業した恵三は二十五歳、大蔵省の官僚となってはいるが、いつまでも独り身でよいはずもない。また、学習院を出た剛も、はたちを超えているのだから自分の秘書だの見習いだのと遊ばせておくつもりはなく、それなりの職に就かせたいと考えている。

世襲できる子爵《ししゃく》の位は長男のみ。継がせるもののない次男、三男にも何とか暮らしてゆける道筋をつけてやるのが親の務めというものだ。だが大名というものがまだ存在していた自分の時代はともかく、すべての武士が廃業となった今の時代、息子らには何をさせるべきなのか。迷う末徳に、与七郎は言ったものだ。

——それは、ご自分で国を建てるに等しい、〝実業〟を興《おこ》すことでございますね。

見回せばすでに日本各地で生まれている新しい産業——発電所や鉱山開発、精錬所、製造のためのさまざまな工場はみんな、この国が近代工業国となるためにあらたに興された実業だ。そして他にも、まだまだ多くの産業が必要だった。知恵と教養、そして力を備えた若者の活《い》かし場所は、そこにこそある、と彼は言う。

実業、か。——つぶやいた後、それが一昔前には〝商売〟と言われていたことを思い返し、末徳にとっては隔世の感がある。

河合屋が国元の播磨《はりま》に鉄道を敷き、自分の屋敷の前に停車場を造ろうとしていることは伝わってきていた。総工費の額を聞いた時、末徳は唸《うな》ったものだ。それは国家がなすべき事業であって、とても民間に払いおおせる金ではない。もしも自分が今もその地の領主であったとして、はたしてそんな事業ができたかどうか。田舎を走るそんな鉄道のためになど。

しかし与七郎は他に姫路の奥に発電所を建設する事業にも投資しており、また、国策として開発が進む北海道でも、米どころ播磨がため池などの利水工事で積み上げてきた長い歴史の知恵を活かして水田開拓に乗り出している。

――実業とは、世のため人のために利をなすもの。なりわいとして実《じつ》を取らねばなりません。今、西洋を追うわが国には、まっさきに必要とされる分野といえましょう。

それは常々、跡取りと定めた佑之進にも繰り返し話して聞かせている「国利民福」の理想に重なるものだった。与七郎は、武士なき世、人々の暮らしをよりよきものにするのは商人――実業家たる者の、この世に生まれた使命であると、ことあるごとに熱く語った。

――では、わが息子たちも、実業家にするのが得策か。だがそれには資本がいろう。

――御意。資本は、持てる者が出し、若様方はその頭脳と才覚をお出しになればいい。

――では養子縁組、ということか？

末徳はこの提案を拒むつもりはなかった。彼もわかっていたのだ。次男以下すべての息子の養子縁組をもって国盗《くにと》りをなした末徳の父隆都《たかひろ》を、世は明君と呼ぶ。自分も三人の息子の父として彼らの身の振り方を決めねばならないが、今の時代、もはや家を守るだけの家長では発展は望めない。大名などは職をなくしたも同然、議員に再選された自分だとて国家に養われている身でしかないのだ。それに比べて実業家たちは華族をもしのぐ財力だ。与七郎が言うとおり、武士なき時代、社会を動かし牽引《けんいん》するのは、彼らであるのは間違いなかった。

跡継ぎである譲二にもしかるべき後ろ盾が必要と思い、早くからあれこれ縁組を模索してはいる。けれども長男ゆえの頑固さからか、彼は父が薦める娘になかなか首を縦に振らないでいる。だが温厚な次男の恵三なら聞き分けるだろう。順序が前後しようが、息子の未来が決まるというのは末徳にとって望ましいことであった。

——大阪の豪商、加島屋に、恵三さまに相応の、大事な一人娘がございますとか。

豪商加島屋とは、幕藩時代、小野藩蔵屋敷の年貢米《ねんぐまい》の売買を介してのつきあいがあった。さらに与七郎が今力を注ぐ鉄道敷設《ふせつ》について、加島屋からは恩と言うのがふさわしいほどの協力を得て今日にいたっている。その恩を返す手段が、彼らが目に入れても痛くない愛娘の縁を取り持つことでもあるのだった。

——お嬢さまのお名前は、かめ子さま。加島屋の跡を継ぐべきたった一人のお嬢様です。

加島屋廣岡。恵三の運命のみならず、満喜子の人生にも大きくかかわる家であった。

末徳にとっても、家格も財力も申し分ない話であった。

今日、こけら落としを迎える能楽堂で、すべては整えられて時を待っている。

舞台にはシテの白拍子が登場していた。この世のものとも思えぬ女の静かな立ち姿。

満喜子もそのまま引き込まれるように『道成寺《どうじょうじ》』の舞台を見入る。

春爛漫《らんまん》の、紀州《きしゅう》日高川のほとり。視界には、奥の鏡板に描かれた松しかないというのに、観客はみな、満開の桜を見ている。白拍子が舞えば、桜がはらはらと散るのさえ見える。

与七郎は、河合御殿と呼ばれる自分の屋敷の内に能舞台を築き、みずからも舞い、また佑之進にも笛や謡《うたい》を習わせるなど、並々ならぬ凝りようという。なるほど、佑之進に、常々、日本が西洋の歴史を凌駕《りょうが》するだけの古い歴史をもっていることを誇れと語るのも、能をたしなむせいであったとわかる。事実、満喜子の目にも舞い散る桜の花が見える気がしたが、それは自分が日本人だからかもしれない。この実感を、満喜子が一人のアメリカ人の男に印象深く語ってきかせるのはもっとのちのことである。

「よろしいなあ、やっぱりお能は日本人の魂や」

すだれを挟んだ隣の席から小さなつぶやきが漏れた。廣岡家の夫人のようだった。かめ子はというと、世間の風に当たることなくそれはそれは大事に育てられてきたことがわかるおっとりとした風情《ふぜい》であった。いくつか年下のはずの満喜子から見ても、妻妾《さいしょう》同居の複雑な家の内情で育った自分たちより、よほどのどかなお嬢様という気がする。

舞台では話が展開し始め、ワキが核心を謡い始める。

「この鐘について女人禁制と申しつる謂《い》われの候《そうろう》をご存じ候か」

寺は女人禁制なのに、美しさに惑わされた寺男が白拍子を入れてしまったことを住職に責められている場面である。

唐織の豪華な装束は糸巻きにしだれ桜。扇は赤地に牡丹《ぼたん》の模様のきらびやかさだ。だが美しく静かであるだけに、蛇体に変身した後のおそろしい鬼女の乱舞は迫真のものだ。

その迫力、おそろしさ、美しさ。蛇の鱗《うろこ》を表す三角模様が、ぎらぎらと金糸を光らせ、皆は圧倒されて能がかもしだす情念の世界にさまよっていく。

終演ののちは、千恵子などはしばらくものも言えないほどだった。やっと口を開いたかと思うと、自分も舞を習いたいと言い出す始末。皆で笑ってあきらめさせるのも骨が折れるありさまだった。

「いかがでしたかな」

装束を解いた与七郎が客の一人一人に挨拶をして通る。客たちは口々に彼をねぎらい絶賛するが、浅子だけがあっけらかんとこう言った。

「河合屋はん。今のお能なあ、女だけが悪もんにさせられるんは、ええかげんにしてほしいわ」

笑いがはじけた。それまでの、舞台の緊張した余韻がすっかりほぐれていく。

「無茶言わんといてくだされ、ご寮人《りょん》はん。私が筋を書いたわけやおませんからな」

「そらわかっとるけど、なんぼ修行中の山伏やからというて、女が惚《ほ》れたらあかん理由としては不足やわ。ここまで惚れられたんなら、堂々と受けて立つんが男やないの」

なあ、そう思わん？　と意見を求める浅子に、夫の信五郎は苦笑しながら、

「おお怖《こわ》。わし、山伏やのうて、よかったわ」

なあ、と娘のかめ子に同意を求める。そのやりとりには一柳家も思わず相好をくずした。

「まさか恵三さんは、そういう逃げの男やないやろねえ」

不安そうにつぶやく浅子を受けて、与七郎がわざと仕切りのすだれを開けた。

「若様。あのようなご質問がございましたがいかがでしょうかな」

気安く一柳家の席をのぞきこんで、当の恵三にそう尋ねる。浅子は驚き、

「まあ、直接申し上げるなんて。どないぞ河合屋はんのご無礼をお許しのほど」

慌《あわ》てて謝ってしまう。誰も彼女を憎めず、笑いだけがその場にあふれた。

恵三は言葉に詰まって目をそらした。その視線の先にかめ子がいる。はにかみながら、上目遣いに彼を眺める様子がなんともういういしく、みんな二人のためにまたほほえむのだ。

結婚前に本人同士が顔を合わせるなどこの時代にはほとんどないが、娘のためならそういうまれなことでも難なくやってしまえるのが浅子であった。そしてどうやら娘は一目見ただけの恵三を夫として受け入れたらしい。大名家の若様であり帝大卒業の優秀な頭脳、そして育ちの良さがわかる恵三の穏やかな物腰は、かめ子でなくとも、若い娘をたちまち憧《あこが》れさせたであろう。

「ほなまあ、ご一緒にお弁当でもいただきまひょか。ああ、弁当やなしにとん蝶いうのですて。なんなと呼んだらよろしいわ、おいしいんやったら。ねえ」

くだけたもの言いに、また笑いが満ちる。ふしぎな人だ。いとも簡単に、皆に笑顔

を作らせてしまうのだ。それは満喜子が小さな頃から恐れたクロアルジさえ、たちどころに居場所をなくす夏のひなたの明るさだ。満喜子は久しぶりに笑った気がして、浅子をまぶしく窺《うかが》った。

翌明治三十五年の春は、一柳家は外側から射《さ》す陽光によって開かれるように、明るい慶事に包まれる。豪商廣岡家の一人娘と恵三の結婚がまとまったのであった。式は、後々の語りぐさになるほど盛大なものだった。東京、大阪と会場を替え、数百人の招待客に祝われての門出である。親族の一人としてこの豪勢な披露宴の席に連なった満喜子にとっても、その後の人生でも例を見ない、廣岡家の富と人脈に圧倒される宴《うたげ》であった。

続いて、喜久子が女児を生んだ。末徳には初孫の嘉音子《かねこ》である。実家からの祝いの用意に追われる志乃は、舞い上がるほどの喜びに、忙しさも忘れた。一柳家は、久しく味わうことのなかった明るい空気にわきたっていた。

その同じ時間座標の線の上。満喜子の知らないはるかな地、アメリカからカナダへ行く道の上に、あの青年の足跡がある。

ウイリアム・メレル・ヴォーリズ、澄んだ灰緑色の瞳《ひとみ》を持つ青年の足跡だ。

若者らしい純粋さで、彼は海外伝道学生奉仕団（ＳＶＭ）で熱心な活動の日々を続けていたが、大学を代表し、トロントで開かれる第四回世界大会に出席することになったのだった。

「（メレル、あなたって本当にはかりしれない人ね）」

見送りに来たメアリーが溜息《ためいき》をつく。詩を書いて学内の文芸雑誌に掲載されると思えばオルガンでみごとな演奏を聴かせてみせる。それも彼自身の作曲したものを。さらにはＹＭＣＡで野生児のように伸び伸びとスポーツや野外活動のリーダーになる。しかも、教養課程のこの二年を修了したら、一度入学をあきらめたＭＩＴの専門課程に編入するという。そのためにずっとアルバイトもしていたというのだから驚く。どの分野でも感心させられてばかりなのに、今また海外での活動に関心を抱くとは、いったい彼の感性はどこに向かっているのだろう。本当はクリスマス休暇中、彼がトロントへ行く同じ日程で、他の仲間ともども、父親の持つ別荘に誘いたかったのに。

「（釣りもできるし馬にも乗れる。自然が大好きなあなたは詩や音楽もきっとすてきにいっぱい創《つく》れると思ったのに、残念だわ。でもメレル、今度は絶対にね）」

「（ありがとう、きみの親切にはいつも本当に感謝してるよ）」

親切？　メアリーは彼の言葉をオウム返しにつぶやいてみる。そして笑った。

「(何かおかしいこと言った？　僕)」

また笑わずにはいられない。わかってないのね、この男。自分が彼に寄せる気持ちがただの親切だけだと思っているのか。だがあきらめてメアリーは手を振る。

「(いいえ。とにかく元気で行って来て。帰って来たら、二人でゆっくり話したいわ)」

彼女が秘めた心の声には気づかないまま、メレルは無邪気な笑顔で手を振り返す。誰をも幸せな気持ちにせずにはおかないあの笑顔。メアリーは、しかたないわ、とほほえみ返す。

だが、彼女に告白のチャンスは訪れない。メレルは世界大会が開かれたマッセイ・ホールで、人生を覆《くつがえ》す出会いに心を預けてきてしまったからだ。

休暇が終わって大学へ戻ってきたメレルは、それまで在籍した建築科から、なんと哲学科への変更を願い出る。

「(メレル、何を考えているの？　あれほど建築家になる夢のために努力していたあなたが……。いったいトロントで何があったの？)」

わけがわからずメアリーが食い下がった。彼女は父親に、大学で好きな人ができたとうちあけていた。事業家である父は、相手が建築家志望の青年であると知って、いつか連れてきなさいと交際を認めてくれたのだ。なのに当のメレルの気持ちを訊《き》くどころか、建築家の道を捨てて金にもならない哲学をやるというなら、父も快い顔を見せてはくれまい。

そんなメアリーの算段など知りもしないメレルは深刻な顔で彼女に言った。

「(きみは、中国で起きた義和団事件というのを知っている?)」

メアリーは顔をゆがめる。彼女にとってはアジアの国など縁のない未開の土地だ。急激に押し寄せる外国文明に押しつぶされそうになって悲鳴を上げる中国で、義和団という秘密結社が、中国は独自にやっていくべき、と外国人排斥の乱を起こしたことも、今聞かされたところで白日の夢のようなものだった。まして西太后《せいたいこう》というようなおぞましい権力者の名を挙げて、反乱が利用され国家間の戦争にまで発展したということなど、理解せよというのは無理な話であった。

「(その時、中国の内地深くまで入っていた宣教師たちの多くが犠牲になった)」

メレルは悲痛な顔で、まるで見てきたように話すのである。

「(何の罪もない子供や、女性の信者、数えきれないアメリカ人が殉教したんだ。目を覆《おお》うばかりの残虐《ざんぎゃく》な殺戮《さつりく》だったらしいよ。その体験を、僕は生の声で聞いてきたんだ)」

北京《ペキン》の五十五日、と後に伝わるように、「扶清滅洋《ふしんめつよう》」を唱えて世界相手に宣戦布告した拳民《けんみん》の内乱はわずか二ヶ月足らずで欧米列国に鎮圧される。新興国日本からも軍隊が出た。以来、中国は列強にむしばまれ、滅亡の道をたどるのだ。

「(トロントの大会では、この乱を生き延びて帰国したテイラー夫人が講演した。これほど衝撃的だったのは、生まれて初めてのことだったよ)」

メレルは聞いた。すさまじいばかりの殉教の模様。それでも屈しなかったテイラー夫人たち前線の宣教師たちの強い意志と行動。生で聞く声が満員の聴衆の心をとらえ揺り動かした。三千人を収容するマッセイ・ホールは声なき熱気の海となったのだった。

「(待って、待ってメレル、でもそれって)」

混乱して、メアリーは後の言葉が続かない。衝撃を受けたことと、哲学科への転科はいったいどう関係があるというのだ。

「(メアリー、僕はその場で神の声を聞いた。信じるかな、僕を)」

気でも触れたのか。まるで何かに取り憑《つ》かれたようなメレルの顔だ。

「(夫人の顔の中にイエス・キリストの顔が見えたんだ。その顔がはっきりと浮かんだ時、あたりの音が一切消えて、僕だけに尋ねるのが聞こえた)」

顔色を失い、メアリーはただメレルをみつめるしかなかった。あの陽気な男が、今は別人のように、目の前で冷たい炎を体じゅうから放っている。

「(声は言った。で? おまえはどうするのだ? と、そう言った)」

それは、神の声か? 本当に、主の声か? メアリーは震えた。

「(建築の道に進むことは自分のための欲でしかない。自己実現という、この俗世での自分の願望でしかないよ。それは、あれほど西洋を嫌い拒み続ける中国の大地に、深く踏み込み、全身全霊、命を賭《か》けて神のためにその身を投げ出す者たちに比べ、なんと薄っぺらな望みだろうね。神は、それら崇高な志の者たちに比べ、おまえはどうなのだ、何をするのだと、問いかけてこられたんだよ)」

それは誰をも介さずメレルに届いた神からの直接の命令だ。彼はその耳で、体で、じかに神の召命を感応したのだ。

「(違う、メレル、あなたどうかしてしまったのよ。好きな道を進むこと、能力を活《い》かすことがどうして欲なの、自己保身なの? 人には成功する権利があるわ)」

悲鳴にも近い声でメアリーは叫んだ。はっ、と我に返るメレルの目。その先に、悲しそうに自分を見つめる美しい女の潤《うる》んだ瞳が像を結ぶ。

「(ごめん、メアリー。きみにすべき話じゃなかったかもしれないね……)」

そうよそうよ、聞きたくなんかなかったわと絶望に首を振る彼女から、メレルはそっと目をそらす。道は決まった。自分が行くべき場所はこの地平のかなた、西へ、アジアへ、日の沈む先に続いている。宣教の勇者ウイリアム・メレル・ヴォーリズ。彼が初めて、海の向こうで神を待つ地へ視線を向けた日であった。

その澄んだ瞳の視線の先、はるか日本の地の上では、一柳満喜子、いつかこの青年とめぐりあうべき定めの女が、アメリカへと帰る一人の女性に別れを告げていた。

二度目の春が来て、アリスはアメリカへと去ることになったのだった。生徒たちはそれぞれに英文で別れを惜しむ手紙を書いた。満喜子は、愛犬ブルースへも書いた。好物の骨のかけらの絵を描いたそばにBYEと記した手紙を、アリスはことのほかおもしろがった。

「(みなさん、いつかまたお会いしましょう。私はまた来ますよ。大好きなこの日本に。むろん、あなたたちから先にアメリカへ来て下さっても大歓迎ですよ)」

アリスが残した未知なる米国への憧れは少女たちの中で地熱のように冷めることはなかった。留学は遠い夢であったにしても、行けばそこにはアリスがいると考えるだけで、大海原の向こうの大陸はさほど遠いと感じられないのであった。

そしてやがて、長く通った女高師の卒業というけじめの時はやって来る。満喜子、十七歳。いよいよこの家における次の主役がめぐってこようとしていた。

なにごとにも驚かず騒がずという華族の態度が徹底された家であっても、さすがに慶事が続いて一柳家の空気もゆるんでいた。だがその反動のように不幸はめぐる。

森家の妻として幸せの絶頂にあるはずの喜久子が体にも心にも変調をきたし始めたのは八月に出産を終えた後のことだった。半年前の二月、側女《そばめ》がやはり女児を産んでいたのだ。鶴音《つるね》、と名付けられたその第一子を、忠恕はことのほかかわいがり、華族の娘として身が立つよう扱われた。側女は、喜久子が嫁ぐより先に忠恕が愛した女であった。

それはまさに、かつてこの家で繰り広げられた女たちの構図と同じであった。志乃は愕然《がくぜん》としただろう。かつて栄子が満喜子を生むより先に喜久子を生んだ自分は、今、森家でまさに喜久子をおびやかしている側女と同じ立場であったのだ。

繰り返されるこの世の因果に、志乃は一人では耐えきれず、観音まいりに傾倒するようになった。かつて栄子に導かれた教会の門を叩《たた》かなかったところがいかにも志乃らしい。

多くは険しい山中にあり、女の足にはかなり無理がある寺まいりで、志乃はある時足をくじき、歩けなくなってしまった。それがもとで床に就いたが、やがて食が細り、起き上がれないまま、家の中は陰気で暗いクロアルジの跳梁《ちょうりょう》の場に変わってしまった。

志乃の話し相手は、かつて狭い屋敷の奥界であれほど敵対してきたナツしかいない。

「ねえ蓉子さま、もうすぐ阿弥陀《あみだ》様の迎えがあります。極楽へ行ったなら、私はきっと仏さまに、今度は男に生まれさせてくださいとお願いしますよ」

初孫の嘉音子が大きくなるまで、志乃の生き甲斐《がい》はまだあるだろうと言うのはたやすいが、ナツにも後の言葉が続かない。

放蕩《ほうとう》を尽くした末徳も五十二歳、髪にも髭《ひげ》にも白いものが混じり始め、獰猛《どうもう》なまでの瞳も穏和さをたたえるようになっていた。この男をめぐり、かつて、あい争った自分たち。痩《や》せ細った志乃を見下ろし、ナツは思い出した。なんじの敵を愛しなさい。

――あれは栄子の日曜礼拝に付き従った時に聞いた言葉だ。そんなことができるはずはないと思って、言葉は頭上を素通りした。若く分別もなく、生き残るために競い合う日々のただ中にいた自分には。

だがありうるのだ。すすんで敵を胸にいだき入れ、いとし子のように哀れみ慈《いつく》しむ。そんなことが、人にはできるものなのだ。今こそナツは祈りたかった。栄子がしていたようにひざまずき、自分などの力をはるかに超えた、何か見えないその存在に向かって。天国という、こころやすらかな場所が本当にあるなら、ナツはそこへ、志乃を送り届けてやりたいと心から願ったのだった。

満喜子はそんな大人たちを、離れて見ていた。これは自分の出る幕ではない。だから、暗い台所にナツが一人もどってきた時も、自分がそこにいるとわからぬように身を潜めた。

ナツは泣いていた。今頃、志乃の病床には末徳が座し、その手を握り、これまでの苦労をねぎらっていることだろう。本当はナツが独占したかったその手。だが今は敵のためにそれを譲る。志乃さま、私だって、次は男に生まれたい、そうつぶやきながら。

それはかつて母の栄子が何度も満喜子の前でつぶやいた言葉ではなかったか。私《わらわ》が男に生まれておれば。――幼かったとはいえ満喜子には母の無念が痛かった。仏をたのむ者、イエスに手を合わせる者、女たちには祈ることしかできないのか。台所に響くナツの嗚咽《おえつ》を、笑う者があるとしたらそれがクロアルジだ。満喜子は身じろぎもせず闇《やみ》を見ていた。

いよいよ危篤《きとく》、との知らせは森家にも届けられたが、喜久子が訪れたのは翌朝になってからで、志乃はすでに冷たくなっていた。ナツがさしてやった唇の紅が、まだ志乃が息をしているかのように鮮やかだった。

四十九日の法要の後、喜久子はゆるされて一日、一柳家に滞在した。

「お姉さま、お疲れなのでは」

気遣うと喜久子は首を横に振る。幼い頃はともかく、物心ついてからは、彼女は寄宿舎に入って生活を別にしていたから、庶民の家の姉妹のようには親しく接した間柄ではない。それでも互いに母を亡《な》くした今は、相手の立場を察して気遣いあえる仲ではあった。

「お母さまが、死をもって私を実家に帰してくださった。森家では私、窒息寸前でしたから」

青ざめた顔、瘦せ細った体は、嫁ぐ日のあの幸せな花嫁と同じ人物だとも思えない。森家ではなお喜久子が跡継ぎを生むことを望んでいるだろう。このたび生んだのが側女と同じ女児であったことで、いまだ正室としての役目を果たしていない事実は彼女に重くのしかかっているにちがいないのだ。なのに夫の心を占める妾《めかけ》の存在がある限り、彼女は夫に心を開くこともできずただ追い詰められている。

だがそんな苦悩とはまだ縁のない異母妹たちを前にすると、わずかに彼女の気も晴れるのであろう。

「チエさんの方は？　学校はいかが？」

いつもは落ち着きのない千恵子だが、珍しい異母姉の滞在に興味を隠せず、神妙にすわっている。喜久子は彼女にとって、同じ女学校の先輩でもあるわけなのだ。

「矢島院長先生が、時々お姉さまは元気かとお尋ねになります」

矢島楫子《かじこ》、満喜子はひさしぶりにその名を聞いた。あの幻灯会の日、母の思い出を語ってくれた人。あの時もらった刷り物は今も取ってあり、書かれた言葉も覚えている。女も人間、子も人間。人としてやすらかに暮らすことがゆるされる。それゆえ、我慢しないで、酒による男の暴力を防ぎ禁じ、家庭を守っていこう。――それがあの集会の目的だった。

喜久子はほんのりほほえみ、なつかしげに視線をめぐらす。

「女学生の頃は、いろいろ聞いた先生のお話も、おっしゃる意味が何ひとつわからなかった。でも、嫁いでみるとこういうことだったのかとうなずくことばかり」

女たちはみんな何も言わずに耐えてきたのねと、付け足しの言葉は独り言のようにも聞こえた。それは、志乃のことを言っているのか、それとも自分自身の境遇を言うのか。

「矢島先生は酒乱のご夫君から毎日暴力を受ける日々を耐えられて、そして、幼な子を殺されかけた時、命がけで家を出られたのですって。女から家を去るなど大罪だけれど、二度とはもどられなかった。人として生まれたからには人として生きたい、そう思われたからね。みじめな女奴隷《どれい》としてではなく」

珍しくはきはきとした千恵子の話はおそらく学校で聞いたことの受け売りだろう。だが女奴隷という言葉の響きは満喜子の背筋を凍らせた。かつてアリス・ベーコンが、人類最悪にして最低の制度として語ってくれたアメリカの奴隷制度。それがそのまま脳裏に呼び起こされた気がしたからだ。なのに喜久子は自嘲《じちょう》をこめて笑うのだ。

「たしかに奴隷。遠い欧米の地で行われていたはずの制度がこの日本にもあったのよ」

まさか、義兄が、暴力をふるったりはすまい。数回しか見たことのない忠恕の、繊細そうなほそおもてを思い浮かべる。ともすると激して母の栄子を殴ったり足蹴《あしげ》にしていた父末徳の猛々《たけだけ》しい表情とはまるで違うと満喜子には見えたものだが。

「あなたたちは幸せね。殴る蹴るだけが暴力ではないことも、まだ知らなくて」

何が言いたいのだろう。いったいどんな悲惨なことが喜久子の身に起きているのだろう。すべてが語られたわけではない。だが満喜子には、記憶にある母のおもかげと喜久子の今の表情がとてもよく似ている気がしてならなかった。どこに出ても恥じない貴婦人でありながら、それにふさわしい扱いを受けられないこと。いや、母はけっして父から貴婦人として扱われることを望んでいたわけではないはずだ。ただ感情を持ち自負を持ち、一人の生きる価値ある者として、傷つけられることなく暮らしたかった、それだけだったに違いない。

「おマキさんは知ってるの？　お養母《かあ》さまが矢島先生と語り合われたこと、夢見たこと」

母が、矢島院長と、何を？　大きな瞳《ひとみ》をまっすぐ向けて問う満喜子を、喜久子は落ち窪《くぼ》んだ瞳の奥で見た。おそらくこうして姉妹で話すことなど、この先多くはあるまい。自分もいつまで正気でいられるか。ならば今このときにすべて話しておこう、そう決意した瞳であった。

楫子と栄子は、喜久子が入学した桜井女学校で、校長と保護者という立場で出会ったのだ。同じ信仰のもとに語り合ううち、社会に対する思いが相通じる間柄になるのに時間はそれほどかからなかった。女の身で校長になるに至った楫子の半生については、甥《おい》である徳富蘇峰《とくとみそほう》が厳しい筆で世間に公表しており、栄子も聞き知っていたことだろう。何かと批判にさらされる女に教育者面《づら》してわが子を教えてもらいたくない。あからさまにそう言う者もある中、栄子は正味の楫子の人格だけを見たのではないかと喜久子は言う。

「強いお方ねと、先生におっしゃったのだとか。神は、楫子さんのような方こそを誰よりお愛しになり、見放されなかったのですね、と」

自分に神の祝福がある。世間の矢面に立つ身に、栄子の言葉はどれほどうれしかったことだろう。婚家で受けた不条理にとことん耐えて、子の命を守るため逃げ出したことすら、世間は罪だと責める。そののち、一人の男を愛したことも許されざる罪とされた。それでも栄子は強い女性だと楫子を認めたのだ。それは栄子が同じ苦しみに耐えた者であり、身分の高さにあぐらをかいた人でないから言えた言葉であるのに違いない。

「矢島先生のように強い女性になれたなら……。その名のとおり、人生を生き抜く強い〝楫〟を持つ人に」

何の力もなく一人で涙をこらえるしかない弱い女がこの国にはどれほどいることか。楫子はその者たちのため、力を貸そうとしている。それが矯風会《きょうふうかい》。母の栄子も創立当初からの仲間であったと、満喜子は今初めて知らされる。神の下ではどんな人間も平等であるとするキリスト教の信仰により、人として認められずにいる日本の女性や子供の幸せを願い、やすらかにのびのび生きられる世界を作ろうと立ち上がった女たちだ。

「その矯風会の仕事として、あなたのお母さまが矢島先生と一緒に太政官《だじょうかん》へ上奏なさった建白書のことは、知っているわね？」

ケンパクショ？　千恵子がオウム返しに尋ねたが、満喜子も初めて聞く言葉だ。

「あの日もお養母さまは矢島先生にご一緒したとか。今なら私も、ご一緒したい」

「あの日――？」

明治二十一年、楫子は一通の建白書をしたためると、白装束に身をあらためた。それは死装束だ。死を覚悟して、彼女は何をしようというのだろう。そして母も、楫子と一緒であったとは。思わず肌がざわっと粟立《あわだ》つ。命を賭《と》して、二人は何をしようとしていたのだ？

「一夫一婦制を提案する建白書を、元老院までお届けになったのです」

一柳家のように、父と複数の妻妾《さいしょう》が一つ屋根の下に暮らすのではなく、一人の夫に一人の妻。神の下に、男も女もともに一個の人間としてその存在を認めあい、尊重しあうのが自然なのだと、教会を通じて学んだ女の正論だった。一個の男と一個の女が協力しあって築きあげる安定した家庭の中にこそ人間らしいしあわせがあり、子供たちもやすらかに育つ。長く続いた封建時代の身分制度が廃されてまだやっと二十年。

そんな草創の時期に、はやばやと人間のしあわせ、男と女のしあわせ、子のしあわせを説いた、日本で最初の、一夫一婦制の建白書であった。

「白装束に身を包んだのは、女の身でこのような進歩的な意見を太政官へ建白すれば、お上を愚弄《ぐろう》するか、と一言の下に捕らえられ、命もないかもしれぬとお考えになったからでしょう。それほどこの国の意識は遅れているのですよ。そしてお二人は、死をも怖《おそ》れぬお覚悟だった」

もう喜久子は、異母妹たちの反応にはかまわなかった。その目はすでにどこか一点だけをただみつめ、わきあがる思いのままに言葉を連ねる。満喜子は口も挟めず聞いていた。

一人の男に一人の女。天秤《てんびん》に載せればその命の重さは同じで、対等の存在であるべきだと訴えた母や矢島楫子の考えは、おそらくアリス・ベーコンが語ったことと同じだ。黒人と白人、命を計る天秤の上では同じ重さということだろう。

やりようのない沈黙がそこに流れた。この屋敷に頑強にしみついている陰気なものが、じわじわ融《と》けだし滲《にじ》むような。喜久子はなお喋《しゃべ》りたげに、目だけをぎらつかせて、二人を見るばかりだった。

「私はお嫁にはまいりません」

泣きそうな声で千恵子が言った。それほど、猫背になった喜久子の様子が怖かった。思いは満喜子も同じであった。いやだ、自分はそんなふうには生きたくないと、心が叫ぶ。母のようにも、志乃のようにも、またナツのようにも、異母姉のようにも。唐突に喜久子が笑った。しんとした屋敷に響く乾いた女の笑い声は、それだけで異様なものだ。喜久子は笑い止《や》むと低い声でなおも言った。

「だめよ、逃げられない。女は必ず誰かに嫁いで子を産むのよ。まして我が家は子爵《ししゃく》家だもの、ちゃんと嫁がないと世間の笑いものになる。一人でなど生きていけないのだから」

そのぎらついた目をはね返すように千恵子が叫ぶ。

「チエは佑おじのところに嫁ぐからいい」

はりつめていた空気がゆるんだことは事実だったが、それはあまりに幼い発言だった。

「だって佑おじならチエのしたいようにさせてくれるもの」

たしかに、新しい教育を受けた佑之進や兄たちなら父や義兄とは違うかもしれない。佑之進を思う。同い年の自分たちであれば、すでに満喜子にこうして結婚が話題になるように、彼にもいつかそれが語られる時がくるのであろう。千恵子はともかく、いつか、誰か、ふさわしい人と。そう考えて、満喜子がふいにどぎまぎした時、喜久子はきっぱりこう言った。

「チエさん、それはだめよ。佑之進さんには嫁げないわ」

叔父と姪《めい》では血縁が濃すぎる。答えはわかっていたけれど、喜久子の主旨は違っていた。

「忘れたの？　あなたたちは華族なのよ。平民とは結婚できないのよ」

姉の様子は異様ではあったが、たしかにそれは正しかった。法律により、自分たちは宮内省の許可なしに自由に結婚はできない、と明文化されている。そしてたいがい、華族は華族どうしでなければ許可はたやすく下りないのだった。

「譲二兄さまだって、それで苦しんでおいでだわ」

このとき初めて知ったが、長兄の譲二がいまだ身を固めずに父と反目しあっているのは、心に決めた女性があるかららしい。身分の違う平民の女であるのが許されず、それで家督相続の件も宙に浮いたままなのだった。

年が離れていたせいで、また、嫡男《ちゃくなん》であるゆえに幼い頃から扱いが特別だったせいで、どうにも距離ある存在だった兄、譲二。だがその兄は父とは違う心を持った紳士に育ち、一人の女を守って華族のしきたりと戦っている。

わる。

「私、お兄さまを応援する」

一途《いちず》な顔で千恵子が言う。兄が勝てばきっと世の中も変わる、後に続く者たちも変わる。

「無理なことを。だめよ、あなたまでそんなことでお父さまと争っては」

疲れたように喜久子は言って顔をそむけた。従順な彼女には考えられないことなのだろう。しかし、すでに満喜子の中にも激しい反発が頭をもたげていた。白装束で太政官へ訴え出ても、女たちでは何も動かせないし、変わらなかったではないか。楫子のような強い主導者が出て廃娼《はいしょう》運動を率いたり婦人参政権を唱えても同じことだ。世を動かすのはいつも男で、男が変わらないかぎりは時代だって変わらないのだ。

お姉さまには後悔はないの？　違う身分に生まれていたらと。――訊《き》きたい思いがこみあげてきたが、それを問うのは酷だろう。異母姉の境遇、母の不幸。いつまでそれは続くのか。自分の生まれた身分からもっと自由であったなら、二人はもう少し幸せになれたかも知れないのに。満喜子はそっと拳《こぶし》を握りしめた。

自分は同じ道は行かない。嫁がない。女奴隷になりたくはない。強い否定が胸の中にわきあがる。梅子やアリスのように一人で生きる道もある。日本がだめなら違う大地にあるかもしれない。変えようとする女たちがいるかぎり、時代は変わっていかないはずはない。

しかしさらに物憂《ものう》げに喜久子は言うのだ。

「おマキさん、どんな勇ましいことを言ったって、女は結婚からは逃れられないのよ」

今何かを言い返す言葉は満喜子にはない。

父は昔、満喜子をどこかへ捨ててしまえと栄子に命じた。その言葉どおり、年頃の娘に成長した今は「嫁にやる」「片付ける」という表現どおり、父が自分を捨てる理由は世間に対して整っている。あまつさえ、女高師という女子の最高学府を出た今となっては、もうこれ以上生家にとどまってなすべきこともない。実際、学生でなくなった満喜子にはしかるべき釣り合いを求める華族の家から縁談が持ち込まれている。維新の手柄で子爵になった家の男もいれば、家柄だけは釣り合う貧乏大名なら数々。今のところは末徳も、どれも帯に短し襷《たすき》に長しと悠長に構えているが、いずれ選ばなければならない時は来る。それを拒んで、誰にも嫁がず一人身でい続けるには――。

「私、もう少し学校に行きます」

一人身でいる理由としては、勉学は立派に意味をなすはずだ。

「何を言うかと思ったら。あなた、それ以上勉強してどうなさるの？　ただでさえあなたの学歴に釣り合う殿方なんてそうそうないというのに」

あきれる喜久子が世間の反応を代弁していた。憐《あわ》れみをこめた目で満喜子を見ると、もうそれ以上喋ることはできないというような疲れた顔で喜久子は黙り込んだ。彼女がこの後婚家にもどり、ついに精神のたがをはずしてしまうことになるとは妹たちには予想もできない。

だが満喜子は異母姉との会話を通じて浮かんだ思いを封じることはできず、その数日後、意を決して父に願い出る。

「お父さま、今は学校もなく家にいる時間が余っていますので、私、英語塾に通ってもよいでしょうか」

さほど遠くないところに教会が行っている英語塾があった。先に入学の手続きをすませ事後承諾で進学を要望する娘に、さすがの末徳も往年の厳しさはなかった。

「困った奴《やつ》だ」

苦虫を嚙《か》みつぶしたような顔で言い放ちつつも、まだ学校に通う身であるという大義名分は、この厄介な娘を持った末徳にとっても便利なのだった。

縁談はなおいくつかやって来たが、満喜子はどんなご大家の御曹司でも振り向きもせず、期限延長の春を漂っていく。

第二章 浪花《なにわ》の夏

1

維新以来ずっと住んだ小石川の屋敷を去り、末徳《すえのり》が播磨《はりま》へ帰ることを決めたのは翌年のことだった。廃藩置県後、旧大名がすべて東京に呼び寄せられたのに伴い、若き藩主末徳が小野をあとにしてから実に三十二年がすぎている。

数年前から体調が思わしくなく、どこか静かなところに転居し療養したいと願ってきた。家督を譲二にゆずる件はいまだ膠着《こうちゃく》しており、屋敷は三男の剛に管理を任せることになっている。国会へは召集ごとに播磨から上京すればよい。心機一転、ナツを後添えとし、満喜子、千恵子の二人の娘を伴って行く事実上の隠居はすんなり決まった。

引っ越しには今回もまた与七郎が大いに働いてくれた。播磨での末徳の住まいをみつけてくれたのも彼だったし、東京の屋敷を引き上げる作業や手伝い全般、それに荷物を運ぶ船の手配など、まめやかに段取りをしてくれた。

「のんびり療養なさるには、小野まで引っ込まなくても、海に近い明石《あかし》あたりがよいのではございませんか？　風光明媚《めいび》で、魚も美味《おい》しゅうございます」

地の利に明るい彼ならではの推薦だった。幕藩時代には将軍家の親藩である松平家が入っていたことを見ても、明石がいかに価値ある土地であったか推測できる。与七郎は、懐古に陥りがちな城下ではなく、海や淡路島を見下ろせることで別荘地として好まれている大蔵谷に、末徳一家のための屋敷を探してきていた。

話が決まってからは、家の中の道具や荷物は女たちでまとめてきた。これは持って行くもの、これは捨てていくもの、これは人にあげるものと、差配するのは今や一家の主婦となったナツであるべきだが、使用人たちは、逐一、満喜子に伺いを立てに来る。どれも本来は栄子につながる品だからで、ここを立ち去ればまた一つ、母の思い出が遠くなるのが満喜子には悲しかった。

「明石へ下るのが嫌なら今来ている縁談に乗ればどうだ？　東京に残れるぞ」

ことあるたびに嫁げと末徳がうるさくなるのは当然で、娘は嫁いで夫の住まいに入るか、こうして父の移転についていくしか選べない。満喜子は無言だ。

荷物の運び出しには男手はいくらあっても助かることで、佑之進《ゆうのしん》も何度か手伝いに来た。若様育ちの譲二や剛は何の役にもたたないからだ。佑之進はすでに実習で建築現場にも入った実績か、その若さでてきぱき人を使うことにも慣れていた。

驚いたのは、仏壇や位牌《いはい》、神棚の荒神《こうじん》や伊勢《いせ》のお札なども一緒に引っ越すことで、今まで同じ屋敷にそんなにも多くの神仏と同居していた事実には気づかずにいた。

ものを運び出しやすいよう襖《ふすま》も障子も取り払われ開け放たれた座敷。がらんどうになり外の光が遠慮なくさしこむその空間が、満喜子には自分の知っているあの座敷だと思えなくなる。ここはもっと、暗く、陰鬱《いんうつ》で、クロアルジのような得体の知れない物《もの》の怪《け》が居着くような場所ではなかったか。遠い子供の日、開けても開けてもどこからか黒い霧のような重苦しい空気がにじんできたことが、今は嘘《うそ》のようだった。

「おじさま、お仕事さぼって何の絵を描いているのよー」

気がつけば、後ろで千恵子と佑之進の声がする。

「許可をいただいて、座敷のスケッチをさせてもらってるのです」

明かり取りの丸窓や、雪見障子、仕切り用の蟇股《かえるまた》。こんな古くさいものを描き留めて何になるのだろうと思うのは千恵子だけではない。

「日本家屋は、陰影を上手に取り入れる造りをしているでしょう。ほら、こんなふうに、仕切りの障子があるから暗くなり、逆に、雪見障子の上段を開けると晴れやかになる。ただひたすらに明るいことを尊重する西洋の建築とは違う美意識と言えますね」

たしかにそうかもしれない、そうなのだろう。それでも満喜子は、やはりこの家を好きとは言えなかった。これが最後の見納めであっても、せいせいするような気分の方が強いのだ。

「あっ、こんなところに忘れ物」

違い棚の下部にある小さな引き出しから、千恵子が何かみつけた。

「独楽《こま》でしたーっ」

千恵子のてのひらの上に、くつろぐように傾く一つの独楽。はげて色あせた金糸と銀糸、それに青だったと思われる糸が見て取れた。期せずして佑之進と満喜子は同時にみつめた。

「おじさま、回してみてよ」

また子供のようにねだるのを、うまくいなしてしまうのは佑之進の得意技だ。

「紐《ひも》がなければ回せませんよ」

「じゃあ取ってくる」

千恵子は本当に紐を取りに行ってしまう。引っ越しの荷造りに余念がない今ならば、紐など簡単にみつかるだろう。

残された佑之進と、意味なく居合わせてしまった満喜子。二人は、襖が取り払われて〝隣〟ではなくなった部屋に立ち尽くす。

「まったく、妙に懐《なつ》かしいものが残っていたものです」

急に佑之進が喋《しゃべ》りだす。二人きりの事実、言葉もない静けさに気を遣うのだろう。

「あの時の独楽でしょう」

詳しく言わなくても互いによく知る過去の現物。佑之進はほっとしたようにうなずいた。

「佑が回す独楽は、いつもとても長く、まっすぐ立っていましたね」

「こつを摑《つか》めば簡単なことです」

人もそうありたい。軸足を揺らさず立って、誰にも影響されずまっすぐに。

「私やチエは、まだまだ独楽のようには立てません」

父が家を移ると言えば意志なきもののようにともに移る。やがて父が嫁げと強引に言えばゆかずにはいられなくなるだろう。みずからの回転を停めて倒れる独楽のように。

「いいのではないですか？ 独楽はここ一番の見せ所でしっかり立てばいいのです。まだその時ではないのでは？ それに――」

親元を離れ他家の息子となった歳月が、彼をそのように人当たりのいいことを言える大人に磨きあげていた。彼の言葉の続きを、満喜子はもう待っている。

促すような満喜子の視線にためらいながら、佑之進は照れたように笑って言った。

「それに、おマキさまは、独楽のように立つというより、そう、跪座《きざ》、のような」

「跪座？」

立ち居振る舞いの作法の言葉だ。正座の位置から膝立《ひざだ》ちで、つま先に全体重を乗せ、これから立つ、という姿勢をいう。これから立ち上がるのか、また座り込むのか、どちらにでもなる〝動〟のかたちだ。

彼は正しい。立つか、それとももとにもどって静かに座るか、どちらにでも動くかまえをした満喜子は、まさに膝立ちをして様子を窺《うかが》う跪座の状態にいる。

年頃なのだから嫁げと望む父の意志を受けいれず、明石に移ってからもまだ何らか教育機関への通学は続けるつもりだ。そのため与七郎には適当な学校があるかどうかも調べてもらった。彼によれば、国際港神戸に近いだけに東京に劣らないミッション

スクールがあるという。だがそこへ通う目的は、嫁がぬための時間稼ぎと言われれば
そうであるのは明らかなのだった。

「では佑、あなたは？」

もう立って回って進んでいく方角は決まっているのであろう、男子であれば。

予想通り、佑之進からはしっかりとした返事があった。

「回り始めたいと思っています。いずれ、アメリカへまいるつもりです」

縁側ちかくに立っている彼の、瞳《ひとみ》だけがひなたの中で明るく見える。

留学――。ふたたびの沈黙は、他に選択肢のない納得だった。これから世に出るべき有能な若者ならば、それは当然の進路であろう。だから何の異議申し立てもないはずだが、なぜか心が寂しいとつぶやく。播磨に行けばどうせ会えないことはわかっているのに。

「その、おマキさまは、私がアメリカにいる間に……」

ふいに佑之進が問いかけた。いる間に、何だ？

続きを聞こうとした、そのときだ。千恵子の慌《あわ》ただしい足音が近づいてきた。

「マキ姉さま、マキ姉さま。お客様です」

客？　ここに？　自分に？　満喜子は驚いて妹を待った。

閉ざされた座敷には外から新しいものが入ってくる可能性は望めなかった。だから沈殿した暗がりに畳からわき出るクロアルジを妄想した。だがこうして開け放った空間には、風が通り、光がさしこみ、遠いところで咲いているはずの花びらが舞い込む。いやそれは花びらではなく、自分の意志を持って飛翔《ひしょう》する蝶《ちょう》のほうが似つかわしいかもしれない。

「ごめんあそばせ」

千恵子の背後から洋装の女学生が現れた時、満喜子の脳裏をよぎったのはやはり蝶だ。大きなリボンが二葉の羽を開いている。

絹代だった。紐を取りに行った千恵子は、思いがけない客人を連れてもどってきたのだ。

初めて入るよその家の、それも大名家の屋敷の様子に、少なからぬ興奮を帯びた声で、

「おマキさまが東京を去られると津田先生からお聞きしたので、ぶしつけながら、ご様子だけでもわかればとお訪ねしてみましたの。まさかこうして奥に上げていただくなどとは思ってもみませんでしたけれど」

そこまで言って千恵子をそっと振り返る。千恵子は玄関先を訪ねた絹代を上がれ上

がれと強引に招き入れたのだろう。引っ越し仕事のどさくさで大人たちがほぼ機能をなさないことがさいわいした。千恵子は洋装の華やかな人に惹《ひ》かれずにはいられなかったにちがいない。女学校時代、それを自分の制服と定めてからずっと洋装で通した絹代だが、今日も濃紺の舶来ウールのドレスは簡素であっても襟《えり》の白いレースが美しかった。

「行ってしまわれるのね。なんだか寂しくなる」

「何を言っているの、先に行ってしまったのはあなたでしょう?」

補習科を満喜子らとともに卒業するのを待たず、梅子が開いた英学塾に入学した絹代であった。まだ少人数で、精鋭ばかりが集まるだけに注目度も高いと聞く。

「それに、津田先生の秘蔵っ子のあなたなら、いずれこの国を出ていくのではないの?」

留学のことを佑之進から聞いたばかりであるだけに、この活発な友にもその選択があるのではと思われた。絹代は驚きもせず、言葉を引き継ぐ。

「そのつもりでした、さっさとこの国を出ていくつもりでいたのよ」

それが、と言いよどんで口ごもる絹代。満喜子は急に彼女が黙り込んだ理由がわからず覗《のぞ》き込む。そして彼女の両の目からあふれ出した涙に声を飲まずにいられなかった。

「絹代さん、泣いているの？」

「父が、わからず屋で……」

絞り出すように言った自分自身の声に導かれるように、絹代の目からは大粒の涙がこぼれ落ちる。後は小さな嗚咽《おえつ》になった。

あの陽気な絹代がいったいどうしたのだ、何があったのだ。涙を拭《ふ》いてやりたくても、あいにく掃除用の汚れた手ぬぐいしか持ち合わせない。困った顔で見回したら、襖の陰にすみやかに身を隠した佑之進と目が合った。ふいの来客に行き場もなく、そこに身をひそめたらしい。ため息をつき、彼は諦《あきら》め顔でスケッチブックを閉じると、ポケットからチーフを取り出した。満喜子に向かってさしだされるそれを、絹代に気づかれぬようそっと足音を忍ばせ近づいて受け取る。与七郎が買い与えた舶来だろうか、真っ白な織りに光沢のあるリネンで、角に、斯波《しば》佑之進のイニシアルであるY・Sが優雅な筆記体で刺繍《ししゅう》されていた。ついその文字に見とれた。

みだしなみのいい紳士の持ち物にふさわしい清潔で瀟洒《しょうしゃ》な品。そこには持ち主の心ばえが表れているようで、ずっと触れたままでいたくなる。

いけない、彼の厚意を無にしては。たたみ直して、絹代に渡した。なぜか惜しまれる思いになるのを、吹き飛ばすようにほほえんで、満喜子は空になった掌《てのひら》を握りしめた。

何の疑念もなく、絹代はそれを素直に受け取り両頬をぬぐった。続いて鼻を。

チーフはすぐにぐっしょり濡《ぬ》れて、絹代は裏返してまた両方の目頭をおさえた。

そうしてすっかり頬が乾くと、気持ちも少しは落ち着いたようだ。

「父ったら、私に嫁げと言うの。兄ならそんな理不尽なことも言われたりせず渡米が許されるのに。英語の出来は兄より私の方がずっと上なのよ」

口を開けばあいかわらずの気の強さだ。彼女の悲劇は男に生まれなかったことだろう。

事情はわかった。しかたのないことね、と肩を叩《たた》くか、あるいは、時機を待ちましょうと慰めるか。——だがひとたびチーフで顔をぬぐった絹代の顔は強い光を宿していた。

「だから私、家を出てきましたの」

えっと驚き、絹代を見る。今、何と言ったのだ?

「出た、って……」

確認したいが問いは声にならない。チーフを握りしめて絹代は強くうなずいた。その顔はもう泣いてなどいない。涙は、満喜子に会えた気のゆるみであったのか。

「男ならどこかのお屋敷の書生になれば、勉強だって続けられる、学校だって続けられる。でも女子にそうした道が開かれていないのは理不尽なことよ」

それはそうだけど、と口ごもる満喜子。相づちを打てばよいのかどうかもわからない。迷って視線を漂わせたら佑之進と目が合った。困りましたね、と無言で彼も肩をすくめる。

「ともかく探してみようと思って。女書生《おんなしょせい》を置くようなおうちを」

女書生? 家事をまかなう女中というならいざ知らず、女書生だと?

そんなもの聞いたことがない。満喜子は小さくため息をつく。気丈なことを言っているようで絹代が世間知らずなのは一目瞭然《りょうぜん》だった。

当の絹代は大いばりで、急に踵《きびす》を返すと庭に向かって一歩を踏み出した。庭を眺めようとでも思ったのか。

だがそこには佑之進がいる。みごとに隠れていたのだが、たちまち絹代の視線にさらされた。

誰もいないと思っていた絹代は、きゃっ、と声を上げて立ちすくむ。そして顔をチーフで覆《おお》って背を向けた。

「これは……失礼……いたしました」

他に言いようがなくて出た佑之進の声は満喜子に向けられた謝罪だったが、絹代は当然、自分へのものと思っている。反射的に向き直り、

「あなたはあの時の独楽の人？　ほんとに失礼だわ！　姿を隠して聞いているなんて、悪趣味きわまりない」

相手が誰であろうと怖いもの知らずの絹代の本領発揮であった。佑之進は表情を変えた。

「これは心外だな。きみの方こそ先客のぼくを押しのけて泣いたり騒いだり」

彼がそこまで強く言う姿を見たことがない。しかし絹代も引き下がらなかった。

「おマキさま。この無礼者をなんとかして。近くにいるのも身が縮む」

そう言われても。——どう割って入るかおろおろする満喜子の気も知らず、佑之進は、

「失敬な。では、その身が縮む者の持ち物を返していただこうか」

止めに入るまもなく、本気で絹代から自分のチーフをひきはがす。たちまち悲鳴を上げ、意地でも手放すまいとあらがう絹代。佑、やりすぎよ、と満喜子は二人の間に身を乗り出す。

それは後で振り返れば、三人それぞれの生涯をつらぬく出会いになるのであった。解体される古い時代と押し寄せる新しい文明のはざまに生まれ、波間で育って、その波頭の頂上にこれからの人生を見ようという三人。佑之進はその先端にいて、すでに波間のかなたに自分が行くべきアメリカへの道を見極めていた。遅れて絹代が、自分をここまで押し上げてきた波との決別にもがいている。さらに満喜子は、どのうねりに身をゆだねればいいか、波の谷間でまだ何も見えないままに東京を離れようとしている。はからずも暗くて古い大名屋敷の、常とは違う明るさの中で、三人の波は交差したのだ。

その波にからまるように、二番目の〝蝶〟が舞い込んできた。

「佑之進。そちらの片付けはできたか」

廊下の外から声がして、現れたのは与七郎だった。明るい日差しと松の枝をそよがす風。座敷に踏み入る堂々たる態度は、まさに戸外を飛ぶ蝶だった。

「これは養父上《ちちうえ》、よいところに来て下さった」

ほっとする佑之進を、そっとチーフをはずして見上げる絹代の目。

「きみ、運がいいな」

見下すように絹代に言い、佑之進は来たばかりの与七郎の腕を引き、男二人、娘たちに背を向ける格好を作る。満喜子は心配顔のまま、やっと絹代と目を見合わせた。

「養父上、どこかに女書生を雇ってくれるお屋敷はございませんか」

「女書生？　なんだ、それは」

　与七郎は聞くなり笑った。女が苦学しても先にどうなるものでもないという考えもあったし、高名な学者の家に迎え入れられたとしても、若い女ならばせいぜい好色の対象にしかならないであろうことを熟知していたからだ。それを、怖いもの知らずのこの女学生の意気込みが耳新しく、痛快に思えたのであった。だからこそあらたまって、いったいどういうことだと事情を訊《き》いてくれたのである。

「はい。津田先生のように、私も米国に渡って勉強したいのです」

　自ら答える絹代にとまどいはない。女ながらに外国語にひいで、異国留学を志す絹代に、与七郎は大きく揺すぶられたようだ。もとより外国文明に明るく、進取の気質に富んだ彼は、すでに欧米での自立した女の出現について耳にしている。

「それで？　留学して、その先はどうしようというのかな？」

　高学歴を積んでもこの日本でそれを生かす場がないのは師匠の梅子が苦い経験の中で示しているではないか。だが絹代はきっぱり否定した。

「津田先生らさきがけの方々によって、すでに道は整いました。女子のための教育機関はいくつも開かれ、そこで教えるべき女教師はいくらでも求められています」

すでに明治も四十年に向かっている。梅子の時代と今では、時代が違う。

「なるほど。おマキさまは、いかがです、このご学友の考えをどう思われます？」

そんな大事なことについて意見を言えというのか。満喜子の大きな瞳は伏し目がちになる。

「そうね……絹代さんなら、やれるかもしれない」

その弱々しい口調に自信のなさを見抜いたか、与七郎は即座にまた問う。

「おマキさまがこのご学友ならどうなさいます？ 行かれますか、残りますか」

難しい問いだ。今の満喜子には外国に行くなど考えられもしない。東京を離れて播磨に移るだけでもこんなにもおおごとなのだ。それに、と続きの言葉は飲み込むほかない。それに自分は華族の娘。自由な立場の絹代とはわけが違う、と。

まだ縛られている、動けなくさせられている。華族などという、この国が連綿と受け継いできた身分の序列に取りこまれて動けない自分を、満喜子は情けなく思った。

大きな迷いの石だけほうりこみ、与七郎は攪乱《かくらん》される満喜子を放置する。屋敷の奥では女中達の動き回る音が聞こえていたが、やがて与七郎は顎髭《あごひげ》をなでさすりながら提案した。

「家庭教師の口ならあるかもしれませんな」

家庭教師、と娘たちはいぶかる声をそろえて反復する。

西洋では、上流の家ではただ身の回りの世話をするだけが仕事の女中や乳母とは別に、子供の教育のため、正規の教育を受けた独身女性を住み込みで雇い、四六時中、紳士淑女となる教育を受け持たせるという。女子英学塾で学んだ女学生なら、珍しさも手伝っていくらか口はあるだろうと与七郎は言うのである。

「やります。私、教えられるわ、住み込みで」

「簡単におっしゃるが、渡航費を貯《た》めようとなると何年もかかりますぞ」

「平気です。年をとっても望みは貫徹いたします」

鼻息荒いその言い方に、与七郎はまた笑った。

「では心当たりを探ってみるので、しばらくはおとなしく家でお待ちなさい」

「本当ですね？ 信じてよろしいのですね？」

食い下がる絹代を、与七郎はますますおもしろそうに見下ろして言う。

「そう人を疑いなさるな。おマキさまの名にかけて、探して進ぜましょう」

ほっとして、絹代の顔から力が抜ける。その表情の落差の大きさ。

「おもしろい女学生さんだ。いや、負けずに留学してもらおうではないか」

痛快そうな高笑いを残し、与七郎は座敷を出て行く。幕末以来、さまざまな変革を目にした彼も、今日ほどおもしろいものを見たことがないと言いたげだ。

しかしなんということになったのだ。満喜子の瞳《ひとみ》が曇る。このままでは絹代は本当に家を出てしまう。自分たちはその片棒を担《かつ》ぐのだ。それでいいのか？

「おマキさま、あなたをお訪ねしてよかった。私、どこにも行き場がなかったの」

希望に燃えた絹代は何度も満喜子の手を握る。だが満喜子の脳裏をよぎっていくのは、横浜で会った彼女の義母の顔だ。夫と絹代の間でおろおろするその姿。与七郎のおせっかいは、またあの人を困らせることになるだろう。なのにすっかり、絹代の顔ははればれと輝いている。

「あなたにもお礼を申し上げなければ。ええと、その、佑之進さん、でしたっけ」

きまり悪そうに絹代は佑之進に向き直るが、さすがに言葉がみつからないようだ。

「……ありがとう、ございました」

そう言ってぺこりと頭を下げた後は、顔をまっ赤にして満喜子の背後へ回り込む。

「なんの、おマキさまのご友人ゆえ、お力になったまで。よい方向に向かえば何より」

泰然と言い、佑之進は腕組みをして背を向ける。その背を絹代は横目で追った後、

「ではおマキさま、これにて失礼。自宅にて斯波さまのご連絡をお待ちします」

跳ねるように挨拶《あいさつ》をして帰って行った。千恵子が「また来て下さいね」と追いかけて出る。チーフを返してもらっていないと気づくのは、彼女の姿が見えなくなった後だった。

まるで大波が引いた後に残されたかのように、満喜子と佑之進、二人だけが残された。

「とんでもないおいなりさんだったな」

以前、絹代の頭上の尖《とが》ったリボンを佑之進がキツネの耳にたとえたことが思い出された。

「絹代さんが聞いたら怒るわよ」

「それは怖い」

ちっとも怖そうでないのがおかしく、つい笑った。佑之進も笑った。

「だけど絹代さん、本気。本気で家を出る気でいる」

「いいのではありませんか？　本人がそう望んだのですから」

無責任ね、とつぶやいたのを聞き逃さず、佑之進は自信を持って言い切った。

「いえ、養父はちゃんと面倒をみる人です」

事実、日頃の交際の広さから、与七郎は数日とおかず、さる陸軍卿《りくぐんきょう》の六歳の少女の家庭教師の仕事をみつけてくるのだ。そのようにして上流階級の家庭とつながりを深めていくのも彼の商売の一環なのだろう。

「ではアメリカでは？　彼女、本当に行くかもしれない」

「ご勘弁を。あの人の渡航費が貯まる頃には私は帰国していますよ。それより」

もうそんな話は終わりにしたいと言いたげに、急に彼は真顔になる。

「お渡ししたいものがあります」

その顔はおだやかで、接触があるたびどきりとする満喜子とはまるで違う余裕にみえる。

呼吸を鎮《しず》めて、彼がまっすぐ自分の方へと伸ばした手のひらを見た。そこにあるのは、匂《にお》い袋と見まがうほどの小さな金襴緞子《きんらんどんす》の守り袋だ。

「道祖神、旅の安全のお守りです」

言いながら満喜子の手を取り、そこに載せる。思いがけない行為にひるんだものの、預けてしまえば自分の手も彼の手も特別ではなかった。ものごころつかぬ幼い頃は、意識することなく触れて握って遊んだ手だ。だが、佑之進の手が温かいと知ったのは初めてだ。

「日本には行く先々に八百万《やおよろず》の神々がおわします。おマキさまが行かれる先にもいろんな神が見守っておいで;でしょう。でも道中、旅が続く間はこれがおマキさまをお守りします。おマキさまの旅が終わって土地の神に迎えられた時にはそのお役目も終わりです」

神に、仏に、西洋の神。この家にはさまざま、人が信じて祈るものが住む。それがあい争うことなく収まっていた、戦国以来の大名の家だ。

「その中には、ひとつぶの種が入っています」

変わらぬおだやかさで彼は言った。

「おマキさまの旅が終わって居場所をみつけたなら、どこか、きれいな水のあるところにまいてください」

何の花が咲くのだろう。赤い花か、黄色い花か。すぐにも開いて取り出したかった。

「咲いたら、どうしたらいいの？」

きっと佑之進に知らせたくなるだろう。話したくなるだろう、じかに会って、こうして二人向き合って。

彼は何も答えなかった。いや、何か言いたそうに目を泳がすが、言わない、言えない、そんな葛藤《かっとう》に揉《も》まれているようにも見えた。

ならば焦《あせ》らせるまい。いつか、ちゃんと熟した言葉になるなら受け取ろう。

「もらっていくわ。花は、私の旅のご褒美《ほうび》ということですね」

ふいに、もう今までのように頻繁には会えない現実が胸にせまった。それは自分が播磨へ下るからではなく、アメリカへ渡る彼のせいだと責められるならその方が楽だ。むろん、口にはできずにお守りを見る。

「佑、お達者でね」

肩で大きく呼吸をしたら楽になった。

「それは私の言うせりふ。おマキさまこそ……」

目を上げる。自分よりずっと背の高くなった乳兄弟は、今でも満喜子の大きなその目にあらがえぬらしい。言いかけた言葉をまたものみこみ、やがて笑った。何も言わなくても、別れゆく者への気遣いがあふれるほどに伝わってきた。

2

大阪はもう初夏だった。ゆったりたゆたう土佐堀川の水面に、川船がひいていく波の線が白い。

東京を引き払って明石に向かったのは四月の始めだったのに、途上立ち寄った大阪の廣岡宅ではこんな機会はまたとないからともてなされ、思いがけず一家で長逗留《ながとうりゅう》してしまった。

「お気遣いは無用どっせ。天神さんまで、ゆっくり過ごしてゆかれたらどないどす」

夏祭りまでとは、さすがにそんなに長くいるつもりはないものの、廣岡《ひろおか》家の居心地の良さにはあらがいがたく、気が付けばひと月が過ぎようとしていた。

恵三には結婚してすぐに女児が生まれていたが、末徳とはこれが初めての対面だった。前年には、廣岡家は自社の朝日生命を同業二社と合併させて大同生命とし、かめ子の父である信五郎が社長に就いたばかりだった。この家はまさに、人と事業の拡大がもたらす活気であふれており、末徳たちはそんなさなかで迎えられたのだった。

加島銀行、大同生命、ともに、幕藩時代には蔵屋敷が軒を競った土佐堀川のほとりに立っている。薄暗く静かなだけの武家屋敷とは違っておそろしく開放的で、金融業がそのように人の出入りを制限しなくて安全なのかといぶかるほど、いろんな人間がやってきては飲んだり食べたり囲碁まで打って帰っていく。商人の鷹揚《おうよう》さであろうが、一柳家の人間は驚くばかりだ。もっとも、末徳たちには仕事の場からは離れた別邸の方に部屋が用意されていた。明治になって洋風のしつらえを大胆に取り入れた屋敷はすこぶる居心地がよく、なにより、家じゅうにあふれる大阪ことばのやわらかさに、皆は耳をなごまされた。

「今日は文楽に行かれますか、桜橋の歌舞伎《かぶき》座もよろしいで。こけら落としで団十郎と渡り合《お》うた鴈治郎《がんじろう》が、そらもう最高どす。殿様がおいでなさるんならわしもおつきあいいたしまっせ」

末徳のことを殿様、殿様、と敬いつつも、まるで古い友達のように親しげなもの言いをする主人の信五郎には、さしもの末徳も表情をゆるめるほかはない。

「そらええ、そらええ。うちも暇やったら行きたいわあ……。けど、北浜のほう、うちが顔を出さんとどうもならんし。蓉子《ようこ》さま、かめ子の案内でこらえてくださいましね」

そもそも男社会を基準とする一柳家の者たちは、女が夫と並んでもてなすこの夫婦が珍しくてならず、その一言一言、一挙手一投足に吸い寄せられる。そして彼ら夫婦が何か会話をかわすたび笑いを誘われる東京組なのだった。

大阪では東京から来る芝居も、信五郎ら旦那衆《だんなしゅう》の胸先三寸で当たる当たらないが決まるほどで、ナツなど毎日でもその恩恵に浴したかったが、戊辰《ぼしん》戦争を戦った末徳は、感慨深い大阪城こそ訪ねておきたい。その間から千恵子が口をはさむ。

「お父さま、殿様として言ってくださらなきゃ。女子供におつきあいいたしまっせ、って」

にわか覚えの大阪言葉に、末徳は「馬鹿者《ばかもの》」と顔をそむけるが、空気は東京のようには凍っていかない。長年、他の兄弟姉妹と違って体が弱く出来の悪いこの娘を疎《うと》んじてきたのに、密に過ごす旅の日々が父娘《おやこ》の間を近づけたのだろう。

「わたくし、鴈治郎の芝居ならば行きたいです。大阪でしか見られませんもの」

ナツがせがむのも、また末徳がそれを払いのけないのも大きな変化であった。長年、武家のしきたりに沿い夫婦というより主従の間柄を崩さなかった二人だが、大阪に来てずいぶん親しげに寄り添う機会がふえ、すわりのいい関係になったことがよくわかる。

さらに廣岡家での長逗留は満喜子の気持ちを大きく変えた。

「お父さま、私はここでお別れして、大阪に残ろうと思います」

その決断を告げた時、父の顔がもとの獰猛《どうもう》さをとりもどす。あのクロアルジが好む険悪な顔だ。反射的に満喜子は身がすくんだ。幼い時からの習慣である。

だが、自分をふるいたたせて、満喜子は初めて父をまっこうからみつめ直した。あなたの武器はその大きな瞳《ひとみ》ですよと、のちにアリスに教えられるまなざしの生命感を、彼女自身はまだ知らない。しかし末徳は満喜子にみつめられて、あきらかにひるんだ。

「ち、父には従えぬと、そう言うのか」

父がどもることなどめったにない。満喜子はまだ目を離さずに、ゆっくりうなずいた。

ナツには義理の仲にすぎない自分がついていっては、実の家族はまるくおさまるまい。父、ナツ、千恵子は、今では完璧《かんぺき》な家族であるのだから。

「はみだし者は、みずからこぼれて落ちていくべきと考えます」

父の言っていた〝いらない子〟を、捨て去る時は今なのだ。皮肉としてではなく、事実を伝えたかっただけだが、さすがに父はばつの悪そうな顔をした。

「一人でどうやって暮らすというのだ？」

言われると思った。娘は結婚によって父の家から離れていくのが自然であるし、そうでないなら親元にいるのが世間の決まりだ。

「ご心配はご無用に。私、お兄さまのおうちで奉公しますから」

すでに兄には承諾をとりつけていた。兄夫婦は京町堀の本邸からは別居をし、天満《てんま》に新居を建ててもらっている。そこでは新たに人手が必要だった。

しかし末徳の反応は渋い顔になって出た。いくら兄の家といえど、子爵《ししゃく》の娘が奉公とは。

「大丈夫。女中ではありません、家庭教師ですから」

義姉のかめ子はまたみごもっている。生まれれば年子を抱えて大変だろう。兄も、赤の他人を雇うより、気心の知れた妹ならば子らの教育を任せて問題はないと言ってくれた。第一、浅子はあんなに喜んだ。

「おマキはんが家庭教師になってくれるんどすて？　東京の女高師を出た才媛《さいえん》にみてもらえるやなんて、うちの孫は、なんちゅう果報者なんどっしゃろ」

手放しの賛成で、さっそく番頭に命じて満喜子の部屋を支度させ入り用なものをあれこれ手配してくれたほどだ。もっとも、末徳の方は苦い顔でぼやいたものだ。

「いくら嫁ぎたくないとはいえ家庭教師などとは、よくまあ思いついたものだな」

家庭教師。それは絹代が先に成功ずみだ。大阪から出した手紙の返事に絹代は陸軍《りくぐん》卿《きょう》宅の家庭教師がいかに充実した仕事であるかを綴《つづ》ってきた。弾む文面を読み、よかったと胸をなでおろしながら、絹代が書いて寄越した人物のことも気に留まった。

――それで、佑之進さんにもお礼を申し上げたいのですが、いかがすればいいかしら。

道を開くきっかけを作ったのが彼なのだから当然の礼儀であろう。手紙でも出せばと住所を教えて返した。跳ねっ返りのキツネ耳から礼状が届けば、彼もさぞ驚くだろう。

そっと帯に手をやった。佑之進からあの日もらったお守りはいつも放さずそこにある。それは、今も自分を見守ってくれている人の存在を教え、満喜子を孤独にすることはない。

今、自分はこうして大阪にとどまることを決めた。だが種はまだここにはまけない。種まく場所を、花咲く土地を、自分はここで跪座《きざ》しながらみつけていくのだ。

明石へ旅立つ三人を送り、橋のたもとで満喜子はふかぶかとお辞儀をした。

「では私はここで。お父さま、お義母《かあ》さま、ごきげんよう」

そうか、と答えて、末徳はあらためて満喜子をみつめた。

娘と別れる体験は喜久子を嫁に出した時に味わっているが、満喜子の場合は男に託す結婚ではなく、一人でここに置いていくのだ。それがこうも複雑な心境とは、正直、考えもしなかった父である。

橋には三人分の人力車を待たせてあった。末徳、ナツ、そして千恵子が乗る車で、満喜子のための車はそこにはない。この瞬間から、自分は一人でここに残るのだ。

「何かあればすぐに手紙をよこすように。明石と大阪は、さほど遠くはないのだから

言い置く父の低い声がしみた。父はこういうやさしいことが言える男であったろうか。

「お気をつけてね、おマキさま」

感きわまったのか、ナツが泣きながら袖《そで》を振る。それまでさよならは言わないから」

「マキ姉さま、ほんとに遊びに来てね。それまでさよならは言わないから」

今はそんな気丈なことの言える千恵子が、きっとナツを支えるだろう。

そして父は、無言で人力車の幌《ほろ》をおろした。才蔵、おふじ、その他今日まで慣れ親しんだ数人ばかりの従者たちが、それぞれ名残惜しそうに満喜子にお辞儀していく。

水面の乱反射が目に痛い。大阪は水のみやこだ。肥後橋に渡辺橋、難波《なにわ》橋に大江橋と、この界隈《かいわい》は橋ばかりだ。去っていく三台の車を見送りながら、満喜子はふと身近に母の気配を感じた。一度たりとて袖を触れあった者はすべて隣人。ナツのようによくしてくれた者ならなおさらです。あの者の出世としあわせを祈ってやらなければ。

——そう言った母は、どこかであの三人を見ているだろうか。

一人の夫と一人の妻と、その愛娘《まなむすめ》。満喜子が抜けて、きれいに完結した三人家族だ。

かつて死装束を身にまとい、母と榾子《かじこ》が届けた一夫一婦制の建白書。一人の夫に一人の妻がいたわりあって作る家庭を夢見た母だが、十数年の時を経て、その願いはやっと一柳家で実現した。母も志乃もそのために踏まれて越えられていく礎《いしずえ》だったのだ。川面《かわも》の上を一陣の風がすぎていく。世の中はまだまだ変わる。現に、変えていく女が、ここにもいる。背後からそっと満喜子を気遣う声をかけてくれたその人、浅子だ。

「おマキはん、今年の天神祭は、かめ子と一緒に着物をあつらえましょうね」

家族と離れて寂しいだろうと、浅子はとりわけ満喜子を気遣ってくれる。祝いと弔い、出会いと別れ。陰と陽とは繰り返しながら人の世をあざなっていくのであろう。満喜子、まもなく二十歳。その遅まきの太陽の季節が今始まろうとしていた。


大阪の兄の家で暮らす日々は、満喜子にとっては驚きに次ぐ驚きだった。

父が滞在していた間は客人扱いだったため仕事とは切り離された江戸堀の別邸に通されていたが、満喜子一人になってからは兄たちの屋敷の内に部屋をあてがわれた。

また廣岡家の人々が寝起きする京町堀の本邸は、うって変わった人の出入りであった。なにしろ、土佐堀川沿いに本店を置く廣岡の主幹事業だけでも、加島銀行、廣岡商店、大同生命と、もとの蔵屋敷だったところにずらりと軒を連ね、他に、尼崎《あまがさき》紡績に九州の炭鉱と、その経営は多方面に広がっている。これらすべてを束ねているのがこの家の人々——正確には浅子という女主人なのだった。

若夫婦のための住居は本邸からさほど遠くないところにあり、あくまでモダンに改装された洋館風になっている。加島屋の迎賓館としての意味合いが濃いのは、来客があるたび、浅子は娘夫婦を引き合わせたがったからだ。

浅子にとって恵三は自慢の婿《むこ》だ。すでに加島銀行で重職に就いているが、やがては信五郎の跡継ぎとしてすべてをまかせ、それをひろく周囲に認めさせたい考えでいる。しぜん、その交友は親族から取引先まで多岐にわたった。加島屋一党の親族を筆頭に、浅子の実家である三井十一家、そして大阪実業界の錚々《そうそう》たる面々がおり、日本女子大学校を開設するに当たって応援や寄付をあおいだ政界の大物たちまで。二十歳の小娘にすぎない満喜子には、一人一人の名前を聞いてもそれがどういう人物であるのかわからなかったが、後年になってあぁあの人が、と驚かされる大物もいた。

こうした客が来る時は使用人は朝から大忙しになる。食事は洋食の正餐《せいさん》で、神戸の異人館に勤めた経験のある料理人が一手にこれを引き受けていた。何をどう手伝えばいいのか、最初は満喜子も呆然《ぼうぜん》と見ているほかなかった。使用人にしても若主人の妹をこき使うわけにもいかず、おマキさまおマキさまと立てながら教えていくほかない。

東京の家では母と死別して以来何かと家事を手伝ってきた経験があり、多少は役に立てると自負していた満喜子だったが、いかんせん、ここの家では食事の形態が一柳家とはまるで違う。

箱膳《はこぜん》に一人一人、一汁三菜の椀《わん》や皿を並べ、父から順に運んでおのおの冷めないうちに食べ始めるのが長年満喜子がなじんだ食事の形式である。給仕に当たる女たちは、男たちが終わった後でしかお膳にはありつけず、女だけならいっそ片付けやすいようにと台所の板の間でそろって食事することもあった。

ところがこの家では広間に大きな食卓があり、男も女もかかわりなく客が全員そろうまでは誰も皿には手をつけない。料理は一皿一皿運ばれてきて、皆が同じものを口にする。しかも、その間のなごやかなおしゃべりときたら驚くばかりだ。食事中は無駄口をきくな、と厳しくしつけられた満喜子は啞然《あぜん》とすることもしばしばだった。まだナイフやフォークの並べ方すらおぼえきっておらず、とまどいの連続だったことも後になれば懐《なつ》かしい。だが廣岡家でいちばん驚かされたことは浅子と客たちの関係であった。なにしろ、暖炉を背にして客全員をもてなすのは浅子なのだ。男性たる主人ではない。

「あのう、今日は、旦那《だんな》さまは?」

最初、信五郎の姿が見えないことをいぶかしみ、わざわざ尋ねたこともある。とこ

ろが浅子はあっけらかんと、

「旦那《だん》はんは祇園《ぎおん》や。羽伸ばしたはるやろ。もともと洋食はあんまり好かんお人やよって」

主人不在は不自然でも何でもなく、それどころか、浅子は持ち前の明るさで、二人分以上の存在感を発揮する。西洋では当たり前の、客をもてなす女主人《ホステス》という役どころを、満喜子はこの家で覚えたことになる。屋敷の奥深くに控えるがゆえに奥方と呼ばれ、けっして表には出ない武家の妻とは大違いだった。

しかも浅子は、婚礼の時や末徳を迎えた時こそ着物だったものの、日常はほとんど洋装で通す。それも、女学生の絹代があえて単調な意匠の洋装にしていたのに比べると、胸にフリルやピンタックをとったしゃれたものだ。中年女性らしい押し出しと貫《かん》禄《ろく》の出てきた体にはみごとに似合って、独特の威光を放って見えた。

「この方が歩きやすいし、動きやすいんや。着物みたいにじゃらじゃら裾《すそ》や袂《たもと》を気にしとったんでは商機を逃がしてしまいますわな」

気取らず言ってのけるとおり、彼女はよく歩き、よく動いた。店に行っていたかと思えばかめ子の様子を覗《のぞ》きに来たり、家で客に会っているかと思えば銀行に出て女子行員たちがそろばんをはじくそばで書類に目を通している。と思ったら、もう大阪商業会議所で総会に出席している、といったあんばいだ。

頂点に立つ女主人がこれでは、下に連なる者たちもおっとり構えてはいられないだろう。そしてまた、浅子はその行動力で何度も加島屋の危機を好機に変えてきたのだ。

この活動的な妻を、夫の信五郎はどう扱うのか。客たちの関心はそこに向くが、これほどふしぎな夫婦はなかった。まず浅子のことを、ご寮人《りょん》はんご寮人はんと、皆が呼ぶのと同じくその役割で呼ぶ。これは武家の家で栄子が御台《みだい》様と呼ばれたのと同じで、商家の妻の呼称である。しかしそこには当然、その役割を遂行する妻への敬意がこめられている。

「ご寮人はん、あんまり無理しいなや。体こわしては元も子ぉもあらへんからな」

「今度の総会、えろう気むずかしいお方ばっかりやそうやが、ご寮人はんやったらどうもないやろ」

新婚時代に肺をわずらった浅子の体をしじゅう気遣い、けれども難題に立ち向かう彼女の実行力をじゅうぶん評価し、励ます。船場ことばのやわらかさと、信五郎自身がもつ飄々《ひょうひょう》とした空気とによって、気負うことなく絶妙の語調で浅子に活力をふきこむのだ。

当の本人はといえば代々続いた豪商の旦那衆の例に漏れず、能楽はもちろん、やれ義太夫《ぎだゆう》だ茶の湯だと道楽に費やす時間は働き者の妻がとうてい持ちうるものではない。島之内や北新地にも遊びにゆくのは公然のことで、着るもの見るもの食べるもの、どれをとっても一流好みであるから金遣いも相当荒いが、誰も文句をつけずにいるのは古来旦那衆とはこういうものと周囲で割り切っているためだった。遊ぶ旦那は粋《いき》で高尚で社交上手。人間としての幅もあり、小さなことでは動じぬ器とみなされるのが大阪の〝旦那〟文化だ。

そもそも浅子が目立つので、一見、夫は無能なように見られがちだが、それはとんだ見当外れ。彼は銀行の頭取であり、尼崎紡績の社長であり、なおかつ、大合併ののちに設立した大同生命でも社長の座にあり、無能ではつとまらぬ長の役目をいくつも兼任しているのだ。妻の陰になろうとも、やるべきことはやり、遊ぶことも遊ぶという、まさに大阪古来の生き方の達人であるのに違いなかった。

「おマキはん、どないだす？　大阪の食べもんはどれもおいしおまっしゃろ」

満喜子に対しても気遣いは深く、時折、絶妙の間合いで話しかけてくれたりする。

「東京人は、あんなまずいもん、よう食うたはる。いっつもほうほうに帰って来ますねん。東京の連中は昆布ちゅうようなもん使いませんのやな。なんでもかんでも醤油《しょうゆ》だけドバッと入れて煮たらええと思たはる。あんな芸のないおおざっぱなもん、あきまへん」

美食家らしいその言いようがおかしくて、つい口元がゆるむ。

「おマキはん、恵三はんがつろう当たるんやったらいつでも言いなはれや。かめ子に言うて、怒ってもらいますよってな」

「あんた、何あほなこと言うてますん。普通、つろう当たるんは義理の仲の方でっしゃろ。かめ子を叱《しか》る、と言わなあきまへんがな」

すかさず入る浅子の辛辣《しんらつ》な言。満喜子はふきだすほかはないのであった。

ふと異母姉喜久子の憂《うれ》い顔を思い出す。浅子のようにとはいかないまでも、先進の教育を受けた喜久子なら、旧大名家の静かな生活より、こういう開放的な家でこそその性質をいかんなく活《い》かせたかもしれない。むろん、母も、だ。

「いや、それは違いまっせ。うちの旦那はんは次男坊の新宅や。旦那はんがいちばん偉い。そやから旦那はんさえ許してくれはったらそれですむ。けど、これが宗家《そうけ》やったらこうはいきまへん。なんせ、旦那はんより偉いお方がおってやよってに」

家長である旦那はんより偉い人。それは、旦那はんを生んだ母親、本家のお家《いえ》はんだった。廣岡家では、八代目久右衛門の妻マツがその人で、夫信五郎の母であるこの人には、いかな浅子であっても頭は上がらないのだ。

「ご寮人はん、何ですのん、そのけったいな着物の着方。もっと胸元ちゃあんとしゃはらへんのん？」「ご寮人はん、ちいとゆっくり歩けえしませんのんか？　加島屋のご寮人はんが、あんまりがさつすぎまっせ」

嫁いで以来、一挙手一投足を見逃さず、加島屋のご寮人はんにふさわしい態度をとるよう義母のマツから注意されたことは今も浅子の記憶から消え去らない。とはいえ、一日中同じ家の中で暮らす宗家とは異なり、新宅の嫁である浅子はしょせん顔を合わせた時だけしおらしく聞いていればすむ。要領のいい浅子は、姑《しゅうとめ》の前ではひたすら従順な嫁を演じてその場を逃げ切ってきた。

「女の敵は女、言いますけどな、あれほんまでっせ。宗家の嫁はん、あんだけようできたお人でもお姑《かあ》はんにかかったらくそみそや。ほんまうちなんか三日と持たへんところだす」

かつてはマツも若い時にはご寮人はんと呼ばれ、旦那はんの妻という位置づけにすぎなかった。しかし夫が亡《な》くなり息子が新たな旦那はんとなると、今度はその妻がご寮人はんとなる。前のご寮人はんは寡婦《かふ》となったとたん台所を嫁に譲って隠居となるが、旦那はんのご母堂として敬われ続け、お家はんと格上げになるのがならわしだった。

加島屋では九代目を継いだ兄の喜三郎がその後亡くなったため、三男の文之助が宗家を継いだ。次男である信五郎は、すでに新宅分家していた後だったからだ。

「それでよかった思いますわ。新宅やからこそ自由にやらしてもらえる。そやし、宗家より兄貴やよって、多少は偉そうなことも言えますしな」

マツの嫁教育にも、ちいと厳しすぎまへんか、と庇《かば》ってやれる立場にあるのが信五郎だ。もっとも、お家はんに一言さからおうものなら、わても昔先代のお家はんに躾《しつ》けられて今に至っておますのやと、怒濤《どとう》のごとく返答されるのは目に見えていたが。

「自分がした苦労をそのまま嫁に背負わすことのどこが悪い、いうことでっしゃろな。女は女によって教育される。古い女、と書いて姑とはよう言うたもんだすな。けど、ほんまは古いもんは自分の代で打ち切りにするのがお家はんの度量やと思いまっせ。いやいや、こんなこと、今はもうお家はんが亡くならはったからこそ言えますのやけどな」

そして浅子はしめくくるのだ。今まで女には家庭という密室にしか教育の場がなかった。けれども明治の世はそうでない。女にも、公《おおやけ》の教育の場が必要なのだ、と。

「女に家と書いて嫁。そこでしか学ぶ場所がおませんでしたけど、これからは家の外、全国いたるところに教育の場は必要やということです」

嫁ではない満喜子だが、廣岡という家で教わることは少なくなかった。

晩餐会にも慣れてくると、客たちの顔も少しずつ覚えた。だが浅子にはそうした招待客以外にも、大勢の女性の客の来訪があった。

女実業家として名を馳《は》せた彼女には、雑誌や団体の機関誌から原稿の依頼があり、また講演にも招かれていく。体験に裏打ちされた彼女の思想や言論は力強く、触発された若い女性が、教えや刺激を受けるため、全国から訪ねてきたりするのである。

お茶を出すたび浅子が客人と話す現場を見ることになるが、熱い言葉で彼女たちを励ます浅子にはいつも目を見張る。ところが浅子の方では、そんな満喜子に驚くのだ。

「おマキはん、お茶を出す時のあんたは、さすがでおますな」

客人が帰った後のひとときである。何が「さすが」なのか、何か粗相があったのか満喜子は意味がわからない。浅子はくすっ、と笑って、

「いや、ほんまに。まったく気配が消えてるんや、たいしたもんや」

やはり本気で褒められているのか。満喜子は妙にくすぐったくなる。

天神祭《てんじんまつり》が始まった。

歴史の古い関西では日本三大祭と呼ぶ時も京都の葵祭《あおいまつり》、祇園祭と千年を経るものし

か対象とせず、たかだか百年そこらの東京の祭はどんなに賑《にぎ》やかだと誇っても相手にされないのが満喜子には驚きだったが、さすがに大阪のこの盛大な祭は三大祭の一つに数えられる。かつては太閤《たいこう》さんも催船を下さったという大阪の夏の風物詩だ。廣岡家では前を流れる土佐堀川や堂島川が船渡御《ふなとぎょ》の舞台となる大川に繋《つな》がるという立地ばかりか、信五郎が祭の講の世話人でもあるので、早くから神灯を掲げて祭気分がみなぎっていた。かめ子一家も祭見物のため早々と本店にやって来ている。

そんな事情を知らないで、たまたま本宮の日に満喜子を訪ねてきた客人がいた。

「たいへんな人出だと思ったら、そうですか、大阪は、お祭ですか」

驚きながら汗を拭《ふ》くのは佑之進だった。兄たちが着るような質のいい背広姿。小野から東京へもどる途上、明石の姉を訪ねた折に、末徳から満喜子への手紙を預かってきたのだ。

「そら知らんとお越しとはまた運のええ。まあゆっくり祭見物していきなはれ」

店先で手紙を渡せばすぐ帰るつもりが、ちょうど出かける浅子と鉢合わせしたのが運の尽きだ。客を迎えて浅子がそのまま帰すはずがない。加島屋の御座船にはまだまだゆとりがある。ほな番頭に言いつけときますよってあとはたのんますえ、と言い捨てて、当の本人はさっさと出て行ってしまう。ご寮人さんとして今日は誰より祭の催事に多忙なのであった。

「いつもあんな調子なの。すごい人でしょ」

二人、つむじ風にでも巻かれたように彼女を見送った。父は元気でおりましたか、千恵子は、ナツは、と家族の消息を聞くしか話題はないというのに、この家は二人に開放的すぎる。ドアの向こうには立ち働く使用人たちの足音も聞こえる、やっと歩き始めた姪《めい》の多恵子の泣き声もする。なにより、窓からさしこむ光の澄んだ明るさ。普通なら若い男と女が向き合っていればもっと空気も固まるだろうに、二人は外の陽気に押し負けている。

「おマキちゃん、そんなら出掛けまひょか」

かめ子が声をかけてきたのは下の赤ん坊を寝かしつけてからで、連れて行くのは上の子だけだ。大川からは、催太鼓船《もよおしだいこぶね》、地車囃子船《じぐるまばやしぶね》などが打ち鳴らす賑やかな鳴り物が聞こえていた。

町はうだるような暑さだったが、日暮れて、いくぶん涼やかになり、川岸に停泊している舞台船や供奉船《ぐぶせん》で鉦《かね》や太鼓が鳴り始めればいよいよ祭の幕開けだった。

水上に出ると川風が心地よい。廣岡家の船は神をお迎えする奉拝船の一つで、三十人を超す客が膝《ひざ》を連ねている賑わいだ。団扇《うちわ》で涼をとりつつ、弁当や酒肴《しゅこう》を楽しんでいる。

「どない？　あっちの船、寄席から噺家《はなしか》呼んで盛り上げたはるわ」

水上ではすれ違う船どうし、互いに楽しんでいるのを伝えあうのも大阪ならでは。どせーだいやってまっかと声をかけ、ともに大阪締めで相手をねぎらい、すれ違う。どんどこ船や御迎人形船《おむかえにんぎょうぶね》には「ご苦労はんでおます」と挨拶《あいさつ》し、川御神霊《かわみたま》をのせた船や神に仕える講社《こうしゃ》の供奉船などには、どれだけ賑やかに騒いでいても沈黙してこれを送るのが礼だった。

「大阪らしい、賑やかだけど気遣いのあるお祭だなあ」

洋装では見知らぬ人に見えた佑之進も、かめ子が用意した兄の明石縮《あかしちぢみ》の浴衣《ゆかた》に改めた今は、もとの、馴染《なじ》んだ乳兄弟だ。満喜子は二人の間に団扇でゆるゆる風を送った。

「大阪は八百八橋《はっぴゃくやばし》、川が生活の動脈だから、水の神様に感謝と今後の繁栄を祈るのね」

「そうか、この川の流れにも神様が……。日本人にはどうしてここに神様が見えるのかな」

そう言って、船ばたから水面へと身を乗り出そうとする佑之進。

「それだけ西洋に触れていて、佑はキリスト教には興味を持たないの？」

「いえ、かの国の文化には大いに興味があります。でも私はつくづく日本人なのですよ。もとからいる神様も仏さまも、どれもありがたく捨てがたい」

思えばこれが彼との初めての宗教談義だったろうか。彼は西洋の神のすばらしさを認めつつも、長く日本人が親しんだ自然の中にいます神々への思いを断ちがたいのだ。

おマキさまは？　と訊《き》きかけて佑之進は黙った。満喜子の母がクリスチャンであったことを知っていたからだ。だが満喜子には、母は母。自分自身の信仰はまだ定まっていない。

打ちましょ、チョンチョン。――すれ違う供奉船があり、船上の人々は互いにどこの誰の船だとたしかめあいつつ、そろって大阪締めを交わしあう。――もひとつセイ、チョンチョン。――何度か繰り返すうちに、すっかり満喜子や佑之進も覚えてしまった。

「流れる川にも水の底にも、また吹きすぎる風にも神がおわしますそうな。その数、八百万《やおよろず》とか」

「でも神様だけじゃなく、闇《やみ》や夜にはまた違う姿のものもいるでしょう」

おずおずとクロアルジのことを満喜子は初めて口にした。川には篝火《かがりび》や提灯《ちょうちん》の灯りがゆらめき、闇をうち消す。笑われるのではないかと思ったが佑之進は当然のように言う。

「祟《たた》る神をおそれる心は、人を謙虚にするのではないでしょうか」

あっと思った。神々の持つ二つの顔。益する神と祟る神。自分にもまた太古からこの地に住み着く神々の姿が見えていたということか。

「日本人なのですよ、おマキさまは」

そうかもしれない。心地よい沈黙がたゆたうのは、これは一つの納得か。

「見てやってぇな。ほんまにうちの子、ようこんな賑やかなとこで寝られるわ。さすが大阪の子や」

背後でかめ子がのんきに声を上げた。祭にはしゃいでいた幼い子は、無防備な寝顔を母の胸に預けていた。しゃあないなあ、とかめ子は女中とともに屋形の中へ移っていく。やがて頭上で極彩色に弾《はじ》ける花火が始まるが、屋形のうちからでもじゅうぶん見えるだろう。

あたりは酔いの回った人々のさざめきと笑い声。なのに、かめ子たちが消えたことで、二人きりで祭の中にいるような錯覚をする。——祝うて三度、チョチョンのチョン。大きな声で手を打ち、顔を見合わせ笑いあった。

「あれはね、昔の米会所の習いなんですって」

知ったばかりの話を満喜子は佑之進に聞かせた。大阪締めは、売る米と買う米の値段が互いに一致した時、それで決まったと約束して打ったのが始まりという。

「優雅に聞こえるけれど、いったん締めたからには命を賭《か》けて守りましょうと打ったのよ」

紙に書いた契約書も何もない、ただ口約束の米の値段。だがそうやって互いに納得し手を打ったからにはどんなことがあろうと守り抜く、それが大阪商人の信義であった。この土佐堀で長く米の仲買をやってきた加島屋であるからこそ伝える話である。

「そうか、おマキさまも大阪の伝統にお詳しくなったのですね」

大名屋敷の深窓に生きる定めの令嬢が、こうして経済の中心に住み世の中の決まりや人のしきたりを知る。そのことに佑之進は感慨を覚える。満喜子は照れて、逆に尋ね返すのだ。

「そうそう、佑之進にも教えてほしいことがあったのよ、……」

それは、浅子に指摘された、気配の話だ。ずっと今まで気になっていた。

「自分で自分のことはわからないから……。私、時々気配が消えているというのは本当かな」

父やナツと離れた今は誰かに聞くこともできない。佑之進ならわかるだろうか。

「ええ、消えていますね」

即座に返る明快な答え。どーん、と一発、大輪が開いた時だ。

「たぶんそれはおマキさまが育たれた小石川のあの家が育てたものですね」

あの家が？　花火が照らす佑之進の顔が見知らぬ人に見える。

「そうです。日本の家は、紙と木で仕切りをし、陰影を好み、できるだけ風を起こさぬような、静の造りになっています。ところがここは逆だ。人が来てこそ栄える商家は仕切りがなくて明るくて、開けっ放しの外側からは風も喧噪《けんそう》も入りほうだい。〝動〟の家ですね」

なるほど、一柳のあの屋敷の中では風などけっして起こしてはならなかった。そして女たちは、いるのかいないのかわからぬほどに、気配を消して動くことが当たり前だった。

ぽん、ぽん、と間隔を開けて花火が上がる。互いに空を見上げたままで会話が続く。

「いつも佑之進は日本建築に軍配を上げるのね。専門は西洋建築なのでしょう？」

能舞台の話、武家屋敷の話、彼からはいくつも興味深い話を聞かされた気がする。

「はい。いよいよ来月、留学のため渡米します」

その話題が切り出されるのに、どれだけ間があったのだろうか。ぽーん、と背後でまた一つ花火が上がった。明石や小野を訪ねてきたのは別れの挨拶のためだったのか。

「イエール大学にまいります」

留学のことはとうから知っていたのに、ふいに何かがつきんと胸に刺さった気がする。刺さったそれは、満喜子の全身をゆるやかに冒す毒のように、気持ちをしずかに萎《な》えさせ、力を奪っていく。何だろう、この、胸に刺さった小さなものは。

「いよいよ、独楽《こま》は回り出すのですね」

やっと言えたのがそれだ。

佑之進の横顔を、連続花火がぽんぽんと明るくいろどる。子供の頃から見知った顔が、今はやっぱり知らない他人に見えて困る。彼はいったい誰だったのだ？

どん、どん、どどーーん。花火はこれでもかこれでもかと続いて咲いた。

「おマキさまは、いつまでここでこうしておいでのおつもりですか？」

長い沈黙の後で、唐突に佑之進がそう尋ねた。「え？」と満喜子は聞き返し、彼が何を言ったか、反芻《はんすう》する。いつまで・ここで・こうしているのか。――彼はそう訊いたのだった。

花火、花火。どよめき、どよめき。佑之進はさらに訊いた。

「いつか立つのですか？ それとも、座り続けるのですか？」

いつか彼は自分のことを、跪座《きざ》する女、と言った。立つのか、座るのか、〝動〟の姿勢でありながら、まだどちらにも動こうとしない今の自分。ただこうして兄の縁で、跪座する軒を借りているだけのこと。自分の夢の実現のため、もうすぐ旅立とうという彼から観《み》れば、今の自分はとんでもなく歯がゆく、じれったいことだろう。立つか座るか、それさえ答えられずにうつむいてしまうこんな自分を。

そして満喜子は全身を耳にする。でないと佑之進の切羽詰まったその声は聞こえない。

「立つならいっそ……」

どーん、と最大級の大輪が上がる。立つならいっそ……？　その先を聞きたくて、満喜子は彼を見上げたが、佑之進はなぜか唇を嚙《か》んで、故意にその先をのみこんでしまう。

二人きりであったならその続きが言えたのだろうか。どどーん、と天を揺るがす大花火。耳を覆《おお》う爆発音と、それにどよめく人々の声が、たちまち二人を押しつぶす。つらそうなまでの視線をさまよわせ自分を見られずにいる佑之進を、促すようにみつめ返した。

なのに彼は口を閉ざして目をそらした。男とは、なんてわからない生き物だろう。

最後の花火が消えた空に、船上からは盛大な大阪締めが繰り返される。

「おマキちゃん、打ってるか？　それ、お客人も。これで祭は最後みたいやで」

屋形から顔を出し、かめ子が言う。船の上では全員総出の手打ちが始まっていた。

打ちましょ、チョンチョン。もひとつセイ、チョンチョン、祝うて三度、チョチョンのチョン。――それは何の約束が整った証《あかし》なのか。船上に満ちる笑顔と笑顔のはざまから佑之進は満喜子にほほえんだ。天神祭は、息も切らせぬ花火の余韻で、今、終わった。


土佐堀川の、水がとろりと陽光に揺れる。佑之進は天神橋の上で立ち止まった。

大阪へは、養父与七郎と何度も来た。ここは明るく活気があって、東京よりはずっと好きな土地だった。しかしこんな重苦しい気持ちで去るのは初めてのことだ。

祭の後、大勢の客がごったになって出入りする廣岡家で、佑之進も座敷で一夜を明かすことになった。あの後、子供が熱を出したため満喜子も奥にかかりきりとなり、ゆっくり話す暇もないどころか、別れぎわは月並み以下の簡単な挨拶で出発してきた。

立つならいっそ――その続きを、いったいどう言うつもりでいたのだろう。アメリカに来られませんか――まさかそんなことが言えるはずもない。佑之進は自分の馬鹿《ばか》さ加減に赤面し、橋の欄干に頭をうちつけた。

来月、留学の途に就けば、今度はいつ帰国できるかわからない。だから、世話になった人々みんなにこうしていとまごいに回っている。なのに満喜子にはちゃんと話もできなかった。そのことも悔やまれ、自分のふがいなさに髪をかきむしりたくなる。

せめて彼女にはお守りの中の種のことで会話を続ければよかった。東京で手渡した時から、あれは何の種か、きっと知りたく思っている満喜子なのだから。だがその場に落ち着いて座っていることができなかった。息苦しくて、せきたてられて。

水面がきらめく。白い乱反射の中に、佑之進は、播磨《はりま》小野に帰った時に見た、ため池の岸辺の風景を重ねてみる。

それはこの世のものとも思えない風景だった。

見渡す限りどこまでもハスがぎっしり伸び上がる池。地元の人間がそっけなく「ハス池」と呼び慣らすだけなのには、正直、なんと無粋なのかとあきれはてた。もっと神聖な名前があろうものをと、村人をなじりたくなる、それほどの池だった。

まっさかさまにふりそそぐ真夏日の下、そこに広大な水がたゆたっていることすら覆い尽くす勢いの葉の茂り。そのみずみずしい大型の葉は、天の日射《ひざ》しも雨の恵みも、こぼさず受け止めようというしなやかさで、宙をあおいで揺れている。そしてそれらびっしり埋まった葉の間に、すっくり茎をさしのべ、ぽかん、またぽかんと、まるで夢のあわいのあぶくのように開いた花。釈迦牟尼《しゃかむに》が極楽の象徴に選んだことが納得できる、甘くあざやかな色がしみた。

田に水を引き、たくわえるために地表に掘ったその池に、いつ、どのようにしてこれだけのハスが茂ったものか。そして花は一つ咲くだけで、見慣れた田んぼの風情《ふぜい》なき景色を、一転、地上の楽園に見まがわせるのだ。

佑之進はそのほとりが好きで、たびたび訪ねて行っては飽きず眺めた。海なき土地の、ありがたくも水が流れ去らずにとどまる地。自分の体の中の水が呼ぶのか、そこにいるだけでやすらぎ落ち着く。

あるあたたかな冬の日に、彼は水面に漂う小さな黒いものをみつけた。ハスの種子だとわかったのは、近くで野良《のら》作業をしていた老人が教えてくれたからだった。花が枯れた後に、瓜《うり》を真っ二つに断ち割ったようなかたちの緑の実がなり、枯れたのちにはそこから種子がこぼれるという。だが老人いわく、その年はなぜか実はならなかったはずだから、種子は、去年か一昨年か、以前に実がなった時にできたものが、どこか土手の石垣の間にでも挟まって埋もれていて、先日の嵐《あらし》の増水で洗い流されてきたのではないかという。

なぜと言うことなく、漂う種子を拾い集めた。こんな不格好な黒い球に、あのように美しい花の世界の静謐《せいひつ》が閉じ込められているのがふしぎだった。

老人は、種子は固く頑丈だから、やすりで削って殻を割り、水でふやかしてやれば芽を出すことも教えてくれた。だが佑之進は思った。殻は、今はまだ割らずにおこう。いつか自分が落ち着く場所にたどり着いたら、清い水のある地をみつけてその時まこうと。

彼にはいつか図面を引いて地上に建てたい家がある。それは水のほとりの小さな家で、蛙《かえる》が鳴き虫が鳴き、蜻蛉《とんぼ》が飛んで鳥が頭上をよぎっていく、そんな自然の一隅にある。洋瓦《ようがわら》で葺《ふ》いたささやかな家だが、存在を示す小さな塔もある。もしも実現したならその水辺には、ハスがいちめん生い茂っていればいい。光を集め、風を留め、水をとどまらせているそんな場所。いつか実現させるその時のために、種子は、大事に取り置くことにした。

それをあのかたに、おマキさまにさしあげたのは、いったいどういうつもりであったか。

決してよこしまな思いではない。ただ彼女が行き着く先にも、極楽の光をこぼしてあまりあるあの美しい花が咲くことを願っただけのこと。

それだけか？――違う。自分が建てるその家を思ってみる時、扉を開けて出てくる人はいつも彼女になるのではなかったか。

佑之進は首を振った。ゆるやかな大阪締めが頭の中に反響する。最後に満喜子と向かい合って手を打った。大阪商人は、いったんかわした手打ちは命を賭けて守るという。話した時の満喜子の大きな瞳《ひとみ》がよみがえるのに、あれが何かの約束であるという証はない。

いつからそんなふうに満喜子を気にかけるようになったのか。決まっている。それはずっと幼い日、ともに育った日からであろう。乳兄弟なら当然の思いだ。なのに、お会いするたび気詰まりになる。お話しするたび口が重くなる。それは互いが成長し年を重ねていくごと、強くなった。

いや、いい。アメリカへ去れば当分お会いすることはない。こんなことで悔やむ自分もいなくなる。

渡米は与七郎にも大きな夢なのだった。英語の話せない彼は自分自身が海を渡ることはあきらめているが、代わりに夢を息子に託した。彼は言うのだ。そこには未来のこの国の姿があるはず。そして未来に河合屋を発展させていくのは、佑之進であるのだからと、繰り返し、熱をもって。その父に、こたえねばならない。立つならいっそ

――。帽子をかぶり直す。自分が一度発した言葉をかき消すように。

3

大阪への来客は、まだもう一人あった。

「おマキさま、お久しぶりです」

廣岡家の門の前に現れた絹代を見た時は驚いた。ここは大阪。いったい何をしに？

絹代とは東京で別れてきて以来、手紙が月に一度は往復していたが、「ぜひまたお目に掛かりたいです」という一文は実現しない慣例句だと思ってきた。

「ほんとうに、あなたって驚かすのが好きな人ね」

以前と変わらぬ絹代の洋装は、旅の気楽さもあって女学生のような濃紺からは解放され、縹色《はなだいろ》になっていた。暗黙のうちに店の者が大きな西洋鞄《せいようかばん》を玄関先から客室へと運ぶ。これも小石川の一柳家ではありえないことで、客の出入りの多い廣岡家だからこそ、いちいち誰と尋ねるまもなく気安いもてなしを受けるのだった。

「手紙は出したのだけれど、私の方が先に着いてしまったみたい」

遠慮もなく客間の肘《ひじ》掛け椅子《いす》に腰をおろした絹代は待ちきれなくて話し始める。

「だって、早く知らせたかったの。おマキさま、私、とうとう米国へ留学するの」

家庭教師の給金で早くも船賃が貯《た》まったのかと思いきや、父から許しが出たのだという。

「本当なの?……絹代さん、おめでとう、本当によかった」

彼女の固い決心とその後の苦労を知るだけに、満喜子は心から驚き喜んだ。

「ありがとう、あなたにはぜひ直《じか》にご報告して一緒に喜んでほしかったの」

父親は最初、贅沢《ぜいたく》に育った絹代が他人の家でどこまで辛抱できるか高見の見物を決め込んだが、継母がずっとそばから口添えし、人を寄越して様子を窺《うかが》いもしたのだとか。

「母には頭が上がらないわ」

かつて継母に反発し、やさしさのかけらもない態度でいた絹代。その彼女を「子供ね」と言ってのけた日があった。時は行き、緊迫しきった家族の立ち位置が、ほどけてゆるんで近づきあえるようになっていくのは、それが大人になったということなのだろう。しんみり語る絹代は、昔「あの人」となじった人を、今たしかに「母」と呼んでいた。

「ちょうどヨナさんが留学を決めたの。梅子先生がかつて学ばれたニューヘイヴンへ。

それで、お連れがあるならと、父も折れてくれたの」

そうか、余那子とともに渡航するのか。満喜子まで胸が躍る気がした。どんなところだろう、ニューヘイヴン。かつて梅子が暮らしその叡智《えいち》を身につけた先進の地とは。

だが同時にいちまつの寂しさもにじむのはどうしようもない。遠く離れる寂しさか。違う、今までも大阪と東京に離れていたのだからそれは違う。言ってみるなら、新たな目的を見つけて着実に前進していく彼女らに、置きざりにされるむなしさだろう。

津田梅子のもとで英語に励み、まだ見ぬ大洋の向こうの大陸へ憧《あこが》れた彼女たちの強い意志を知っている。絹代にいたっては思いを通すために家を出たのだ。何もせずに大阪で時をやり過ごしただけの自分が彼女たちを羨《うらや》むのはおかしい。

「そして、あなたにお目に掛かるついでに、ぜひお会いしたい方があって」

意味ありげに上目遣いで見る絹代。それは誰、と尋ねようとした時、外から声がした。

「おマキちゃん、お客さまやったら、そんな狭いとこやのうて、あっちの広間が空いとりまっせ。ゆっくりしてもろうたらどないですのん？」

はじかれたように絹代が起立する。

「廣岡浅子先生ですかっ？」

戸口に現れた人影の前で、絹代はすでに直立不動だ。

「私、先生の著作、ずっと拝読しております」

違う、それは娘のかめ子だと訂正するより先に、絹代は鞄から一冊の雑誌を取り出し、開いて見せた。「日本婦人の将来」。そう題された寄稿文には、筆者の名前——廣岡浅子の名前がある。かめ子は絹代の勢いに押され、目を白黒させて立っている。

「先生がおっしゃるように、いつまでも日本の女は三従ではいけない、っていうご意見には大賛成です。父に従うだけでも辟易《へきえき》なのに、まだあと二人も我慢して従わなきゃならない男がいるなんて、げんなりです」

一気に話す絹代の勢いは止まらない。

「でも、津田先生やベーコン先生のような方もいる。こちらの廣岡先生のような方もいる。ここに書かれたものを読むと、どれだけ励まされ、背中を押される気分になるか。これはどうしたって、書かれたご本人にお目に掛かりたくて、大阪までやってまいりました」

かめ子と顔を見合わせ、初めて満喜子は納得がいく。近頃の浅子には、こうした信奉者が訪ねてくることがしばしばあるのだ。

結婚しないことで夫という「従」を免れ、自分が「主」として邁進《まいしん》できる梅子とは異なり、浅子は信五郎という夫に従い表の看板としつつも、おのれの力をいかんなく発揮した。決して夫をないがしろにしているわけでもなく、見下しているわけでもないそのありようは、「従」ではなく「並《へい》」とでもいうのがふさわしいような距離感だ。浅子はそんな自分の体験を、わかりやすい言葉で書いたり講演したりする。

「そうどすか、わざわざお母ちゃんに会いにおいでてくれはったんどすか」

そこを強調して言うかめ子に、今度は絹代が目を白黒させる番だ。とんだ早とちり。どうして早く言ってくれなかったの、と目で満喜子を責める。必死で笑いをこらえた。

「具合《がい》よう、もうまもなく会議所から帰ってきますやろ。ちょっとお待ちを」

かめ子が出て行き、足音が聞こえなくなると、満喜子は長椅子の上で転げんばかりにして笑った。いくら何でも、かめ子の若さで先生はないだろう。

ひどいひどい、と絹代はのしかかるようにして満喜子を責めた。おかしくて、満喜子の笑いはなかなか止まらなかった。こうしていると、姉妹のような近しさを感じる。喜久子や千恵子と、こんなふうに笑い転げた思い出など一度もないというのに。

やがてかめ子がお茶を運んできてくれる。気配を消すとはほど遠い、少しがさつな現れ方だ。無理もない。多恵子、八重子と年子で子供を生んだばかりというのに、かめ子はもう三人目の子をみごもっているのだ。手が動くごと、足を運ぶごと、その存在をさし示す。

「ごめんなさいね、お義姉《ねえ》さま。八重ちゃん、こっちに連れてきましょうか？」

乳をやってきたばかりなのか八重子は乳母のもとでおとなしくしているようだ。

「かまへん、かまへん。おマキちゃんにお客やなんて、めったにないことやもの」

そして自分もすわりこんで、いっしょに茶菓子をいただいていく。この家の女主人である彼女は、家の中に風を起こしてもよい、許された人間なのだった。

「よろしいなあ、同級生のお友達は大事にせんと」

かめ子自身、京都の女学校を卒業し今もその時の友人たちとは交流がある。家付きの娘であるだけに代々続いた地縁ごと娘時代の交際をひきついでいるわけだ。その中にはやはり浅子に影響を受け日本女子大学校に進んだ者や、気に入られて秘書を務める者もいる。

やがて戸口の方で賑《にぎ》やかな気配がする。浅子が帰って来たのであろう。乳母が八重子を見せようと抱いて部屋から追ってくる。つくづく風をたたせる人たちばかりの家である。

「まああおマキはんにお客さん？　うちの本、読んでくださったんどすて？」

いつものように、大阪中をかけまわってきたその足で、孫の顔を見に立ち寄ったというところだろう。生来社交家の浅子は、不意の客にも時間を割くことにやぶさかではない。

「お約束もなしに、いきなりすみません。父は横浜で絹を扱う大谷商店と申します」

女高師の同級生という自己紹介の後に、絹代は横浜の生家の屋号を明らかにした。

「大谷商店……？　あの絹問屋の？　ほな、清右衛門はんの娘はんでっかいな？」

どうやら浅子とは奇遇な縁でつながっていたようだ。それはそうだ、廣岡商店では絹も扱っている、実家の三井ではなおさら取引があるだろう。驚いたのは絹代である。

「まさか、父とお知り合いとは……存じませんでした」

「そうやなあ。あのお方も、昔はすきっとしたお方やったのになあ」

幕末に横浜が開港された時、国内は狂乱のインフレをきたし、昨日儲《もう》けた者が今日は破産し落ちぶれる、明日のみえない外国商売はまるで乱世そのものだった。そのすさまじい時代を生き抜いた商人として、大谷のことは浅子も記憶にとどめていたのだ。もとは上州士族であったというから、数少ない士族の商法の成功者だったといえるだろう。

「あのあと、絹を扱う商店もずいぶんつぶれて倒れて、栄枯盛衰、ひどいもんやったけど、あんたのお父さんはしっかり生き残らはったもんなあ」

父を褒められているのにうなだれたのは、生き残るために父がどれだけあくどいことに手を染めてきたかを知っている絹代だからだ。満喜子は初めて知る話だったが、絹代の母は大谷商店より先に絹の輸出でひと儲けした商人の娘で、父清右衛門は奉公していた番頭だという。目先の利《き》く彼は機会を狙《ねら》って店ごと乗っ取り、主家は行き場を失い一家離散。絹代の母は吉原に売られたが後に清右衛門に請け出され絹代を生んだ。彼女が二年で亡《な》くなった後は母の妹加代に預けられ、五歳までを過ごした。そして正妻が亡くなった後、後妻として迎えられた加代とともに父に引き取られたのであった。

「いや、こない言うたら何やけど、どこの家にもようある話や……」

ぽつり、浅子がつぶやいた。

「子供に罪はあらへんのになあ。いつも父親の都合でふりまわされる。この世は女と子供がいちばん無力な存在や」

沈黙が重く充満する。浅子の言葉が強く胸に響いたのだ。あの信五郎でさえ――妻の浅子にあれほど寛大で支配欲などないように見える彼でさえ、外で芸妓《げいこ》あそびに華やかなのは言うまでもなく、家にも、かめ子の弟妹らしき者が出入りする。はじめ、それが誰かわからずに、使用人に尋ねてみたことがある。かめ子が一人娘であるのは周知のことだ。使用人は野卑な笑みを口元に浮かべ、そっと耳元でおしえてくれた。

――旦那《だん》はんのお子どすがな。ほれ、小萩《こはぎ》さんの……。

ぞっとした。小萩は浅子が三井から輿入《こしい》れの時に連れてきた腹心の女中だと聞く。妻が心から信頼する者を寝所に呼んで、子まで産ませて同じ屋根の下に置いておくとは。

男まさりと世間で賞賛される浅子であっても、女は女、夫の裏切りは耐え難かったはずである。それでも波風はたてず、素知らぬ顔で通すのが賢婦の条件なのだ。

「うちはいややわ、絶対」

そばで聞いていたかめ子が泣きそうな声を上げる。

「恵三さんが外に女、作ったら、うち、死んだるから、って言うてある」

「あほやな。そんなこと言うたんどすか」

あきれて浅子はわが娘を見るが、仲むつまじい若い妻には、世間が認める男の裏切りを決して許せぬ愛がある。

「かめ子、言うておく。今のこの世の中では、それはしかたのないことや。もしも恵三さんがつきあいで新地に行ってみなはれ。接待で女あてがわれたのに手え出さんでは、あかんたれの男やゆうて笑われまっしゃろ」

娘三人、うなだれて聞く。そのとおりだが、納得のゆかぬかめ子の不満顔は母に向かった。その目は涙があふれそうだ。兄を、愛しているのだ。満喜子は胸を突かれ、かめ子を見てはいられなくなる。愛し合い信頼しあう夫婦がお互いだけを守り合ってゆけぬ社会の、この不合理。憤《いきどお》りが腹の底でどろどろうねるが、それを自分でどうしようもない。

「そうや、社会がまちごうとるのや。こんな世の中、正さなあかん」

浅子は言った。

「うちも働きまっせ。読んでもろたかどうか知りませんけど、ここにも書きました」

机の上に、浅子が冊子を取り出してみせる。

「今は、公娼《こうしょう》制度の廃止という運動に加わっとります。たとえ男はんが自分だけは妻一人を大事にし清廉《せいれん》であろうとしても、世の中に男が遊ぶ場所があってそれを甲斐性《かいしょう》なんぞと言うから不幸が始まるのどす。社会公認の娼妓があって、女が商品になるんが認められとるさかいに女の身売りが後をたちまへん。そこで生まれた子供はさらに不幸になるばかりや」

絹代が手に取る冊子を見やり、その題字を見た時、満喜子は、あっ、と声を上げそうになった。「矯風会」の文字がそこにあったからだ。

白いリボン、幻灯会、矢島楫子《かじこ》、死装束の母……。つながっていたのか。女たちが始めた独楽《こま》の舞は、よろけながら、ぐらつきながら、それでもしっかり足場を求めて、浅子までつながり、続いていたのだ。

浅子を見る、絹代を見る、かめ子を見る。乳母に抱かれて眠る幼い八重子を見る。この姪《めい》が年頃になる時代には社会は変わっているだろうか、いや、変えられているだろうか。

「けどな、ただ廃止、いうのは男の政治家でも思いつくことや。日本はな、女郎や芸者は人身売買やないかと世界中から非難されて、びっくりして娼妓解放令いうんを出しましたんやけどな。なんせ日本は早《はよ》う文明国やと認めてもらいたかったんやから」

娘たちはほっとする。日本も女を売り買いしない文明国なのだ。だが浅子は首を振った。

「あかんあかん、そんなことで安心したら。解放だけしても、後の保証は何もなしやで。男の発想はこれやからあかん。それでは貧しい家はやっぱり娘を売りますやろ。根本的に、女が自力で食べていける道、自分で自分の身を守れる自立の道を作らなあきませんのや」

浅子の論は明確だった。一夫一婦制の建白を唱えた母から十数年、世の中のゆがみに気づいた女たちは、着実に、どうすればそのゆがみを直せるか、病巣《びょうそう》をみつめることから歩いてきている。

「先生、私、アメリカでしっかり、戦う力をつけてまいります」

震える声で、絹代が言った。浅子の話は、確実に彼女の心に波紋を起こしたのだろう。それは満喜子も同じだった。今まで何も知らずにいた。女たちを陰の部分におしやり、ひっそりもの言わぬまま生きることを強いたクロアルジの正体はそれだった。貧しさが女の敵であり、無力さが障害だとは、思いつきもしなかった。

絹代は戦うと言った。どう戦うつもりなのか、今は聞くのがこわい気がした。長い時間をかけて女たちが気づき、立ち向かおうとしているその相手が、あまりに巨大で陰湿であることに、満喜子は背筋に寒さを覚えるばかりだったのだ。

しかし浅子は戦うだろう。絹代もこれから旅立つアメリカの地で、その戦うすべを探すだろう。満喜子一人、あの薄暗い畳の下からにじみだして蔓延《まんえん》するクロアルジの幻影を、なすすべもなくみつめている。それでいいのか。このままでいいのか。いつまで・ここで・こうしているのか。佑之進の言葉がよみがえり、頭の中で反響した。

いいえ、もうここだけにはいない。――突然、たしかな重力をもった思いが結晶する。

「私も、何かやらなければ……」

浅子がのどかに受けて答える。

「ええこっちゃ。絹代はんに刺激されましたんやな。切磋琢磨《せっさたくま》、能力のある者がくすぶってるんは、見ている方も、なんやパッとしませんよってにな」

まず浅子はそのように笑いとばした。そして大阪言葉でこう付け足した。

「おマキはん、負けんとき」

言われて満喜子はそれをオウム返しにつぶやいた。負けんとき？　黙ってうなずく浅子。

何かに勝てというのではない、負けるな、そしてあきらめるなと、浅子はそう言うのである。

「おマキさま、そうでなくっちゃ。競うあなたがいてこそはりあいができるわ」

目を輝かせて絹代が後を受けた。何を言っているのだ、勝負するのでなくと、浅子が今言ったばかりだというのに。そう返したいのに、なぜかむしょうに励まされている。

「それで？　おマキはんは何で勝負しますのん？　ここから先は暇つぶしの勉強やな

い。好きなことやないと続きまへんで。いったい何が好きですんや？」
しかしそれにすかさず答えたのは絹代だった。
「そりゃあおマキさまは音楽でしょ？　女学校ではあなたが一番だったもの」
何をつぶやくこともできないうちに、目の前で芝居の書き割り背景が展開する。あ
あ、それだった。くすぶっていた視界がはっきり開け、見たかったものが姿を現した。
そうだ音楽だった。孤独な家に帰りたくなかった女学校での日々、母のいない寂し
さを癒《いや》し、父の冷たさ厳しさにおびえる心をなぐさめたオルガン。いくら弾いても飽
きることなく自分をつなぎとめたそれは、いつか満喜子の暮らしの一部となって、ア
メリカ帰りの瓜生《うりゅう》繁子に、音楽室の鍵《かぎ》を託されるまでになった。自分には、音楽があ
ったではないか。
何をなすのかではなく、何をなさなかったかということに、今思い至る。
「ほんまや、それこそ他の誰にもでけへんおマキはんだけの十八番や。それ、大事で
っせ」
はい、とうなずく。動けず一歩を踏み出せずにいた跪座《きざ》の姿勢は、長い間、何も明
確な行動をしないことの裏返しでもあった。だが、満喜子は今、自分がたしかに背中
を押され、膝《ひざ》を伸ばして立ち上がろうとしているのを感じた。

「では今度お会いする時は、お互い、違う姿をお見せできるようになりましょう」

絹代が握手を求めてきた。そして満喜子にこんな大きな土産を残して去る彼女は、二人だけになってから、もう一つ、重い土産を持ち出した。

「ところで佑之進さんは、またここへ来られる?」

はっとした。絹代が会いたかった人。それは満喜子、浅子、そしてもう一人――。大阪締めの明るい手打ちが響いてくる。もひとつセイ、チョンチョン。それは佑之進だったのか。

「いえ、同じアメリカに留学なさることをお手紙で知ったので……」

恥ずかしそうにまばたく絹代。彼女もそんなういういしい顔を見せる時があるのだった。

それは恋か。あるいは絹代の留学の動機には、彼が大きく関与してきたのではないか。

花火の下で、自分をみつめた男の顔がよみがえる。立つならいっそ……。せめてあの続きを聞いていたなら違ったか。彼は自分に何を言いたかったのだろう、約束したかったのだろう。胸が締め付けられる。友の心を知ってしまった以上、もしも彼がこのお守りに託した意味を告げたとして、自分は何かを答えられるだろうか。

「残念ながら、絹代さん、あのひとは、もうここへは来ないと思う」

言いながら心臓が激しく鳴るのはなぜだ。負けんとき、浅子の言葉が浮かんでくるが、違う、佑之進はそうした勝負の対象ではない。胸に、重く大きな陰が沈殿していく。

そう、と答えた時の、絹代のつまらなそうな顔。なのにすこぶる美しい。

「ではアメリカで会えることを願っています。ごきげんよう、おマキさま」

そうか、自分はここにとどまり別れることになるが、二人は同じ希望をかかえて海を渡る。アメリカで再会することもありうるだろう。なにしろそこは希望の国だ。

祝うて三度、チョチョンのチョン。すれ違う船に送る合図を、満喜子はここで一人、送るのみだ。そっと胸に納めたお守りの種子を掌《てのひら》でおさえた。いつもそこにはいつか彼に見せたい花があるのに。

満喜子の思いに気づかずに、絹代はさっそうと洋装の裾《すそ》を翻《ひるがえ》し、大阪を去って行った。

守り袋の中の種子の、小さく閉ざされた球形の宇宙。同じかたちで地球は回り、回り回って、その裏側のアメリカにも、別れゆこうとする男女がいる。

その日、晴れ上がったコロラド大学のキャンパスでは、卒業式が行われていた。「(哲学科、卒業生代表――ウイリアム・メレル・ヴォーリズ)」呼ばれて、角帽の房を揺らして立ち上がる青年。誇らしいローブの胸に証書を受けるのはあのメレルだ。待ちに待った晴れの日であった。

はなむけの言葉が贈られ、式典が終わると、待ちかねたように学生達は立ち上がり、Cheers!《チアーズ》という大声とともに、脱いだ角帽を空へ飛ばす。舞い上がる帽子、帽子、揺れて乱れる帽子の房。若者達は、互いに肩を抱き合いこのよき日を喜び合った。

そんな学生達の群れの中、メレルを探して来たのは数人しかいない女子学生の一人だ。

「(メレル、あなた本当にアメリカを去るの? 知らない未開の国に行くの?)」

それは何度も尋ねたことだ。彼は卒業後の人生を海外伝道に捧《ささ》げることに決めていた。家族とも話し合い、快く賛同してくれたことだった。

「(うん。お互い、卒業後に進む道は違うけど、この晴れの日に恥じないようにしよう)」

優等生の彼の笑顔を、メアリーは今日ほど腹立たしく見たことはない。どうして彼には自分の心が見えないのだろう。あれほど聡明《そうめい》で、澄んだ感性を持ったこの男が。

「(ねえメレル、行かないで私のそばにいてと言っても、それでも行く?)」

そこまで言っても、彼はただ驚きの目を見張るだけだ。無理もない、彼は、彼女が自分に寄せる好意はただの友情なのだと思っている。その証拠に、彼は陽気にこたえるのだ。

「(メアリー、神の召命は、どんなことにも代えられないのだよ。それに、からかわないでほしいな、きみは僕ごときがいなくても、他に多くのものを持っているじゃないか)」

その通り、彼女には裕福な家庭があり、彼女に心を寄せる気のいい同級生達が多くいる。

「(また会おう。きみに、未開の土地で築いた神の国を、いつか見せるよ)」

自分には、神に命じられて行くべき荒野があるのみだ。それがどこになるのかを待ち、今はただ跪《ひざまず》く。砂漠であっても地の果てでも、それが行けと命じる神の御心《みこころ》ならば、彼はいささかもひるむつもりはないのだった。

跪座する男がここにも一人。やがてたどりつくべき宿命の地を待って、遠く、西のかなたへ、瞳《ひとみ》をこらしてみつめている。

絹代、佑之進と、ふたりの友が海の向こうに去った後、満喜子は廣岡家での日常を丹念に暮らした。音楽を学ぶためにもう一度学校へ入ることは胸の中で決めていたが、このころの学校はたいがい九月始まりであり、時期を待たねばならなかったのだ。兄たち夫婦にはまもなく三人目の子供が産まれる。それだけ二人が仲むつまじいということであり、はた目に見ても、かめ子は何ひとつたりないものがないほど幸せそうだ。

母の浅子があれほど活動的な事業家だというのに、お嬢様育ちのかめ子はただ恵三が毎日家に帰ってくればそれで幸せ、とはばかりもなく口にする。たしかに女の幸せとは、かめ子のように夫を愛し愛されることに尽きるのかもしれない。兄もかめ子にたいそうやさしく、妻の母である浅子のことも大切にする。この家庭には、陰影ができる余地もなかった。

そして満喜子はこの家の宝物でもある子供たちの世話に忙殺された。おしゃまな姪は、ばあやよりも誰よりも満喜子になつき、満喜子の口真似《くちまね》をして驚くべき吸収力を発揮した。これまで妹の千恵子の面倒をみた経験もあるが、大人になった今はずっと寛大になり、多重子がききわけをなくしても余裕をもって接してやれる。相手は白紙のように無垢《むく》な幼児。一から自分の教えを吸い込もうとするのに、全身でかかっていくほかはない。

今日が終わったと思っても、また明日になれば一から始まる暮らしの仕事は、毎日、どれだけやってもきりがなく、満喜子は早朝から深夜まで、ぼんやりすることなしに立ち働いた。完成や終わりがない代わりに、仕事は満喜子に軽い疲労と充実を与えてくれた。

だが日々はただ単純に繰り返されるのではない。どんなに満ち足りた家の中にも、予告もなく訪れる悲しい別れはあるのだった。多恵子や八重子、孫たちを目に入れても痛くないほどかわいがった甘い祖父、信五郎が亡《な》くなったのだ。明治三十七年のことである。

「旦《だん》那はん、旦那はん……旦那はんがおらんようになったら、うち、どないしたらえのんや」

臨終のきわに、浅子は信五郎にとりすがって泣いた。いつも寄れば笑いが生まれる二人。しかも男勝りの浅子がそんな殊勝な涙をこぼすとは誰もが予想もせずにいた。

「何ゆうてますのん、今まで旦那はんがおったからこそ、うちは自由にやってこられたんや」

皆は打たれたように押し黙った。たしかに二人は太陽と月、ふたつそろって初めてどちらかが光を放つのだった。事実、これまではいくら浅子がたち働いても、信五郎という表看板があればこそ世間はゆるした、受け入れた。だが女一人で対等な顔でしゃしゃり出れば、たちまち軽く見下げる、つぶしにかかるであろう。女が前に出れば打たれる杭《くい》となるこの国の現実を、痛いほど知り尽くした彼女なのだ。信五郎は苦しい息で浅子を見た。

「泣いたらあかん。今までどんなつろうても七転び八起きでやってきたご寮人《りょん》はんやろ」

浅子の嗚咽《おえつ》が止まらない。震える声で、彼は最後にこう言った。

「ええかご寮人はん、負けたぁあかん。な?――負けんときや」

幕末から維新、そして明治の混乱を、悠々、泳ぎ抜いた船場の旦那はんの往生だった。生まれてすぐに許嫁《いいなずけ》となり、顔も見ないで十五歳で信五郎に嫁いで来た。それは自分の運命であり、さからう余地のない人生だった。振り返れば信五郎とともに実に多くの難事業を成功させてきた。銀本位制への転換を迎えた折の加島銀行取り付け騒ぎ、炭鉱買収と何名もの死者を出した落盤事故。それでもめげずに大同生命を立ち上げた。今、信五郎という防波堤を失って、最大の哀《かな》しみの底へ転がされても、それさえ八度目としてなお九度目を起き上がり、浅子が一人でやらねばならない始末がある。

葬儀は豪商加島屋にふさわしい盛大なものだった。橋の向こうから樒《しきみ》が並び、弔問客は川沿いに列をなした。知らずに通りかかった人が祭でも始まるのかと尋ねたほどだ。

あるじを失ったばかりの加島屋がみじんもぐらつかず安泰なのは、やはり実権を握る浅子が健在であるからにほかならない。だが浅子自身は表舞台から退くことを考えていた。

「これからは恵三さんにやってもらわなあかん」

大同生命社長の座には恵三を。そのための根回しに、彼女はぬかりなく動いた。大株主はほとんどを創業者一族で占めているだけに、身内を納得させる役目は浅子にとってさほど難しいことではなかった。かめ子にも社長夫人としての決意と責任を促すが、もとより彼女も今日までそのつもりで恵三についてきている。

「そうだっか。てっきり、旦那はんの後は後家の浅子はんがやるんかと思とった」

世間ではそんなふうに言う人がいる。満喜子も同感だった。

「ふだん浅子ママは、男であっても女であっても一人の人間として仕事をしてその人生を生きるべき、と講演でもお話しになっているのに、やはり女にとっては、夫がいるということ、結婚しているということは、そのように大きな意味があるのですか」

孫たちには決してお祖母《ばあ》さまと呼ばせず、「浅子ママ」と呼ばせているため、しぜん満喜子も同じ名で呼ぶ。浅子さま、と遠慮がちに呼んでいた以前にくらべ、その呼び方は彼女をいちだん近しく感じさせるようになっていた。

「おマキはんは真面目《まじめ》すぎて、かなんなあ」

真面目であることを笑われたのが心外で、満喜子はいっそう真剣な目を浅子に向ける。

「いや、なんもわかってへんボンヤリの娘なら、女も働け、一人でも生きていけとはっぱをかけるのどす。けどおマキはんのように賢い人にはまた違うことを言わななりまへん。――あのな、女は賢ければ賢いほど、上手《じょーず》に男と並んで歩くのどす。それが楽や。世間の波や風は、みんな男がかぶってくれますよって」

たしかに信五郎と浅子は、そういう夫婦であった。

「そやからおマキはんにもぜひ結婚を勧めたいのや。悪いもんやないと思いますえ」

いかにも浅子らしい説得だった。父や、世間の多くの人々のように、女は結婚するもの夫に仕えるものと決めつける論理ではなく、みずからの体験を通じて結婚のよさを説く。すると満喜子の方でも、父や兄にになら即座に反抗してしまう心の動きにとらわれることのないまま、素直に、そんなものか、と考えることができるのだった。

上手に、一緒に生きられる相手。そんな相手が、自分にもみつかるのだろうか。

ふと佑之進を思ったのは、その日、海を渡って彼からの手紙が届いたからだ。とりとめもない現地の様子をしらせただけの短いものだが、日本とあまりに違うアメリカでの日々を、新鮮に驚き新鮮に感じ入る彼の視線が好ましかった。その中に、こんな文章があった。

――ここには日本にはない新しいものがあり、日本にはいない進んだ考えの人もいます。私どもも、日本にはなかった、新しい男であらねばと考えさせられる毎日です。

今まで日本にはなかった考えの新しい男。なれるのだろうか、彼は、それに。

土佐堀川の川面《かわも》の上はるか、さやかに上った満月を見上げて満喜子はため息をつく。

しかし、浅子の言った結婚の勧めを裏返すようなかたちでもう一つの寂しい別れが知らされてきたのは、翌年のことだった。

異母姉の喜久子が森家を離縁されてもどってきたのであった。

「なんということだ。一柳家の恥さらしが」

猛《たけ》り狂う父の怒りが目に見える。喜久子は長女を産んだ後、精神に乱調をきたしていた。神経の細い彼女には、夫がはべらせる側女《そばめ》やその子らとの暮らしは、とうてい耐えられなかったのだろう。今は東京の譲二のもとにひきとられ、すぐに病院に入れられたという。

親に従い子爵《ししゃく》令嬢として嫁いだ一従。嫁《か》しては夫に従い、不実に耐え、子供を奪われたまま帰された二従。そして今は、兄に従う三度めの〝従〟だ。喜久子の三従をしのび、満喜子はやりきれぬ思いになる。志乃はある意味、この日を見ないですんでよかったのではないか。生きていれば、娘の置かれた不幸を前に、ともに狂ったかもしれない。

女あてがわれて手え出さんでは笑われまっしゃろ。――いつか浅子がかめ子をさとした言葉がよみがえる。社会が意識を変えないかぎり、妻たちが忍耐の涙を流さずにはすまない現実。そして姉はおしつぶされてこわれてしまった。

見舞いは少し落ち着いてからとの譲二の伝言があり、今すぐ行きたい満喜子をおしとどめる。今の姉に自分の慰めなどが届くのかどうか、満喜子は心を込めて姉のための袷《あわせ》の着物を縫って送った。家政科で学んだだけに、今でも針仕事は得意であった。この衣が、心に傷を負った姉をふんわりくるんでくれるようにと願いながら。

「おマキ、ちょっと来なさい」

折も折、仕事から帰った恵三が満喜子を呼んだ。かめ子抜きでは兄妹だけで語ったこともないからふしぎに思ったが、彼の書斎で一通の封書を取り出されたときには納得がいった。

そこには一枚の写真があり、三つに折りたたまれた用箋《ようせん》には丁寧なインクの文字で写真の人物の履歴が書かれていた。縁談であろう。

「喜久子のことがあった後ではおまえが首を縦にふらないのはわかっているが、父上からは、私の監督下でなんとかおまえをそれなりの者のところに嫁がせるようにとの催促だ。私も、私の任務を遂行せねばな」

考えておけ、と兄が切り上げてくれなければ、どう答えていただろう。私は嫁には行きません、と激しく口答えして、ではどうするつもりだと、兄を道連れにした袋小路に入り込むのが落ちではないか。釣書には目も通さなかった。

「つくづく、華族とはやっかいだな。私のように次男であれば、爵位もないからこうして気ままに他家にも行ける。普通に育ったすこやかな女を妻にもできる。おまえや喜久子や兄さまを気の毒と思うよ」

それは彼の本音であったろう。譲二は、数年来結婚したいと願う女性が平民であるため、父がうんと言わずにいる。日本の国の、法律がうんと言わないのであった。それほど好きなら先に妾《めかけ》にすればよいではないかと父は言う。かつて自分もそうしてきた。だが譲二はあくまで彼女をただ一人の妻にしたいとゆずらないのだ。新しい教育を受け、人の尊厳を大切にする外国の意識を学んだ彼らは、ようやくこの国のどこがおかしいのかが見えてきている。栄子の苦労を、彼らもともに見てきたのだ。

兄の言葉に希望が見えるが、まだ世の中は変わらない。

だがいつまでこうしているのだ。満喜子二十一歳。兄に将来を相談するのは今だろう。

「お兄さま、私、音楽の勉強を始めたいんです」

恵三にこんな話をするのは初めてだった。こうして養ってもらっているだけでも兄に恩義は感じている。このうえまだ学校に行きたいなどと、どうやって切り出すべきか、申し訳ないと思う気持ちが満喜子を遠慮させてきたのだった。

まるで心の奥までのぞき込むように、兄は静かに満喜子をみつめ、そして言った。

「それは、こういう縁談を避けるための口実か?」

「違います、お兄さま」

すぐに打ち消しはしたものの、それが理由であるのはまぎれもない。浅子の言う、並んで満喜子と歩けるような相手なら、そんな旧来どおりの四角い書類の中には、いはしない。

といって、ただ逃げるだけなのか。満喜子は唇を嚙《か》む。今まではそうだ。とにかく父の支配から逃れることが目標だった。別れて兄のもとに来たのは最大の決断であり行動だった。父の家から逃れ出て、自由な空気を吸いたい、自分一人で暮らしてみたい。誰にも支配されず、誰にも自分の道を制限されず。——そしてその目標は達成された。

だがそれで終わりか？　それがすべてだったのか？

帯に挟んだ守り袋の存在を感じた。父から離れるための自分の旅のその先は、まだ続いているという気がする。だから、まだ種はまけない。大阪にはまけない。

「お兄さま、私は音楽が好きなのです。でも、西洋の音楽はまだまだこの国には浸透していません。だから、私が、学んで、いつか多くの人に教えたい」

それは初めてまとまった言葉で伝えた思いだったが、恵三は皮肉に笑うと、言って捨てた。

「教える？　女教師になろうというのか？　一柳家の娘が？　子爵家の娘がか？」

むっ、と言葉に詰まって兄を見返す。自分の大きな瞳《ひとみ》が燃えるのを感じる。

と思ったら、兄はほほえんで言い直した。

「と、父上なら言うだろうな」

意地悪、と小さくつぶやき、満喜子はそっと目を伏せた。兄はとことん味方だ。そう信じられる自分をあらためて知る。

「おマキ、父上を、説得できるんだろうな？」

兄は問う。離れて暮らす今も満喜子という娘の保護管理は父の仕事の内であり、父の承認なしには、兄は手も足も出ないのだ。

大きく息を吸って、そしてゆっくりうなずいた。父からの自立、一人行く道へ踏みだす一歩。跪座《きざ》する女は返上だった。もう立ち上がるしかない、歩き出すしかない。

「はい。できます。——いいえ、できなければ始まりません」

満喜子は全重心をその脚にこめ、ちいさな自分の領土に立ち上がった。


父に会うのは信五郎の葬儀以来だ。明石、大蔵谷の屋敷を訪ねていくのも初めてになる。

「マキ姉さま、待っていたー」

まるで学校から帰る満喜子を待っていた頃さながらに、千恵子が門の外で出迎える。姉妹、離れていた時間のうちの変化をたしかめあうように互いを見た。あたりの緑を映すさわやかな顔は、もう喘息《ぜんそく》からは解放された健やかな顔だ。千恵子の幼さは少しも変わっていなかったが、六つ年下だから、もう十五歳を迎えたことになる。

「お父さまが毎日うるさくて。こないだも、斯波のおじさまが縁談を持ち込んできたのよ。あれ、たぶんマキ姉さまのところにも行ったんじゃない？」

十五歳ともなればそんな話も出始める。姉の目から見ても、容貌《ようぼう》ならば千恵子は人並み以上だ。父は姉妹の順番にこだわり、姉の満喜子をなんとか先にと躍起になっているが、自分にかまわず、いい話なら千恵子を先にすすめてくれていいと願う。

「相手の殿方にすれば、どちらでもいいのね。華族の娘でさえあれば姉でも妹でも。失礼しちゃうわ。私とマキ姉さまは、こんなにも違うっていうのにね」

それは正しい。実際、姉の喜久子は身分の釣り合いだけで嫁いで、破綻《はたん》したのだ。

どこかで鳥が鳴いた。緑あふれる大蔵谷は目にも心にもゆったり空気が流れている。

だがここからは満喜子の戦いだった。訪問にさきだち、父には手紙を出している。あらたに学校へ行かせてもらいたいと率直に書いたのだ。今は兄のところで食べさせてもらっているが、自分に入り用となる大きな金額についてはやはり今でも父の援助をあおがなければならない。満喜子は今も、一従の義務下にあるのだ。

末徳は一年前に貴族院に三選し、まだ多くの収入がある。とはいえ、音楽を専攻するとなると教材としてぜひほしいピアノも、まだまだ高価な舶来品であり、買ってくれとは、とても言い出せない。

手紙を読んで末徳はきっと怒っただろう。わかっているのに頭を下げねばならない一従の身が悔しい。それでもここは耐えねばならない道だった。

「何をねぼけたことを言っておる。おまえが身につけた以上の学歴がまだ必要か？」

案の定で、久しぶりに顔を合わす父娘《おやこ》には情のこもった挨拶《あいさつ》や会話もないまま、ただ打ち消しの言葉が降ってきた。満喜子はひたすら頭を下げるしかない。

「学歴のために学ぶのではないのです。本当に音楽をやりたいのです」

父の、苦虫をかみつぶしたような顔。これを見るのがいやだからこそ、父が嫌うことを避けてきた。しかし、離れて暮らした二年のうちに、あれほど怖かった父のこの顔が、さほどおそろしくはなくなっているのはなぜだろう。離れて暮らすうちに、父が兄を通じてよこす縁談をいくつか断ってきた。怒る父の顔が見えたが、それを実際目にしなければ、知らぬ聞かぬでやりすごせるものだと、だんだんわかってきたからかもしれない。

認められぬ。――いよいよ、父の口から結論が言い渡される寸前だった。満喜子にとって思わぬ援軍が現れた。

「お父さま、それなら私もマキ姉さまといっしょにピアノを学びたい」

驚いて末徳が千恵子を見た。お茶を出しにきたまま隣で座っているナツも驚いている。

「チエ、おまえがピアノ？……」

女学校時代、和裁にしても英語にしても、まして音楽などにはこの娘がいっさい関心を示さなかったことは誰より家族が知っている。興味があるといえば体操ぐらいだったが、華族の娘がはしたない、女のくせに、喘息が出たらどうするのだ。——そんな父の否定ですべて却下されてきた。それが、この時は強硬に父に押して出る。

「いいえ。マキ姉さまにも教えてもらえるし、お父さま、そうなったらこの家に居ながらにしてメヌエットやセレナーデが聴けるのよ」

ため息を漏らす父。こう見えて音楽に人一倍造詣《ぞうけい》の深い末徳を千恵子は知っているのであった。かつて宮中に招かれ、政府が招聘《しょうへい》したプロイセンの音楽家フランツ・エッケルトの演奏を聴いた時、大感激して帰った。好きな能楽の謡《うたい》について語る時とはまるで違う熱っぽさで、家の者にも西洋音楽を絶賛したものだ。エッケルトは陛下の御前で、日本の国歌として編曲した『君が代』を披露したのであった。そのおごそかさ、格調高さに、末徳は感動のあまり涙をぬぐったほどだった。

——西洋では、曲を作ったり奏《かな》でたり、音楽をなすというのは男子の仕事であるらしい。

感心したように語っていた末徳を、満喜子もよく覚えていた。日本のように海で囲まれた国とは違い、地続きなのに言葉がさまざまに分かれたヨーロッパでは、音楽こそが、国境を超えた統一言語というわけだろうかと、首をひねっていた父だ。こと文化や教育に関しては、末徳は満喜子たち娘が思う以上に開明的な男であるのだった。

「先日、神戸の演奏会で、ロシアのピアニストを絶賛なさっていらしたじゃありませんか」

いつのまに千恵子はこれほど末徳と近い娘になったのだろう。東京の家では近寄ることさえ怖がるような、ふれあい一つ避ける父娘であったのに。

そばからナツが、もうおやめなさいと制しかけたその時である。

「何年だ」

末徳が訊《き》いた。それは彼が具体的に、今後かかる教育費を計算し始めたということだ。

二人、同時に顔を見合わせた。千恵子の顔が快哉《かいさい》を上げんばかりに輝いている。

「三田《さんだ》の兄上の娘、好子《よしこ》が、たしか神戸の女学校に行っていたはずだ」

敬愛する兄、九鬼隆義《くきたかよし》のことなら、なすことすべてに一理あると考える末徳である。そのひとり娘好子が、宣教師たちが神戸に開いた英語塾に通ったことも、家臣ながら中央政府で出世をとげた九鬼隆一文部卿《もんぶきょう》の保護を受けてアメリカへ留学したことも、同じく娘を持つ身として、たえず参考情報として耳にしていた。

「その女学校では、英語もしっかり教えるらしいが、たいそう音楽にも熱心だと聞いた」

行くべき学校ももう、決まったも同然だった。

「ありがとうございます。お父さまのご恩、わすれません」

鳥の声がさっきと違って聞こえた。父に向かって、満喜子は深々と礼をする。

神戸女学院二十五回生。名簿には、一柳満喜子、一柳千恵子の二人の名前が登録されることになる。

ピアノの音に彩《いろど》られた満喜子の第二の学生時代が始まった。

神戸山本通りにあるその学校は、後ろに諏訪山《すわやま》の緑を控え、坂道を上がったところで見えてくる。煉瓦《れんが》造りの洋館の、尖《とが》った三角屋根の音楽館。ささやかながらもそれが塔だと示す証拠に、笛吹く少年のかたちの風見がこの日も海風によってくるくる動く。

女高師時代には学友があんなにもいたが、ここでは異母妹の千恵子だけが仲間である。

創始者は、まだ日本の各地に切支丹《キリシタン》禁制の高札が立っているような明治のごく初期に、果敢にも大海原を渡ってやってきた二人の女性宣教師、ジュリア・ダッドレーとエリザ・タルカット。熱い使命に燃える二人は、当初、キリスト教に開明的な三田藩九鬼家の家老、白洲《しらす》家の一室を借りて英語塾を始めたのであった。

満喜子らの従姉《いとこ》、九鬼好子もそこで学んだが、彼女の時代は「神戸ホーム」といい、その名のとおり、まるで家族のように年長、幼少、男女とりまぜての勉強だったらしい。

「そんな時代に大名の家が、よくまあ禁制が解けて間もない切支丹を応援したものですね」

学校の隣、雑木林に接した松方邸には従姉の好子が嫁いでいる。父どうしが親しい兄弟であることから、満喜子と千恵子も入学の日に挨拶に訪れた。物静かな奥方という印象の好子だが、聞かせてくれる話は予想以上に興味深かった。

「九鬼家の血は、本当に開明的だったのです。なにしろ関ヶ原で西軍について敗れた結果、陸に封じ込められて三百年。やっと海にもどったわけですからここぞとばかりに」

どちらも父は綾部《あやべ》藩九鬼家の出身。九鬼はもともと水軍の家系である。好子は、海で生きる遺伝子が、開国とともにこの港町へと彼らを呼んだというのである。

「そのせいでしょうか、私、アメリカへ渡航する時も不安はまったくございませんでした」

同行した政府の役人達が次々と青い顔をして船端にへばりついて吐く中で、好子は華奢《きゃしゃ》ながら一切船酔いもしなかったらしい。やっぱり九鬼水軍の血筋かしらね、と笑う従姉に笑みをさそわれながら、同じ海を渡った人を思った。佑之進や絹代はどうだったのだろう。

「おそらくあなたもきっと大丈夫よ、留学なさったとしても」

好子から水軍の血にお墨付きをもらったが、満喜子にはこの段階では渡航の意図はない。

ひとしきり、学校の移り変わりを語って過ごした。学長であるデフォレスト女史がたいそう日本語が上手であると話せば、好子からは、昔はほんの片言でしかなかったこと、また教えられる賛美歌もまだ全部英語だったことなど、珍しい話がとびだす。

そしてまだ覚えている一曲を「I love to tell the story」と英語で口ずさむのには二人の姉妹もすぐあの歌と気づき、「われ語りたし主の話……」と日本語で唱和を重ねたりした。

「この賛美歌、ほんとうにきれいなメロディだから、学校でもみんな一番好きな曲でした」

なるほど異国で布教に挑んだ宣教師たちは、音楽によって神というものの輪郭を伝えようとしたのだろう。当初は日本語に翻訳された歌詞もなく、苦労したようだが、言葉のいらない音楽は、彼女らの意図を余すことなく表した。この学校でも、開校以来多くの女性宣教師たちがオルガンを弾き、歌を歌ってきた。ミッションスクールとは宣教を第一目的とするだけに、聖書を読み解く言語である英語の教育は不可欠だったし、賛美歌を主とする音楽もまた柱となる。英語教育と音楽教育に力が注がれるのは当然なのだった。

「音楽と英語ではもう有名な学校になったけれど、もうすぐ独立した音楽科が開講されるとか」

満喜子はゆっくりうなずいた。開学は一年先だが第一期生として学ぶ覚悟でいるからだ。

日本の音楽教育は遅れていたが、その理解度や吸収度の高さは欧米人の予想をはるかに超えていた。宣教師たちではすぐに教えることがなくなってしまい、一刻も早く専門的な教師が必要となり、何度も本国に音楽の教師を寄越してくれるよう要請を繰り返してきたが、太平洋を渡りこんな東洋の島国まで来る音楽教師はなかなかみつからなかったのだ。

「ご奇特なことです。政府が招くお雇い外人技師のように、よほど高額な報酬が用意されているなら別ですけれど、ただ日本のため、学生のために来てくださるのですものね」

実際に海を越えた体験があるだけに好子の言葉はひときわ重い。やがてめぐりあう満喜子の生涯の伴侶《はんりょ》も同じことだ。海を越えてたどりついたはるかな道程と決意の固さを、満喜子が尊敬をもって想像できたのは、この時の好子に負うところが大きい。

姉妹は再度、従姉のために賛美歌を歌った。重い荷を負い荒野を行く旅人よ、父なる神は常に汝《なんじ》とともにある……。今まさに荒海に乗り出す若い旅人のことも知らない合唱だった。

その男、メレルの前には、ただ海鳴りの音が広がっていた。かねてＹＭＣＡに仲介を求め、どこの国へ赴任するかその指示を待って跪座《きざ》していたのだが、明治三十八年、やっと行き先が決まったのであった。

日本へ——。

それがどんな国であるのか、もちろん彼には何の知識も情報もない。だが彼がその一生を捧《ささ》げ、その土となる運命の国が、波濤《はとう》の向こうに定まった。

「(大馬鹿《おおばか》のメレル。嵐《あらし》に遭って、沈んでも知らないから)」

晴れの船出のサンフランシスコ港まで見送りに来ながら、そんな不吉な悪態でしか送り出せないのをメアリーは嘆く。それでも陽気なメレルの心を翳《かげ》らせることはできないのだ。

「(嵐に遭うのも神のご意志。そんなことでは沈まないから安心して)」

大勢の友や家族に見送られてなつかしい地を後にしてきた。もとより、輝く笑顔を持ったこの青年には、地上に神のあるかぎり、嵐ですらも懼《おそ》れぬ強靱《きょうじん》な希望があり、鋼《はがね》のような意志があった。無敵であると同時に無情でもある彼を、とうとうメアリーはつかめなかった。

汽笛が鳴る。約二十日をかけ、横浜をめざす太平洋郵船会社《パシフィックメイル》のチャイナ号の出港だった。

「(また会おう。メアリー、きみにも神の栄光を)」

神のために生きるとは、俗世で誰かを好きになったり家庭を持ったりすることとは遠い。だからメアリーにわずかな期待も抱かせぬように、彼はいっそう晴れやかに別れを告げる。今日の別れが彼女を傷つけ泣かせることになったとしても、皆が認める才媛《さいえん》のことだ、きっと別なかたちの幸せが来る。彼女のためにその日を祈り、メレルは大きく手を振った。

満喜子の周りにさざめく波は、太平洋の向こうから、運命に向かって満ち引きしていた。この年、アメリカからは満喜子の人生を大きく引き寄せる人が二人、渡ってきたのだ。

一人はこのウイリアム・メレル・ヴォーリズ。琵琶湖《びわこ》東岸に雪のつもる二月の初め、横浜港に上陸後、夜行の汽車でやってきた彼は、わびしいほど人気のない八幡《はちまん》駅のホームに一人、その第一歩を刻みつける。そこは彼がみずから選んだのではなく、神が行けと命じた地であった。迎えるものは積雪の上に伸びた自分の長い影だけ。湖を渡る冷気に吹きさらされ、思わずコートの襟を立てる二十四歳のアメリカ青年の足音は、まだ満喜子のもとには届かない。明日から滋賀県立商業学校で英語教師としての職に就き、彼は自分で稼ぎながら未知のこの地で伝道を始めていくのであった。

そしてもう一人は、菊の花が香る秋九月、ドレスの裾《すそ》をつまんで横浜の埠頭《ふとう》に降り立ったアリス・ベーコンだった。今回もまた、大山捨松はじめ多くの日本人に迎えられての、三度目の来日である。

やがて満喜子の家族となって人生の一部を共有していくこの二人は、それぞれまったく違う方角を示す道しるべをたずさえて来た。

三年前に帰国していったアリスとの再会は、思いがけないかたちでやってきた。

「明日お見えになる大山さまの奥様には外人さんのお連れがあるのやて」

はじめ、浅子から通訳をたのまれた時、まさかその外人のお連れというのが自分の知っている女性であるとは思いも寄らずにいた。それだけ、主賓、捨松の存在は大きかった。

このたびの関西行きは、夫の大山巌陸軍卿《いわおりくぐんきょう》が軍事処理のため下関へ向かうという公的な予定があってのことだ。日本はこの年、前年から始まった日露戦争にようやくの終焉《しゅうえん》をみて、ポーツマスで講和条約を結んだところであった。

捨松は親友アリスの関西見聞にこの機をとらえた。いやでも目立つ外国人の旅の案内にはこれ以上ない安全な旅である。これまで二度の来日経験があるアリスだが、今回は東京周辺に限らず、歴史の古い京都、大阪に足を伸ばしたいという希望を持っていたのだ。

「大阪へ来るからには、浅子さまにお会いして帰らないと」

そう言ってきた捨松の言葉がうれしく、めいっぱいのもてなしをと考えたのがいかにも浅子らしい。二人は、四年前に、浅子の大阪の知己、成瀬仁蔵が日本女子大学校を設立したとき、心からの賛同をもって浅子が寄付を集めに回った時からのつきあいだった。捨松は浅子の人柄に共鳴し、政財界の知人を多く紹介してくれるなど、多大な協力をしてくれた。

廣岡家への来訪は午後に一服、休憩という名目でのわずかな時間だったが、連れの女性が外国人なら、英語で喋《しゃべ》りあえる者がいれば楽しいだろう。そこで満喜子の登場となった。

「(ああ、あなた。ミス・ヒトトゥー……ウー、ヤナギ。元気でしたか)」

出迎えた時、アリスはあいかわらず難しい発音のその名前に苦しみながらも、にこやかな笑顔で満喜子を思い出してくれた。日本に大勢の教え子がいるにもかかわらず、アリスはヒトツヤナギという発音のしにくいその名前と、平民の通う官立女学校では珍しい華族の娘ということで満喜子を記憶していたのであった。

「(ミス・ベーコン、ブルースは元気ですか? ああ、それにヨナさん、絹代さんは)」

満喜子もまたこの再会が嬉《うれ》しかった。一柳という長い名前も子爵《ししゃく》令嬢という背景も、一度も好きと思ったことなどなかったけれど、こうして異国の師に記憶してもらえる手がかりになったのならば悪くはなかった。

「(ええ、ブルースもヨナもキヌも元気よ。ああ、待って、犬も人もいっしょくただわね)」

そうして二人で大笑いした。神戸女学院で米国人教師の授業を受けるようになって、満喜子の英語は前よりずっと上達していた。

「その様子ではお二人、大丈夫ですね。お世話になりますよ。アリスをお任せします」

隣に立った貴婦人が満喜子に言った。ほっそりとした和服姿、良家の奥方にふさわしい庇髪《ひさしがみ》。鹿鳴館《ろくめいかん》の花と言われた捨松とは、むろんこれが初対面だが、子爵の娘である満喜子には、政府高官の妻である捨松もそれなりの礼を尽くして挨拶《あいさつ》をした。

「遠路はるばる、ようこそようこそウエルカムどす。こないな商家ですよって、ゆきとどきませんけど、プリーズ、プリーズ、ごゆっくりしていってくださいまし」

女主人の浅子はいつにもまして明るい声でもてなし、皆の緊張をほぐして笑わせる。

庭に面した重厚な客間は和洋折衷のしつらえで、調度はどれも廣岡家の財力にふさわしい品ばかり。美術品に造詣《ぞうけい》の深い客ならしばらく語り合って飽きない一級のものがそろえてあった。捨松はそれらの品のうちから英国王室窯《がま》の磁器を選んで褒め、おっとりと肘《ひじ》掛《か》け椅《い》子《す》に腰掛けて浅子と会話をかわす。夫の地位から言って、さまざまな場所で格式張った接待に慣れた捨松だが、自分よりアリスを重んじてくれる浅子のもてなしを心から喜んだ。

「(ヨナは大学進学をかけて地道にがんばっていますよ。絹代は相変わらずだけど)」

相変わらずというのは、勝ち気なことをさすのだろうか。彼女たちの近況は聞き飽きない。二人は別々な下宿に住んで学校へ通っているが、それは、日本人どうし一緒にいては日本語しか喋らなくなるからとのアリスの配慮であるらしい。

「(それで？　あなたは来ないのですか？　二人を追ってアメリカに)」

突然、問いが自分のことになったので満喜子は驚いた。自分が、か？　留学を？

問い返すこともできずに、ただ笑った。留学など、父にはどれだけ頭を下げてもかなうまい。

「(そうね、その必要もなくあなたはどなたか立派な殿方のもとへ嫁ぐのでしょう。

でも、私も多くの華族の娘を教えたけれど……、あなたは少し違って見えました。現に父上の保護下を離れてここで一人でいるのでしょう？　さらに殻を破るのではと思いますよ）」

ああ、買いかぶられている。自分はアリスが思うほどの革命家ではない。すんなり結婚に縛られるのが嫌で抗《あらが》っているだけ。しょせん華族の娘にできるのはここらあたりまでだ。

「（いいですよ。大いに悩みなさい。悩まぬ人間に成長はありません）」

アリスはいとおしそうに満喜子を見た。

「（いつかあなたは居場所を失うかもしれない。この国にあなたの安息の場はないように思います。でも大丈夫、世界は広い。その時は思いきって訪ねていらっしゃい。私はいつでもあなたのためにドアを開けていますよ）」

それは驚きの言葉であった。いつか自分がアリスを訪ねる、そんな日があるのだろうか。

「ほんならおマキはん、このへんで音楽といきまひょか？」

ふいに浅子が呼びかけ、満喜子を日本語の世界へひきもどす。

「お客様のために、ちょっと一曲、弾いてみたらどないやろ」

廣岡家の応接間には家具と見まがう彫刻をほどこしたオルガンが置いてある。だがあくまでもそれは学校のための練習用で、客に聞かせるしろものではない。

「何を謙遜《けんそん》してますんや。こないだも女学院の文学会で弾いたばっかりでっしゃろ」

そうして先に立って、隣の部屋の襖《ふすま》を開けさせた。大勢の来客がある場合はその襖を開けて二間続きの広間となるよう、隣には同じ造りの部屋がある。見慣れたはずの洋間だが、満喜子はあっと声を上げて立ち上がった。

そこに置かれた見慣れぬ家具。――いや、家具ではない。それは、家具同然に大きいが、木目のあたたかさがそのまま意匠に使われているスクエア・ピアノだ。

「浅子ママ、これ……」

驚きのあまりものも言えない満喜子に、浅子はこれ以上ないほどうれしそうに笑う。

「そうや、ピアノどすがな！　うちにもピアノがあるんどす」

信じられない。だがピアノだ、ピアノだ、まちがいなくピアノだった。

なぜここにあるのだ、いったい誰のものなのだ。心が逸《はや》った。国内ではピアノはいまだ販売どころかほとんど生産されず、海を渡ってやってくる外国人が個人所有で持参してくる程度の特別な品だった。それゆえ、満喜子の通う女学院でも、練習用の一台のピアノの使用権をめぐって、毎日、厳重な当番制があるくらいだ。

「大山様がお越しになるゆうのに、あんたのピアノをお聴かせせんとお帰しできまへんやろ。楽器ぐらい、どないなとなります」

浅子は自分では弾けないにもかかわらず、颯爽《さっそう》と近づいていってふたを開ける。音楽で捨松を迎えようとは、なんという豪気。捨松が無邪気に拍手を始めた。客の拍手は満喜子をピアノへと押し出した。曲はバッハ、繁子に習ったオラトリオだ。

ピアノは柔らかな音色を出すよう正しく調律がしてあり、躾《しつけ》のいい令嬢のような印象があった。楽譜はない。何度も弾いて、もうすっかり覚えている曲だ。鍵盤《けんばん》を叩《たた》く指の先から音が躍り、美しいものだけ濾過《ろか》され流れていく。

丁寧に弾き終えて、満喜子は演奏会のように、椅子から立ってお辞儀をした。三人が心からの拍手でほめそやすのが気恥ずかしかった。

「うちには孫娘が三人もおりますよって、あの子らの教育のためにはピアノくらいあってもええなあと思って。けど、孫はまだ幼《こま》い。当分はおマキはんに管理してもらいまひょか」

ああ、なんと自分は幸運なのだろう。ピアノはただの家具ではない。弾きこなせてこそその人のものになる。孫のためだと言ってはいるが、浅子は満喜子の負担にならなないよう慮《おもんぱか》ってそう言ってくれているのに違いなかった。

「浅子さま、このうえないおもてなしをしていただきました。おマキさま、東京に帰ったらシゲにも伝えましょう。大阪にもシゲの教えを引いた生徒がしっかり音楽の道を歩いていると」

女高師時代に指導を受けた瓜生《うりゅう》繁子は、今は音楽取調掛の延長として上野に創設された東京音楽学校の教壇に立っていると聞く。長く文部省の中でも未踏の分野とされた西洋音楽において、初めて女性で教授陣に迎え入れられた彼女は破格の待遇であるそうだ。

「もっと多くの日本人が、西洋の音楽に親しむようになればいいですねえ」

本当にその通りだと思った。音楽があるだけで、自分はこんなにゆたかでいられる。

「ではそろそろ」

短い関西の滞在には次々と予定が組まれている二人であった。浅子はもうそんな時間かと驚きながら、二人が次に向かう京都への段取りのために立ち上がる。

別れのための挨拶がさまざまに交わされた後、アリスはごくあっさりと満喜子に言った。

「See you again!（また会いましょう）」

まるで来週にでも再会できるかのような気軽さだった。

待たせてあった人力車の前で、ぽん、と花咲くように開く日傘がふたつ。和装の婦人と、アメリカ人女性が乗り込んでいく。

ふたたび縁をつなぐ時までには、まだ四年の歳月を待たなければならなかった。

4

われ語りたし　主イエスのみさかえの上なる　目に見えぬことども……

いつか従姉《いとこ》の好子と口ずさんだ賛美歌が聞こえた。千恵子がいつも家の中で歌っているその歌を、ナツはいつのまに覚えてしまったのだろう。満喜子はひさびさに訪ねた大蔵谷の家で、ナツがかたづけものをしながら口ずさむ賛美歌をふしぎな思いで聴いた。

「これはお恥ずかしい。チエがおマキさまと一緒に音楽を学ぶと言い出した時はあきれましたが、音楽というのは本当に、なんと楽しいものなのでしょうね」

播磨《はりま》に移って三年。海に面したここの気候が、ナツにはぴったり合っていたのだろう。

「栄《は》えある音楽科の一期生とやら、千恵子が学業をまっとうできればうれしいのですが」

神戸女学院では姉妹が門をくぐった翌年になって、悲願の音楽科が創設された。初の音楽専門家としてタレー女史を迎えることができたからだ。大阪のミッション・ボードで活動していたこの人は、まだ楽譜すら知らない少女たちにドレミを日本語に置き換えることから教え、ピアノを持たない者でも練習できるよう、布に書いた鍵盤を考案したりと、まさに草分けとしての苦労を積んできた人物だ。

それだけに授業は高度で厳しい。技能科目だけに集団での教授形式をとらず、一対一の授業になるし、教師がアメリカ人であるため演奏法や楽典などすべて英語で語られるのも特徴だった。そのため、女学校を経ず高等小学校から直接入学してきた生徒など、何を言っているのかわからずちんぷんかんぷん、という場面も少なくなかった。それでも理解が遅いと容赦なく叱《しか》られ、できなければ指を叩かれるなど、お嬢様育ちの者には耐え難いこともしばしば起きた。

そのため、まだ一年の経過をみないというのにもう落伍者《らくごしゃ》が出ている。英語をもう一度勉強してから入り直しますとやめていく者も少なくなかった。

当初から千恵子がそうならないかと案じていたが、やはり、満喜子とは大きく差が出始めている。そこで満喜子は毎週明石の家で練習をみることにした。ミッションスクールであるため土曜と日曜は神の安息日として学校も休みなので、泊まっていくのに好都合だった。

入学にあたって千恵子は父に、朝はラプソディ、夜はセレナーデがこの家に響くと大風呂敷《おおぶろしき》を広げたものだが、週末だけは満喜子によって実現していた。

「おマキさまのように、チエも人前でご披露できるほどになるんならねえ」

音楽などわからないナツであっても、千恵子が弾くオルガンのたどたどしさにはがっかりしている。けなしてはならないとは思いつつも皮肉な口ぶりになってしまうのだ。

「だって母さま、本当に難しいんだから」

子供の頃と変わらぬ幼さで千恵子はふくれる。

そこへ、廊下からわさわさと女中の足音が響いてきて、奥様、お客様が、と告げた。

縁側から現れた洋装の紳士は、満喜子がひさびさに見る斯波与七郎だった。

「風光明媚《めいび》な明石の高台に響くオルガンの調べ……。まさにここは西洋文化の開明の地ですな」

庭の外から風が動く。この男はいつもその身に風をまとってやってくる。体調を崩してからは隠居同然に毎日をここでゆったり暮らしている末徳だから、いちいち都合を問い合わせなくても常時在宅であるのは間違いない。

「これから小野へもどる途上ですが、殿様のご機嫌をお伺いに」

士族の身分を金で買った男ながら、先祖代々の士族よりもさむらいらしい彼の忠義は、常々末徳を感心させている。事実、こうして訪ねてきても彼には何の得もないのである。もっとも、殿様と懇意、という事実を商売上の信用に利用してはいるのだが。

「佑之進からは文などありましょうか？」

思わずとくん、と心臓が高鳴る。むろん満喜子が訊《き》かれたのではないというのに。

「ええ、ええ。片っ端から教会や図書館を訪ねては写生して回るありさまだそうで」

姉であるナツと養父である与七郎。満喜子の頭上を越えていく会話の中には佑之進の消息が見えて、満喜子はふいに熱く全身を回る血潮をおさえかねる。

手ぶらで訪れることなどない与七郎は、今日もまた大阪で仕入れてきた珍味などを末徳のために用意していた。退屈していた末徳は与七郎の登場にてきめん機嫌がよくなった。

「それでこれから小野へ向かうのか？」

しばし世間の話に花が咲いた後で末徳が訊いた。小野はもう自分が行くことのない領地、無縁の地であるという切り結びができているからだろう、まるで他人事の口調である。日帰りの旅でも老齢の彼にはひどく億劫《おっくう》なことであるらしく、全国を股《また》に掛けてまだ衰えない与七郎の行動力は驚異であるには違いない。

「はい、時折は見てまいりませんと、勝手放題になりますからな」

いいなあ、と口を挟んだのは千恵子だった。ずっと家の中にいる退屈がそこには滲《にじ》む。

「それならご一緒に小野へまいられますか」

明石からは日帰りの旅。思いがけない誘いは軽い冗談であったのだろう。だが行きたい、と千恵子がとびつかないはずはなく、満喜子までが目を輝かせて与七郎を見ることになった。いつか佑之進が語った、ひしめくハスが開花する水辺。天の下になだらかに広がる山の稜線《りょうせん》、尾根尾根からしたたり落ちる水をあつめて流れる大河、そして人がその水を受け止めようと築いた無数の池、池。思い浮かべれば、水面をわたる風を感じた気がした。

「お父さま、だめですか？　チエはまた喘息《ぜんそく》が出そうで、いい空気を吸ってきたい」

あいかわらず苦虫をかみつぶしたような表情でいる末徳に、おそれもせずに旅の許可を乞《こ》えるのは千恵子である。末徳はゆるゆる目を上げた。そして満喜子と目が合ってしまう。

この目が人を威嚇《いかく》する、と叱られてからは、癇癪《かんしゃく》をおそれ、その顔色を見てしまう習慣が今もって直らない。だが末徳はついと顔をそらすと、なげやりに言った。

「河合屋。こんなじゃじゃ馬ども、どこにでも、ほうりだしてくれ」

それが末徳の許可であった。自分の視線が父を動かしたとは思わないまま、満喜子は歓声を上げる妹と手を取りあった。

日曜日を利用した、早朝からの出発。与七郎はその場で翌日の段取りを決めた。

その水辺を見た時のはれやかな思いを、満喜子は長く覚えていた。何年かのち、浅子とともに廣岡家の箱根の別荘から芦ノ湖《あしのこ》を見た時も、そしてまたさらにのち、日本最大の湖、琵琶湖のほとりに住まうようになった時も。人は、初めて目にした驚きを忘れないものだ。

「鴨池《かもいけ》と申します。その名のとおり、鴨が多数、飛来するからです」

与七郎が用意してくれた人力車は、川筋から離れ、ただでさえ民家の少ない田んぼ道を山へ山へと上がってきたが、突然開けた視界の先には波打つゆたかな水量をたたえた池が満喜子らを迎え、旅の疲れをふきとばした。

まず里山の美しさ。関東の峻険《しゅんけん》な山々とは違い、また、海へと迫る神戸の連山の性急さとも違い、なだらかで、ゆるやかで、ひとえにまろやかな曲線が出入りしながらうち重なる。

ふもとには民家が数軒。集落ともいえず一戸、また一戸と離れて孤高を保っているが、集い落ち着く場所としてこの地を選んだ共通点は、似たような家の大きさにも表れている。それらがひとつの景色として溶け込むさまは、なぜか気分がやすらいだ。来るのは今日が初めてなのに満喜子はふるさとへ帰って来たという気がした。国土のほとんどを山で覆《おお》われた日本では、どこで生まれた者にも、ふるさとにはこんな里山があるのにちがいない。

「あちらの山は、紅山《べにやま》といいます」

ハス池や鴨池と同じく、見たままの命名ではないか。今はその里山が、頂上から順に赤く色づき、日を照り返し、裾《すそ》へと至る黄金色まで、みごとな紅葉の錦《にしき》を織り上げている。

末徳の家がある大蔵谷も神戸の別荘地だけあって山の紅葉ではひけをとらないが、ここのもみじは、全山、池の面に投影され、鏡となって、倍の面積で目にとびこんでくる。

　そして、そこが湖面であると識別するのが、山と水との境界上に浮かんで羽を休める鴨たちの点描だった。なるほど鴨池とはよく言った。それ以外に名は見あたらない。

「この池のように、あちこちで、山のくぼみに水を貯《た》めて、入り用なときに田んぼに引いて使えるように、この地では大昔から人の力で、ため池を作ってきたのですよ」

　ここは、自然の造形の中に人が手を加えて築いた世界なのだ。町育ちの二人の娘には、想像を超える稲作の民の文化があるのだった。

　茶屋があり、三人はそこへ席をとった。色褪《いろあ》せてはいるが赤い毛氈《もうせん》の敷かれた床几《しょうぎ》が出され、何人かの客が語らいながら団子を食べていた。乳飲み子をおぶった女もいるのを見れば、どうやら仕事の手すきに出て来た近隣の者もいるらしい。他は軽い旅装束で、わざわざここをめざしてきたことが推し量れる。人が集まるからこそ茶屋があり、茶屋があるほどの名所として聞こえるからこそまた人が集まる。町人層がほとんどなのに、そんなふうに季節ごとに花やもみじを見に来る日本人とは、実際のところ貧しいのか富貴なのか。

「稲を作っている夏の間は、池の水は人のもの。釣舟や遊びの舟も浮かんで賑《にぎ》わいますが、今の季節は釣りも禁止で、舟もあのとおり、出番なし。鳥に池を明け渡したようなものです」

たしかに茶店の裏の岸辺には、陸揚げされて裏返された舟が何艘《そう》か見える。池の水を鳥と譲り合って暮らすという発想には、千恵子と二人、顔を見合わせて笑った。貪《どん》食べていくのに必死であれば魚釣りも鴨撃ちも一緒にやればよさそうなものを、貪欲《よく》にやれば結局どちらもうまくいかないことを知っているから一線を引く。しかもあれだけたくさんの鳥を前にしても一網打尽にはしないでおき、その日必要な分だけを撃ち落とす。日本人はたしかに西洋に比べれば暮らしは貧しいかもしれないが、その知恵や感性は世界でも比べるべくもない富貴な民なのかもしれないと思った。

お茶を運んできた老婆《ろうば》は、山家《やまが》暮らしの粗末ないでたちながら、終始、何の不足もないかのように笑っている。たかだか一銭二銭の団子が売れてもたいして豊かでないだろうに、満喜子ら遠来の客をねぎらう礼儀もゆとりある人々のものだ。

「このあたりはまだ、江戸時代とほとんど変わらぬ暮らしをしておりましてな。盗みもなくいさかいもない、のどかな土地なのですよ」

いつか英語のテキストで読んだ妖精《ようせい》物語が思い出されていた。与七郎の言うのが本当ならば、何の悪事もないこの土地は、妖精の住む里ではないか。

「おばあさん、あの鴨たちは誰のもの？　この村の人のもの？　昔は殿様のものだった？」

意地悪かとも思ったけれど満喜子は老婆に直接、訊いてみる。

「鳥は山の神さんと池の龍神《りゅうじん》さんのものですよって、殿様といえど、むやみに撃ったらあきまへんやろなあ」

妖精と呼ぶには老婆の皺《しわ》は深かったが、礼儀正しく頭を下げる様子は純真そのものに見えた。東京育ちの満喜子の耳には、今なお老婆の言葉が英語を聞くより外国語めいて聞こえる。

「おばあさんは、神様を信じているの？」

「信じる？——さあ。わかりまへんけど、神様は信じるもんやのうて、感じるもんでっしゃろ。夜明け前に外に出ますとな、鴨がばたばた、いっせいに飛び立つ時がありますのや。目には見えまへんけど、山神様が下りて池においでやのんがわかりますえ」

さしそめる朝焼けの光、鏡のように空の朱を映す水面。そろったように水を蹴《け》り、飛翔《ひしょう》していく鴨たちの群れ。水が跳ね、空気が揺れ、空が動くその瞬間こそが、神がおでましになる時だ。そしてその時を境に山に春が来て、鳥は北の故郷をめざして帰って行く。

文字も知らない無学な老婆であるはずなのに、まるで詩人のようだ。父は、こんな富貴な民が住む地を領地としていたのかと、胸にせまる。

丹波《たんば》綾部《あやべ》で生まれ育った末徳は、十四歳になって初めて国元小野の地を踏んだ。そのとき、同じこの風景を見ていったい何を感じたか。一度、父に聞いてみたい。

満喜子は立ち上がって、波打ち寄せる岸辺の方へと進んでみた。両腕を広げて深呼吸する。体の中で何かが反応した。水はこの世の生きとし生けるものたちすべてが生まれ出る場所だ。自分も母の内なる湖、羊水に抱かれてこの命を育《はぐく》まれた。水辺に立つだけで心が開かれ、緊張が解けるのも当然といえば当然。きっと、水が自分を呼んでいるのだ。

満喜子は懐《ふところ》にいつも入れている守り袋を取り出した。佑之進がくれた花の種。この地の池で育ったものなら、まけば間違いなく根付いて花咲くだろう。ここに彼はいつか西洋の塔を建てると言った。そんな日、一緒にこれをまくこともありうるだろうか。

山を知らず水辺を知らずに育った満喜子は本気で思う。自分もこんな土地で、朝と夕とを永遠に重ねていけるのならば、どんなにゆたかな気持ちでいられるだろう。子《し》爵《しゃく》の娘であることも、女として嫁がねばならない年齢であることも、すべて忘れ、大自然が見せる美しい四季の書き割りに彩《いろど》られながら、目のくらむ紅葉に浸っていることができるなら。

「まあまあお嬢様、気をつけなさっとくんなはれや、綺麗《きれい》なおべべ、濡《ぬ》らしたら、かなん」

老婆が案じて声を上げた。我に返れば、自分の想像の思いがけない発展に気づいて赤面する。なんということを考えていたのだろう、佑之進はそんな都合のいい存在ではない。

「そろそろまいりますか。ここから我が家までは二里もありません」

多めの代金を払い、与七郎が二人をうながした。再び人力車は走り出す。やがて、

「あれは、播州《ばんしゅう》鉄道の鉄橋です」

土手に上がったところで、先頭を行く与七郎が車から身を乗り出して指さした。そこには川の中ほどまでせり出した、巨大な木馬のような橋梁《きょうりょう》の骨組みが姿をさらしていた。

車の中から振り返って見る娘たちのリボンが風ではためく。それは今まで見たこともないくらい大きな、鉄の橋だった。骨組みの上では、ほとんど半裸の男達が群がり働いているのが見える。不定期に、かーん、と金属性の音が川風に乗って響いてくるが、おそらく、現場の近くではもっと騒がしく、男たちが立ち働くざわめきに満ちて

いるのだろう。

「ちょうど先頃、台風でこの大川が増水して土手を破りましてな。上流から下流まで、川に掛かるすべての橋が流されてしまいました。田畑を流された者もおります」

人々が大川と呼ぶその川は、川幅も広く、土手も高い。だが人間はその川に梁《はり》を横たえ、増水しても決して流されることのないほど重厚な橋をそこに架けようというのだ。

「あの鉄橋は、どんな嵐《あらし》が来ても流されぬ、そういう橋にしてみせますよ」

誇らしげな声だった。夢見るような響きでもあった。

「旦那《だんな》さま、お帰りなさいまし」

ここに与七郎がいることを知った工事現場の男たちが駆けてくる。こざっぱりした洋装は、監督する立場にある技師であるのを表している。外国人の技術にたよっていた時代は過ぎ、官立学校で土木を学んだ日本人技師が各地で活躍する時代が到来している。二台の女乗りの車に会釈《えしやく》をしながら通り過ぎる三人の技師たちに、満喜子は佑之進の姿を重ねずにはいられない。やがて彼も立派な技師となって人の利益に寄与する仕事をするのだろう。

台風の被害は相当なものだったようで、まだ土手のそばには泥をかぶった土地が累々《るいるい》と続いている。樹木がなぎ倒され、流木が無秩序に積み重なって、さながら龍が暴れて行った爪痕《つめあと》のようだ。眺めていると、満喜子は大自然の力の脅威に足が震える思いであった。それでも、無力なままにうなだれず、荒ぶる川に挑んで、超えてゆかんばかりの橋を架けようという人間の知恵と力にただただ敬意の念を抱いた。

「昔は大川が南北を結ぶ大動脈でした。米も肥料も人までも、みんな舟が運んだもんです。昔といってもほんの十年にもならない昔ですよ。それがやがて、鉄道で行くんです」

新橋と横浜間を初めて蒸気機関車が走って以来、鉄道を敷こうという動きは各地で起こっており、土地の素封家や実業家たちがその経営に乗り出していた。この播州鉄道も、鉄橋から南は高砂《たかさご》の大地主伊藤長次郎が私財を投じて築き、同様に北の部分を与七郎が中心になって建設しようとしている私鉄であった。

もっとも、播磨のような田舎ではいまだに鉄道に対する偏見が強く、蒸気に混じって時折火の粉を吐く汽車の危険性を唱える農民や、陸上交通の主力である馬方をはじめ、川船の船主、船頭たちなど、既存の交通従事者らには仕事を奪われるとの不安から猛反対を受け、鉄道敷設《ふせつ》現場を妨害する争いが多発するなど、これまで相当に難航してきた。

小野では鉄道を町に通すなと主張する旦那衆らの同意を得られず、市街地ではない川の西を走らせるためにわざわざ鉄橋を架けるほかはなかったのだ。

「なに、かまいませんよ。いずれ鉄道の走るこちら側が小野の中心になる。だから、こちら側にできる駅には、『小野町《おのまち》』と名前をつけてやりますよ」

それは与七郎の意地だろう。鉄道敷設のためになたね油の製造業で築いた富のほとんどを投入し、先祖代々大庄屋だった時代から受け継いだ田畑を手放してまで台風の後の復興やため池の造成工事に乗り出すからには、せめてもそのくらいは許されるはずだ。むろん、地元の村人たちが斯波家の無謀なまでの散財を心配していることも、また、本来の「町」の旦那衆が、あんな田んぼしかない山里のくせにと笑っていることも、知らない与七郎ではなかった。

「初めて佑之進をこの地に連れてきた時は、舟でまいりました。その時にはまさか、こうして鉄道が実際に建設され、やがて民の足になるとは思っておりませんでしたでしょう」

まだ十二歳の少年にすぎない佑之進を伴って帰った日のことが、与七郎には昨日のことのように思われるのであろう。

「その時に佑之進とは約束をしましてな。わしはこの地に鉄道を敷き、この地への入り口を造る。佑之進は、この入り口に向かってやってくる人々のための建物を造り、町を興《おこ》す。そして、この地をどこより繁栄する町にしてみせようぞ、と語ったものです」

二人の姿が目に浮かぶ気がした。彼はここから「水の国」をその肌に感じたのだろう。

「あやつも、日夜たゆまず欧米の建築を学んで、やがて帰ってまいりましょう。それゆえ、この地をよきかたちで渡してやりたいと思いましてな」

彼は遠い海の向こうのアメリカで、何を見、何を学んだことだろう。会いたい、そして声が聞きたい。素朴な懐《なつ》かしさが満喜子の胸に浮かんで余熱を持った。そしてもしも彼がここへ帰るその時に、自分も一緒でいられるなら――思いはついそこまで飛躍する。

その時、川が運ぶ橋梁工事の槌音《つちおと》の中に、違う音を聞きつけた。あれは?

「待っとくれやっしゃー」

それが人の声であり、山の方からよたよたと駆け下りてくる老婆の声だとわかるのに、しばし時間が必要だった。裾《すそ》をからげ、左手を大きく上にかざして、老婆は満喜子たち一行に向けて呼びかけているのだ。与七郎が伴の者に行ってくるよう命じる。

満喜子たちが車で来た道を、老婆はその足で駆けて来たなら、それはどれだけ大儀なことだったろう。

下男がすぐに老婆のもとまで取って返し、かがみこむように大息をつく老婆と二、三、言葉を交わすと、ふたたび疾駆してもどってくる。

「これを、お嬢様がお忘れだそうで」

下男が老婆から受け取ってきたのは、金襴緞子《きんらんどんす》の守り袋だ。

「それは私の……」

さっき取り出した時に落としたのか、今まで気づかずにいた。中にはまさかの時のためにと紙幣が一枚入っており、中身だけ抜いて捨ててしまう者もいるのではないか。

顔を上げると、老婆はさっきの坂道の途上で、こちらに向かってさかんにお辞儀を繰り返していた。満喜子はなぜか胸がいっぱいになり、伸び上がって手を振った。

「こんなもののために……」

だましたり盗んだりする者のない、正直者が住まう土地、と与七郎は言った。それは正しい。ここは、日本は、妖精の国にちがいない。満喜子は老婆に向かって頭を下げると、守り袋をふところ深くしまいこんだ。西洋の影響を受け、変わりゆく日本。だが、変えたくない、変わらずにいてほしい、そんな大事なものを、満喜子はここで見た気がするのだった。

斯波の館《やかた》では、まるで〝殿様〟が帰還するのを出迎えるような騒ぎだった。

「お帰りなさいまし」「お帰りなさいまし」

屋敷まで、すべて与七郎の家の者らが人垣で道を作るという風情《ふぜい》。満喜子たちは気後れしながら歓迎を受ける。古さびた風格ある長屋門は、京都の大寺院とまではいかないが、東京にいまだ残る武家屋敷のそれより太く大きく、立派な構えだ。

「小野藩の長屋門を移築したものです」

驚いて、もう一度それを見上げた。徳川の二百六十年の星霜《せいそう》を耐え抜き大勢の藩士を迎え入れては送り出してきた門は、世が世なら父が受け継ぐものだった。だが彼の上京とともに見捨てられ放置され、そして志ある者によって引き取られたということなのだ。

「わが斯波家に輿《こし》入れされた、一柳てる子さまのお化粧料として、このように大事に受け取らせていただきました」

初めて聞く名に、姉妹は顔を見合わせる。

「てる子さまは、先の藩主、末彦《すえよし》さまの御姉君でございます」

なるほど、父は養子として一柳家に入ったのだからこの地に一人として血縁はないにしても、もともと小野藩を治めていた前の藩主の血統が残っているわけだった。

「今はわが父の妻。私にとっても義母上《ははうえ》でございますが」

彼自身、冷泉《れいぜい》家から輿入れした高貴な血筋の妻があるのだが、今日はすべててる子にまかせたものらしい。千恵子と二人、与七郎ご自慢の屋敷うちを案内されて、広大な庭や泉水、能舞台、さらには屋敷の外のなたね油工場や醬油《しょうゆ》工場まで見て回ったが、その後、案内された茶室で姉妹はその人と対面する。

正客を務める与七郎の後から続いて茶室に入った時、満喜子は数寄屋《すきや》造りの贅沢《ぜいたく》さにももう驚かなくなっていた。佑之進があんなにも日本建築に詳しかった理由がわかった気がしたからだ。おそらく与七郎がその財力をもとに屋敷のうちに次から次へと築く建物を、彼も一つ一つ見守っていたに違いない。満喜子には、ここにいない佑之進の後ろ姿があちこちに見える気がして目が放せなかった。おそらく、掛け物の軸にしても満喜子などにはわからぬ名物で、これから出される道具も凝りに凝った取り合わせであるに違いない。

物音もたてず茶道口の襖《ふすま》が開いて彼女が現れた時、思わず二人、背筋が伸びた。廣岡家の音たてる人々の賑《にぎ》やかな客あしらいに、いつのまにか馴染《なじ》んでいたということだろう。

一礼し、水差しを掲げて入るその人の挨拶《あいさつ》は言葉ではなく、膝前《ひざまえ》に置いた扇子の向こうで機械仕掛けで繰り出すような儀礼であった。丸髷《まるまげ》を結い、裾を引いて畳を進む古めかしい女。ミッションスクールに学ぶ若い女学生には、外国人を見るより珍しい。

年齢は栄子と変わらぬほどでおそらく与七郎とも差がないのではないか。母が生きていたなら、やはりこんな風情であったのか。淡々と進むお点前《てまえ》の、よどみない所作、器に注ぐ湯の音。客はてる子を見守るばかりで、茶筅《ちゃせん》のたてる音だけがこの場の主役であった。

与七郎の父の長治郎は、四度妻を娶《めと》って三度とも死別している。そのうち後の二人は一柳公の息女だという。最後に入ったてる子だけが、夫の死後もこうして健在で、当主の義母として大切に礼を尽くされている。版籍奉還の後では大名の娘などは名ばかりで、こうして臣下に嫁いでなんとか露命をつないでいるというのが事実であろう。子供を産まなかったせいか、てる子の薄い肩や胸はいっそうはかなくたよりなげに見えた。

「おふく加減は」

「結構でございます」

決まりきった受け答えなのに、てる子は少しほほえんだ。懸命に茶道の礼儀をこなそうとしている満喜子が愛らしく思えたのだろう。すると唇がほころび、鉄漿《かね》でかためた歯がのぞく。ぎょっとして、茶碗《ちゃわん》を顔にかぶせるように茶をすすりあげた。ちょんまげや帯刀が廃止されて久しく、同時に女のお歯黒も廃止されたというのに、てる子はいまなお眉《まゆ》をすべて引き抜き、江戸時代さながらの顔を保っているのだ。最初に海を渡ってきた宣教師たちが日本の女の笑顔と出会った時その不気味さに驚愕《きょうがく》したというが、今の満喜子も同じ思いだ。

正客の与七郎が道具の拝見に伴う質問をし、てる子がそれに答える。それ以外には会話のないまま、ふたたび順に道具をすべて持ち帰って、彼女は茶道口で一礼して消えた。

血のつながりは遠いとはいえ、同じ一柳の者でありながら、それは奇妙な対面だった。

しかし与七郎も、女たちにそれ以上の交流を求めてはいなかったらしい。ひととおり茶を味わい終えると、何の会話もないままに、姉妹を母屋《おもや》の方へと誘導した。床の間に、琴が立てかけられているのが目を引いた。覆《おお》いは朱のちりめんに、一柳家の替紋である〝一に釘抜《くぎぬ》き〟紋が染め抜かれている。てる子のものであるのは一目でわかった。

「あとで所望いたしましょう。来客があると、かならず弾いてもらうのです」

ピアノという西洋音楽を学ぶ身としては、琴など古めかしいが一興ではある。

「てる子さまは小野でお生まれになりましてな。ご一新の時も小野。それで当家の父のところにお迎えしました」

多くを語られなくとも、てる子の素性はそれでわかった。正室腹の子ならば江戸住まいになる。だが領国で生まれて育ったというなら側室腹で、一柳の姫とはいうものの領主である異母弟の末彦が死ぬと同時に彼女の立場はあやうくなったはずだ。もともと小さな所帯の藩のこと、前の藩主の血筋の者まで手厚く保護してくれる者もなく、父が嫁にと乞《こ》うた時にも拒む選択はなかっただろう。女の運命など、すべて男が決めるものだ。

さっき飲んだ薄茶の苦みがまだ胸のはざまで滞っている。子のないてる子が佑之進をたいそうかわいがっているというだけが唯一《ゆいいつ》親しみを覚える絆《きずな》であった。子を生まないならば石女《うまずめ》として離縁される女も少なくない中、それ以外に存在価値があったのは彼女の幸運だった。新興のこの家で、彼女は権威の証《あかし》のように、庶民のたしなまぬ茶の湯や和歌や琴などに没頭することで〝旧藩主のお姫様〟として今日まで生き抜いてきたのだ。

ふと、子をなしながら、その子を奪《と》られて実家《さと》へと帰された姉の喜久子を思った。少なくともてる子は喜久子のように、狂うほどその身の不運を嘆き悲しむ繊細な心の持ち主でなかったことも、幸いしたに違いない。

襖が開いて、ふたたびてる子が一礼をして現れた。もう口元からお歯黒を覗《のぞ》かせることもなく、無表情に琴を運び出していく。おそらく毎日のようにこうすることが彼女の仕事、生きる証であるのだろう。よどみのない所作、ためらいのない段取りは、悟りきった者の動きに他ならない。

実際、そのみごとな演奏は驚きに値した。まさかこれほど強く巧みな琴をこんな鄙《ひな》の地で聴くことになるとは思いもしなかった。それは一日のうちの何時間をも琴と触れて過ごす奏者ならではのものだ。とにかく練習です、と厳しく当たるタレー女史が思い出された。弾けばその分、楽器はこたえてくれる、腕も上がる。おそらく彼女も数えられない時間を琴の前ですごしたに違いない。琴を弾く間だけが自分が生きていると実感できる時間として。

てる子に琴があったこと、音楽があったことを、満喜子は喜ばずにはいられなくなっていた。そして自分にピアノがあることにも。

演奏が終わった時、満喜子は思わず拍手していた。てる子は驚き、象牙《ぞうげ》の爪をはずす手を止め、満喜子を見た。目と目が合った。

「いけなかったでしょうか……。私たち、学校で、西洋では演奏がみごとな時には立ち上がってまで拍手を送るものだと教わりましたので」

王立のオペラハウスであっても聴衆はその演奏がすばらしければ口笛を鳴らしブラボーと囃《はや》して感銘を伝えるのだと学んだ。だがてる子はやはり作法どおり、琴の前で膝をにじって頭《こうべ》を垂れ、丁寧な挨拶を寄越した。

「明治にお生まれの方々には、わたくしなど過去の遺物も同然。お耳汚しでございました」

その声が案外艶《つや》のある声であるのに驚いた。与七郎があわてて間を取り繕う。

「てる子さまの父君、第九代藩主末延《すえのぶ》さまはこれぞ明君と言われるお方でございてな」

国学者の大国隆正さまを迎えて藩校を起こし、帰正館と称して士族の子弟の教育に当たられ、小野藩が質実剛健の気風と言われたのもみなこれ末延さまのたまもので……滔々《とうとう》と語られる、自分たちと遠くへだたる歴史。この地に連綿と続いた藩主の家の歴史が披露されている。今日までまったく知らずにいた人物が、自分たちの先人としてこの地でしっかり生きている事実は、満喜子に複雑な思いをもたらした。

「弟、末彦どのが父上の後を継いで十代藩主となりましたが、子がなく、三十八歳の若さで世を去りました。無念なことでございました」

唐突に口を開いたのはてる子だった。弟が生きていれば、そして子を残していればと、彼女はそれを悔やむのだろう。それなら一柳家は他家から養嗣子を迎えることなく、戦国以来の血統を今に伝えることができた、そう言いたいのか。そしておそらく自分の運命も違っていた、と。満喜子には何も答えることはできなかった。

「世は変われども、生まれた血潮は変えられませぬ。どうぞ大切になさいまし」

もの言わぬ人形のようにも見えたのに、うって変わって自分の意思を表す強さが見えた。奥へ退き姿を消す最後のきわで、どうしても満喜子に言っておきたかったのであろうか。

彼女と会ってわかったことは、父が小野にとっていかによそ者であり、無縁の者であるかということだった。父が、小野の殿様と呼ばれることをあまり好まなかった理由もこれでわかった。東京を去って播磨に帰ることになった時にも、領国だった小野ではなく明石を選んだ理由も同じだろう。おそらく、ここが自分とは遠い領地であることを実感していたからに違いない。まして、今日まで小野がどんな土地かも知らずに育った自分たちには――。

「ではそろそろ、お帰りのおしたくといたしましょうか」

秋の日は短くなり、帰り道はいやでも気が急《せ》くが、今度は寄り道もなく鉄道の乗りつぎ時間を無駄なく繰り合わせての一直線だ。

華族の娘が行くべき道はこれなのか。大名の末裔《まつえい》の女がその存在意義を果たして生きるとはこれなのか。満喜子の中に、激しく反響していく琴の音色。自分もまた、てる子のように喜久子のように、戦国以来の家系の血を引く者として、おさまりのよい家へ嫁いでこの身に宿る伝統を引き継いでいくのが正当な役目であろうか。

迷いなさい、とアリスは言った。迷いがなければてる子のようにここに座り続けられる。迷えば喜久子のように狂うしかない。自分はどっちだ。

「お二方には小野は第二の故郷ともいえる土地。見ていただけて幸いでした。ここが繁栄し、あらたな力を生み出す町になるなら喜ばしいこととお思いではありませんか？」

満喜子が何を思うか気づきもしない与七郎の満足げな声。だからどうせよというのか、その声は満喜子の中をうつろに通り抜けて行く。旧藩主、と呼ばれる時の「旧」の字が示すとおり、自分たちはすでにここことは縁のない者たちなのだ。

「おマキさまには、もう一度、ぜひもう一度、お越しいただきたいと願っております。そう、その……佑之進が帰国しましたあかつきに」

人力車の幌《ほろ》が川風に鳴る。与七郎の真意を探るまでもなく、満喜子は佑之進の名に心みだれた。会えなくなって、もう数年が過ぎようとしている事実をあらためて思った。

第三章　祭のあと

1

花より赤く燃える紅葉がやがて枝を離れ落ちて散り敷くように、若い娘の赤い季節もまたたくうちに過ぎてゆく。満喜子には懸命にピアノに向かい厳しい授業にくいついていくだけの学校生活。明日も昨日もない、永遠に続くような時間であったが、千恵子はそんな日々には見切りをつけた。学校をやめ、嫁ぐことが決まったのだ。

当初は姉の満喜子にと薦められて来た縁談だが、本人がまだ学生であることを理由に話にいっこうに乗らないことから、千恵子に回っていった話だった。相手は実業家の筏井《はつい》寿夫《としお》。父親は新政府での功績により爵位《しゃくい》を与えられており、家格に問題はなかった。年が明けるとすぐに婚約が調い、慌《あわ》ただしく輿入《こしい》れの準備が進んでいる。

「チエはあれで本当に主婦になれるの？」——ひがみではない。不満でもない。だが年齢こそ年頃になるといっても袷《あわせ》の着物一枚縫えない未熟さを案ずるのは母親のナツだけではない、満喜子も同じだ。

「大丈夫。チエは自分で嫁ぐと決めたのですよ、お姉さま」

その言い方こそがすでに危うい。結婚は、難しい学業からの逃避の道ではないものを。

「私のことより、おマキ姉さまはどうなのです。私、お姉さまは、佑《ゆう》おじを待つべきと思うな」

さんざん満喜子が皮肉を言った仕返しか、いきなり鉄槌《てっつい》を打ち込むような千恵子の反撃だった。

「何を言っているの、チエってば、私と佑は……」

後は続かない。真っ赤になっているのだろうか、満喜子は激しい動悸《どうき》と戦うばかりだ。

「だって佑おじは、それはもう懸命に学んで帰るはず。お姉さまに釣り合う殿方になりたいからよ」

馬鹿《ばか》なことを。——それ以上は喋《しゃべ》らせたくなくて、満喜子はきつくにらんだ。千恵子にしてみれば、大好きな叔父と、これまた好きな異母姉とをともに近くに結び置きたいと願うだけで、他意はないのだ。いつか喘息《ぜんそく》の発作が出た彼女を二人で迎えに行った時の、あの安心感を望むのと同じだ。だが、世界は千恵子のために回るのではないと言わねばならない。

「チエ、あなたは幼すぎる。華族の結婚とはそういう簡単なものではないのよ」

ため息とともに妹をにらんだ。それは、ともすれば舞い上がりそうな自分の心に言い聞かせる言葉でもあった。

そうして花や紅葉の赤い盛りは、さらに滑るように時を押して過ぎていく。

千恵子の婚礼が賑《にぎ》やかに行われ、翌明治四十一年、春、神戸女学院では音楽学科の一期生が卒業式を迎えた。そこに記された第一回の卒業生は、一柳満喜子ただ一人であった。

姉と妹が同じ学年で学んだように、一期生は十代から人妻まで、年齢も境遇もまちまちで、やめていく事情もそれぞれだった。この時代、女にとって学問がいかに成りがたいものかを示している。

「(おめでとう。あなたはもうどこへ行っても恥ずかしくない立派なレディですよ)」

厳しかったタレー女史から聖書型の卒業証書を手渡された時、満喜子は師のレッスンに耐え抜いたただ一人の学生である自分を初めて誇らしく思った。

だがこの証書は父のものでもあった。音楽科への進学を許し学費を払ってくれた父のおかげで得たものだ。ふだん反目している分、喜びを報告するのはとまどうが、もしかしたら褒めてくれるかもしれない。いや、だめか。惑いながら、満喜子は明石《あかし》を訪ねた。

座敷は静かで、どうやらナツと同席して茶でも飲んでいるらしかった。邪魔してはいけないからと縁側に座って様子を窺《うかが》うことにする。二人はまだ満喜子に気づいていない。

「また仲人《なこうど》が参りましたよ。千恵子の次はぜひおマキさまをお世話したいと」

またそんな話か。と聞いていたら、背中向きになっている父がそっけなく言った。

「ふん、あの穀潰《ごくつぶ》しめが、音楽科とやらを卒業したからにはもう有無は言わせぬ」

自分の背中に鱗《うろこ》があれば、今それは音を立てて逆立ったのではないか。だが満喜子がもっと身を固くする瞬間はこの後に来る。

「御前、またそのように強引なことをおっしゃって、譲二さまを勘当なさるようなわけにはまいりませんよ。実の親子でそんな無情なこと……」

満喜子は耳を疑った。今、ナツは何と言ったか？　兄の譲二を、勘当、と？

「うるさい。あやつはとことんわしの言うことを聞かんからだ。親に従えぬやつには何も譲ることなどできぬ。親でも子でもない」

ナツのとりなしは火に油を注ぐことになり、末徳はいっそう息巻く。

「でも、三男の剛さまに家督を譲っておしまいになるなど、ご長男のお気持ちは……」

「ええい、うるさいうるさい。わしに口出しするな。従えぬのなら女だとて容赦せぬ。おマキめ、穏便に嫁に出るなら支度もしてやるが、さからうのなら譲二同様放り出すまで」

逆立った全身の鱗が鋭い音をたてて震えている。それは武装だ。父の横暴に傷つかぬよう、父の傲慢《ごうまん》から自分を守る防衛であった。満喜子は息を殺して立ち上がる。

わかっていたはずだった。父が卒業を喜ぶとして、それはようやく厄介者の口実をふさげるからにほかならない。父と自分は、喜びも悔しさも、どこまでも一致することはない間柄なのだ。なのに、父がもしかしたら褒めてくれるかなどと考えた自分が滑稽《こっけい》だった。

証書を胸に抱き直す。この後自分を待っているのは父とのいさかいばかり、そして結婚という、勘当処分とは紙一重の、父との縁切りばかりなのだ。

御免蒙《こうむ》り候《そうろう》。――今こそ満喜子は大声をもって叫びたかった。悔しかったが涙は出ない。卒業の喜びが一転、思い詰めた顔になり、満喜子は声すらかけず父の家を後にした。

「よろしおしたな、おマキはん」

けれども廣岡家では笑顔が待っていた。浅子、かめ子、そして兄の恵三も、満喜子がどれだけ努力したかを知るだけに、卒業を祝う言葉がどれもやさしい。

背中の鱗が畳まれ格納されていく。ありがとう、と満喜子はほほえんだ。嬉《うれ》しかった。ここには実の親子の血脈以上に濃密な縁《えにし》が温かな思いによって結ばれている。

「せっかくなんやし、お披露目しまひょいな」

浅子は予定されている晩餐会《ばんさんかい》に満喜子がピアノを弾く機会を作ってくれた。加島銀行の取引先を招いた内輪の集まりで、満喜子は華やかな振り袖《そで》姿でバッハを弾くのである。

主人《ホスト》である恵三は満悦であった。客達の会話ははずみ、賑わいを添える役目としての満喜子は申し分なかった。客たちは口々に満喜子の演奏を絶賛し、こんなすばらしい令嬢ならばぜひご縁談をお世話させてくださいとにこやかに握手を求める。

なるほど兄恵三の思惑もそこにあるかもしれなかった。有力な取引先が縁戚《えんせき》になれば、彼の財界での立場も揺るぎないものになっていく。それはある意味、父たちの先祖の武士《もののふ》や公家《くげ》、男たちが連綿とこの国でしてきたことの継承だった。

「そんな気ぃ入れて考えんと、ええ人がおったら嫁げばよし、気が進まんのやったらやめとけばよし。真面目《まじめ》すぎるんがおマキはんやから、まあ気楽にな」

そんなふうに解きほぐすのは浅子である。自身、家と家とのきずなのために嫁がされ、また娘のかめ子にも家が強力になるための結婚をさせていながら、満喜子にはゆるい。家のための結婚とは言いながら、自分もかめ子も惚《ほ》れた夫に嫁げたことを幸福と知るゆえだ。

「うちはな、おマキはんにはなんぼでもこの家におってもらいたいのどっせ。けど、あんたの積んだ高学歴は我が家の孫の家庭教師で終わらせるにはもったいない気がします」

誰より満喜子を近くで見ている浅子の弁は胸にしみる。

「そこで相談やけど、あんたさえよければ、日本女子大学校の教授の口に推薦状を書きまっせ」

創設に功績のある浅子は今なお日本女子大学校の理事であり、人事にも大いにかかわる立場にいた。満喜子の学歴を見て、強引な縁戚紹介だと思う者などいないだろう。

「うちは、あんたが積み上げてきた教養を外に向かって引き出す時やと思いますねん」

確かに、そういう道があるなら独身でいようと穀潰しとは言われる筋合いになく、結婚結婚とせきたてられることもない。だが、と満喜子は言葉を飲み込む。その先は、たとえ浅子であっても言うべきでない。平民の子ならそれですむだろうが、子爵の娘が教壇に立つなど世間体が立たない。父は絶対認めまい、とは。

「浅子ママ、いいお話をありがとうございます。でも、私、教えることはどうも……」

身分の重みは、さすがの浅子にも理解しえまい。だから満喜子は煮え切らずにいる。

「まあよう考えて、あんたが女子の手本になってくれたら、うちも人様にえらそうに講演しとる甲斐《かい》もあろうというもんどす」

跪座《きざ》し続けてまだ立とうとしない満喜子を追い立てずにいる浅子の寛容がありがたい。

一人になって、満喜子はピアノのふたを開けた。赤いフェルトの布を取って、ぽーん、と高いキーを押すと、自分の心が共鳴した。

教壇に立つことへのためらいには理由がもうひとつある。それを知っているのはこのピアノだけだ。

卒業を祝って、先月、早々と佑之進から手紙が届いたのだった。譜面立てから楽譜を取れば、そこに佑之進の手紙が挟んである。ご卒業まことに祝着《しゅうちゃく》至極に存じます。――おそらく日本語でなら、彼はそのように敬語で綴《つづ》ってきただろう。満喜子を旧主の娘として誰より敬う存在として。

だが、人目をはばかるためか、流れるような英語で書かれたそれには、Dear, Makiといきなり自分の名前が呼び捨てにされていた。そして文中ではyouという対等な二人称で満喜子に語りかけてくる。あなたのご精進を褒め称《たた》えます、そしてその到達点をお祝いします。――敬語を取り除いたまっすぐな文体は妙に力にあふれていた。

その新鮮さ、その驚き。いつも上に立っていたはずの自分が等身大の娘になり、佑之進という男のたくましさの前にどぎまぎしながら控えている。この感覚はいったい何なのだ。満喜子は今まで誰かに同じ位置からものを言われた体験がない。ましてそんな強い手紙を、今まで誰かにもらったことなど一度もない。

手紙はさらに書いていた。いよいよこちらの大学での最終学年を終え、もうすぐ日本に帰ります。あなたにお会いしたいです。なぜなら、語りたいことがたくさんあるからです、と。

　胸の奥底で、ピアノよりも高いキーが鳴っていた。語りたいこと。ああそれがたとえ彼が過ごしたアメリカのお天気にすぎなかったとしても楽しいだろう、胸が躍る。かつて満喜子が女学生だった頃の付け文事件を思い出す。それは単なる独楽の上手な回し方を書いたにすぎなかったということだが、彼が自分に会いたい語りたいというならそれさえ特別なものとして読める気がした。

　文末、それが英語の手紙の「敬具」に相当する言い回しとは知っていたが、Yours.あなたのもの、と締められた一節を、満喜子は何度くりかえし眺めただろう。Your Yunoshin あなたの佑之進。訳せばそういうことになる。自分のもの、My Yunoshin 私の佑之進。繰り返しつぶやくその名がまるで知らない人の名前のようで、少なくとも長く知っているあの乳兄弟にはつながらない。だれか、一人の異性の名として胸にとどろくばかりだ。

　楽譜をもどす。おかしい、こんな自分は自分ではない。小さなため息が挟《こま》みこまれる。

「おマキさま、ちょっと、よろしいか」

　誰もいないと思っていたから、背後から男の声がかかったときは飛び上がりそうだった。

「おじさま、でしたか、河合屋《かわいや》の。もうお帰りになったのかと」

見送らなかったことを詫《わ》び、満喜子は上ずる声をなんとかごまかし、向き直る。

「はい、おマキさまに、お話がありまして。その、ご縁談のことです」

そういえばまだこの与七郎からは一度も満喜子の縁談はなかった。喜久子の時も千恵子の時もあれだけ助けてくれた河合屋ならば、いちだん親しい満喜子にはもっと懸命な世話をしそうなものだ。かえってそれで助かっているが、薦めるとなると誰より強力だろう。

「おマキさまは、小野でお引き合わせしたてる子さまのことをどうお思いですかな?」

ああ、とそんな人がいたのを思い出す。そういえば彼がわざわざ満喜子を小野まで連れて行った意図は何だったのだろう。千恵子や満喜子が望んだとはいえ、彼なら無駄なことはしないはずだ。鴨池《かもいけ》を見せ、小野の地を示し、あとはおのれの王国を誇らしく示してみせた。その中に、囚《とら》われの姫のように息づいていたあの人。

「世間はさまざま申しましょうが、藩主の血脈としての誇りを保ったお暮らしです。姫様としての面目を保てるだけの力のある者に嫁がれたからです」

そうだった、人々にかしずかれ、琴に茶の湯にと風雅をまとい、世俗とは違うところで暮らしていた人。そして来客があれば乞《こ》われて琴をつま弾き茶をたてる、旧藩主の姫という骨董品《こっとうひん》としての価値。はかなげな人だった。

「ご身分は大切ですが、お暮らしぶりもまた大切。名と実とが伴ってこそ人は完全と言えましょう。そしてご結婚にも欠かせぬ条件ではありませんかな？」

満喜子を現実へと引き戻す与七郎の声。いったい何が言いたいのだ？

「小野でご覧いただいたわが斯波《しば》家のすべて。あれは佑之進にやるつもりでおります」

それは前から聞いていたことのように思う。なお要領を得ない彼の話だ。

「その……みごとご卒業なさったおマキさまには、ぜひ、国元でもあるあの町のために、お力をお貸し願いたいのです」

自分が？　もはや藩主でも何でもない自分たちに何かできると与七郎は思っているのだ。てる子のように大名がまだ存続していた時代ならともかく、自分たちには名や格式を与えてやることすらできない。それに、国元とは言うものの小野は自分にとっては異邦の地。この体を流れる血潮の一滴たりとも、あの土地の恵みを受けたものではないのだから。

「ですからおマキさまの将来の一つの選択として、かの地にお住まいになることはありうるかと……その、あんな鄙《ひな》の地ではありますが」

だんだん満喜子の中に、彼が言いたくて言えないことが伝わってくる。さすが大胆な彼も、それを率直に切り出せば無礼者と蔑《さげす》まれることを望まぬがゆえに、こんな持って回った話し方になる。そう、満喜子の身分を気遣うばかりに。

「あの地には佑之進がもどってくるのでございますから……」

佑之進。佑之進。Your Yunoshin。とたんにすべてがつながった。

「おっしゃっていること、それはもしかして……あの……私が佑と……」

My Yunoshin――英語の一節が頭を浮遊している。与七郎は未来を託した佑之進に、満喜子をめあわせたいと望んでいるのか。今や多額納税により貴族院議員となった彼は、満喜子を縛る華族令すら怖《おそ》れぬというのか。さもありなん、与七郎ならば。

旧藩主の娘、子爵令嬢。たしかに自分にはそんな存在価値がある。かつてて る子を娶《めと》って新興の家に権威を盛りつけたように、彼もまた同じ手法で息子に輝きを添えたいのだ。満喜子は水面であえぐ金魚のように、呼吸が苦しくなって、口をぱくぱくさせる。そのためうっかり譜面台から楽譜を落とし、鍵盤《けんばん》の上では不快な乱れ和音が炸《さく》裂《れつ》した。そのけたたましい反響音。満喜子はさらに心乱れた。

「失礼しました、私ったらとんだ粗相を」

「申しわけございませんっ」

いきなり与七郎は謝った。その場に土下座せんばかりの勢いだった。

「この話、まず明石に参って御前にご裁可いただいてから持ち出すべきでした。与七郎、浅慮でございました。おマキさま、何とぞお許しくだされますよう」

謝り続ける与七郎の声など届いていない。ピアノの残響が、どこか遠くで鳴る鐘の音のように、まだ満喜子の脳裏でやまなかった。

「ではでは、またお目に掛かります。佑之進が帰国しましたあかつきに、ぜひ」

大きな失策を犯した現場から逃げるかのように、与七郎は去って行く。

ピアノの音が鳴り止《や》まない。満喜子はピアノの上にもたれこむようにして息をついた。

2

七日通い続ければ神様は願い事をきいて下さる――。かめ子からそう聞かされた時は、ほんとう? とその大きな瞳《ひとみ》をくるりとめぐらしただけの満喜子だったが、どうせ多恵子ら姪《めい》たちのお伴で七日も通い続けるなら、自分もそっと祈ってみよう。そう決めた。

「ふうん。おマキちゃん、何祈るん？」

かめ子は屈託もなく尋ねる。言われてみれば、満喜子は何を願うべきだろう。まっすぐに育った三人の姪たちはそれぞれ、賢くなりますように、前髪が伸びますようにと幼い願いごとを口々に騒いでは、すぐに母親であるかめ子から、

「あかんあかん、願い事ゆうのんは誰にも言うたらあかんのえ」

とたしなめられてしゅんとする。お神輿《みこし》が御旅所に滞在する七日の間、誰とも言葉を交わさずお参りするのが願いを叶《かな》えてもらえる条件なのだ。

祇園《ぎおん》神社のお祭は、その昔、京のみやこに疫病《えきびょう》が蔓延《まんえん》した時、その厄払いにと始まったものだとか。一ヶ月もかけて行われるこの祭も、最大の人出で賑《にぎ》わう山鉾《やまぼこ》巡行がすんだ今はどこか間延びした気分が漂う。京は、会う人ごとに「今日も暑おすな」「ほんまに」と挨拶《あいさつ》を交わす蒸し暑さだ。かめ子たちはこの祭見物のため、浅子の実家である京都の三井本家の別荘に滞在している。そして夕方になると姪たちにせがまれ、祭提灯《まつりちょうちん》のともる四条寺町へと繰り出すのだ。

「ほれ、あれや。あれがお神輿。さあ、願かけまひょか」

山鉾巡行で浄《きよ》められた四条寺町の御旅所では、八坂神社から渡ってこられた神々を乗せた大神輿が三基、鎮座している。コンチキチンと都大路に鳴り物を響かせて通る優美な山鉾とは異なり、総勢千人を超す勇猛な男達により担《かつ》ぎ揉《も》まれて氏子町をめぐる神輿は暴れ神輿というのがふさわしい荒々しさで、幼い姪たちは大人たちにしがみついて眺めるばかりだ。だが御旅所に着けばそこで休まれ七日にわたって滞在することになっているので、幼い彼女らでもそばまで近づくことができるのだった。

そしてその夜は七番目の夜。

何を願うか、黙っていても、夫の健康と一家のしあわせに決まっているであろうか め子に、独り者の自分が何を祈るとはすぐ答えられない。だが浮かんできたのは佑之進のおもかげだった。いつ帰国するのだろうか、暦を見ながら、もうそろそろだとは思っているが。

あれから与七郎は訪ねて来ないし、ナツなら知っていようが、さりとて満喜子はあれ以来、明石には足が向かずにいる。だがきっと神様ならご存じだ。――では神様、祇園の神様、佑之進が無事に帰ってきますようにお願いします。そう祈った。

自分でもおかしいと思う、こんなことを願うなど。だが与七郎が満喜子の心の海に投げ込んでいった衝撃はだんだん波紋を鎮《しず》めながら自然に佑之進を特別な人として落ち着かせていったのだ。誰か一人の人を思うことで生まれる温度を、驚きと感動でかみしめる毎日。もう満喜子には身分のことも遠く離れたことも、さしたる問題とは思えない気がしている。鳥たちと紅葉の鴨池《かもいけ》。そこに彼と一緒にいる自分を、どんな矛盾も伴わず胸に描けるようになっていた。身分にまつわる法律のことも最大の問題である父のことも、如才ない与七郎がいかようにも片付けてくれるだろうとの安心感がある。だから今は、彼が無事にもどることだけが願いであった。

祇園神社の東門前の小路にある別荘のかど先は、大きな提灯とともに縁台を出してあるので、暮れて後のこんな時間にも団扇《うちわ》を揺らす人々が三々五々と集まって談笑している。御花と呼ばれる多額の協賛金を出していることから、神輿もこの家の前を通る時には敬意を表して豪快に練って行くのがならわしだった。家からは酒樽《さかだる》を出しお茶を出して、担ぎ手がしばし休憩していけるようしつらえてあるのだった。

家は目の前というのに、小さな子らがぐずって座り込むのは今に始まったことではない。暑いし人は多いし、さすがに疲れて、かめ子が先に、ため息とともに家の方を見た時だった。

「おマキちゃん、あれ。……あの人、あんたの弟さんやない？」

弟、と言われてぴんとこなかったこともある。ぐずって泣き出す多恵子を無理に抱き上げたところで、満喜子もかなりくたびれていた。ぼんやり、提灯の下に座った人々を見た。

白い麻の上下を着込んだ青年たちが談笑している。外国人が一人いた。金髪で背が高く、両側から日本人に囲まれるようにして話している。彼が何か言うたび、おお、と日本人たちがうなずき、またどっと笑うさまが、提灯の下でひときわ明るく目を引いた。

アリスの姿が重なるのは当然で、初めて会った横浜では彼女が歩けば人が振り返り子供たちがついてきた。満喜子自身、通りすがる外国人を珍しげに見送ったものだ。あれからわずか七、八年で、今は古い京都でさえも外国人を自然に受け入れられるようになったらしい。

あまりしげしげみつめたからか、その外国人が満喜子たち女ばかりの集団に気づいた。

金色の髪。澄んだ灰緑色の目。そして誰より明るいその表情。

いつか運命の糸で呼び寄せられるその外国人の青年の目を、満喜子はそうとは知らずにみつめ返した。

むろん彼のほうでも同じだった。幼い少女たちともども、色鮮やかな浴衣《ゆかた》を着た女性ばかりの一団は、異文化の国から来た彼にはまぶしいほどだ。小柄な満喜子は特別に目立つ存在というのではなかったが、時間を費やして一巡すれば必ず他とは違うその存在感に視線が留まる、そういう娘であった。

二人はたまたま、そのようにしてみつめあった。

西洋の神に命じられ、たった一人で海を渡ってきた青年と、日本の神の祭の夜に、親しい家族で古都に来た満喜子。それはのちに訪れる出会いのための、ほんのささやかな偶然がもたらした序曲であった。

だがかめ子はその外国人をさしたのではなかった。再度、満喜子を肘《ひじ》でこづく。その動きは、違う、あっち、と外国人の向こうにいる日本人の青年をさしている。何か熱心に英語で話しているのは、神輿の説明でもしているのか。当の外国人の意識がこっちにあるというのに、気づかないで喋《しゃべ》っている。

佑之進！ 無言詣《むごんまいり》はもうすんだのに、満喜子は声を上げられなかった。まさか本当に願い事がただちにかなうなどとは思っていなかったが、それは間違いなく佑之進だった。

彼は一週間前に横浜に着き、帰郷の途上、京都に立ち寄っていたのであった。

蒸し暑い真夏の夜に、きちんと上着まで着た彼の姿が浮き上がって見える。もう背が伸びたというような物理的な変化で言い尽くせない、大人の男の安定感をまとっている。佑之進は確かに磨かれて帰ってきていた。

声もかけられず見守る満喜子に外国人の方が動かされる。ねえ、きみ、誰か女性が見てるよ、と佑之進の腕を叩《たた》いた。その間、ずっと満喜子の大きな瞳に縛られたまま。

佑之進が振り返る。話の腰を折られて、抗議の目を向けるが、その目はすぐに、同じ視線の延長上をたどることになる。そこには満喜子の大きな瞳があるのだ。あっ、と驚きがたちまちその表情に滲《にじ》んで広がる。

「おマキさま！」

今にも駆け寄りそうに声を上げたが、後の言葉は出なかった。外国人はゆっくり佑之進と満喜子を見比べた。日本人としては背の高い佑之進は、彼と身長がそう変わらない。満喜子はとまどいながら小さく会釈《えしゃく》した。

数日中には大阪の満喜子を訪ねるつもりでいた。京都では、アメリカ留学中に世話になった人から「日本に帰るならぜひ会うべき人物」としてこのアメリカ人青年を紹介され、まずはこうして一緒に出かけてきていたのだ。

「やあお懐《なつ》かしい。無事にお帰りになったんどすなあ」

先に声をかけたのはかめ子だった。アメリカ人の姿を見て、子供たちもおとなしくなる。

「佑之進さんとは、えらい、祭に縁ありますなあ。たしか前も天神祭で」

「廣岡様のご寮人《りょん》さま、お久しぶりです。皆様おそろいでお越しだったとは」

落ち着いた態度、静かな声。満喜子はまだそれが自分の知っている佑之進だという気がしない。かめ子との間でかわされる挨拶は満喜子と外国人とを残したまま弾む。

「皆様がお越しとは知らず、父から紹介を受けて、こちらのお客様をご案内してきました」

「河合屋はんが？　何やろ。三井の家に、えらい珍しい外人さんのお客さんやなんて」

留学帰りの若者とアメリカ人では、おそらく商売の話ではないだろうと推測はつく。

「三井様を訪ねて参りましたのは、どなたか人にお会いするためではなく、こちらのお屋敷を見せていただくためで。――でも、お祭だったとは知らずに来てしまいました」

「まあ、また祭て知らんとおいでなさったん？　では山鉾は？　山鉾見んと京の祭に来たとは言えまへんで。それがほんまの〝あとの祭〟や」

あきれたようにかめ子が言い、どっと上がる笑いの中で佑之進は頭を掻《か》いた。

実際、〝前の祭〟と呼ばれる山鉾巡行がすんでしまえば、まだまだ続く祭もこれといった見どころがなく、昔から〝後の祭〟と言われ諺《ことわざ》にもなっているのだった。もう一人の青年が英語でそれらの意味を説明すると、アメリカ人はおもしろそうに大きくうなずく。その間にやっと佑之進は満喜子に向かってちゃんとお辞儀した。

「お久しぶりです、おマキさま。先週、日本にもどったところです」

七夜詣《しちやもうで》がかなったのだから、もう何か言ってもよさそうなのに満喜子は言葉が出ない。

「どうしたん、マキおばちゃま、英語で喋ってよ」

無邪気な姪がからかうように満喜子にぶつかってはまた駆け出す。これっ、と叱《しか》った勢いでやっと一息つけたのは幸いだった。満喜子もやっとまともに佑之進を見た。

「よき収穫がございましたか？」

「はい。おかげさまで」

そんな短い会話しかできないまでも、それが四年ぶりの対面だった。

それでもよかった。これが満願、願いがかなうということなら、満喜子には二人の間に流れる空気すらもがきらきら見える。ありがたいのは、もう一人の青年がかめ子とアメリカ人の話し相手をしているおかげで二人だけで話せることだ。佑之進が小さく言う。

「ずっと、おマキさまにお会いしたいと思って過ごしておりました」

いったいどんな顔でそれを言うのか。確かめたいのに満喜子は彼を見られない。

「そんな上手な社交辞令が言えるようになったのね、佑は」

あまりに胸が高鳴るので、突き離すように言うしかなかった。かめ子が〝弟〟と言ったように、どんな時でも満喜子は彼の上に立たねばならないはずだ。血のつながりのない乳兄弟には後先はなく上下もないが、身分があるだけ満喜子が主で彼が従なのだ。

すると彼は突然英語になった。

「But I want to bring you next.（でも、次はあなたを連れて行きたい）」

英語になったのだから当然アメリカ人の青年が聞き耳をたてたようにも思えたが、幸い、彼はかめ子たちと片言でなおも祭について喋っている。

英語の中では佑之進は満喜子と対等な二人称だった。いや違う。あなた、ではなく、きみ——。英語には日本語のようにこまかな表現はなく、すべてがyouという二人称に包括される。だから今、彼の言うyouは、満喜子を上から見下ろす〝兄〟ではないか。

「I《アイ》 missed《ミスド》 you.《ユー》」

彼の告げた英語にはいくとおりもの日本語訳ができた。寂しかった、会いたかった、あるいは、ずっとあなたを思っていた――。表現は日本語の方が圧倒的にゆたかであって、彼の表す思いをこれと定めるには幅がありすぎる。いったい彼の真意はどれなのだろう。つかみきれずに満喜子は佑之進をみつめた。みつめあった。

けれどもすぐに二人の世界は破られる。

「そやけど誰に取り次げばよろしいんやろなあ？　叔父さんたちはみんな気ぃつかへんし」

相談を投げかけるかめ子の声が満喜子に向けられた。

祭の今日は、連日のように取引先が招待されているが、奥の座敷では誰が誰だかわからぬままに、派手に飲み食いして賑《にぎ》わっていた。仕出し屋から取った弁当が並んでいるし、酒もふんだんに用意されているので、すでに無礼講といった雰囲気だ。もっとも、親戚《しんせき》とはいえかめ子らも客ではあるし、小さな子供がいるので長居はできない。

佑之進がその気遣いに、慌《あわ》ててこたえる。

「すみません、申し遅れました。こちらはアメリカからいらしたヴォーリさん。今日知り合ったところですが、奇遇にも父と縁のある近江八幡《おうみはちまん》にお住まいで、一緒にこちら三井のお屋敷を見学に」

ウイリアム・メレル・ヴォーリズ、やがて満喜子の運命の波に合流するその男の名を、最初に紹介したのは佑之進であった。

「こんな古い家を見学どすか」

見慣れた者にはその価値がわからないものだ。豪商が保養のために建てただけに、随所に漂う風雅を、専門家なら見てみたいだろう。何を思ったか、アメリカ人が突然言った。

「今見テオカナイト、建テ直シニデモナッタラ、後ノ、祭」

たどたどしくはあったが、ちゃんとした日本語だった。さきほどの、山鉾を見ずに祭に来たとは後の祭、の説明を、即座に活《い》かした返答だった。かめ子はあっけにとられ、

「いやあ、こんな上手な日本語喋らはる外人さん、初めてや」

たちまちおもしろそうに破顔した。そのかめ子に、彼はうやうやしく言い添えた。

「うぉーりずデス。めれる、デイイデス」

ふしぎなアメリカ人だった。彼が喋ると空気が一気になごんでしまう。

「そりゃもう日本に来られて長いですからね」

もう一人の青年が言えば、佑之進もまた、

「この京都で建築中のYMCAにも関わっておられるそうで、有望な建築家なんです」

口々に、愉快そうに彼を語る。彼の知り合いであることが誇らしげだ。しかし本人は、

「ノー、ノー、マダ建築家デハアリマセン」

きまじめに訂正する。本当は、教壇をわずか二年で追われてからは定職はなく、日本で生きていくための定かな生計も失っていた。YMCAを介して求人のあった八幡商業へ、希望に満ちて赴任した彼だったが、若い学生たちに爆発的な人気を誇ったことがあだとなり、古い体質の保護者達の不安を煽《あお》って、町を挙げての迫害に遭ったのだ。しかし、人生、なんとかなるものだった。同じ在日米人のつながりで、京都で始まるミッション建築の現場監督として招かれた。彼はその現場内に、たった一人の建築事務所、ヴォーリズ建築事務所の看板を上げたのだ。かつてめざした建築家への道が、始まったばかりであった。

そんな苦労を微塵《みじん》も見せず、彼は陽気に自分を語る。

「建築家ハコレカラデスガ、詩人トシテハ長イデス」

「そうなんですよ、この人は、同志社のカレッジ・ソングの作詞も依頼されているんですよ」

青年たちがうれしそうに反応する。もう一人の青年は同志社の神学生であるのだった。とたんにかめ子が、ほんまどすか？　と声を上げた。彼女も同志社の女学校を出ている。

「同志社が設立されて四半世紀、そういうもんがいるて、皆はん言うたはったとこや。どんな歌詞どすか？」

皆が期待をこめてみつめるとアメリカ人ははにかんだようにまばたきをし、一呼吸おいてから歌い出した。

「One purpose, Doshisha, thy name Doth signify one lofty aim（一つの目的、同志社よ、その名は高みをめざす）……」

高らかな歌は明快で勢いがあり、聴く者の体を妙に弾ませる。たちまち神学部の青年が鼻歌で後を追った。

「なんやて、同志社にそんな歌ができるんかいな」

座敷の客の一人が聞きつけた。

「同志社がどないした。わしの息子が同志社や」

鼻歌は次々連鎖で酔客を呼んでいき、弁当を乗り越え一人、二人と寄ってくる始末。わけもわからず拍子をとる者もいる。最後は数人の唱和となった。歌い終わって、

「そうでっか、これがカレッジ・ソング」

さっきまで知らない同士だった者たちがヴォーリズを囲み、まあ一杯とにわかに連帯感が盛り上がる。

「おもしろい外人さんどすなあ」

接待する立場が、逆に他の客までもてなしてもらっている。かめ子は愉快だった。

後に、廣岡家と急接近して親しくなるこの男との出会いは、この夜にあった。

「彼は山鉾《やまぼこ》の巡行は見たことがあるそうです。尖《とが》ってそびえる鉾をずいぶん興味深く語ってくれました。日本人も欧米人も、やはり天まで届けと塔を築く思いは同じなのだな、と」

塔、か。ひさしぶりに、お茶の水からの帰りに毎日見て通ったニコライ堂を思い出した。あれに比べたら、祇園祭の塔の高さは尋常ではない。それだけ、天の神への思いがするどく切実だったということか。

「日本人、モット高イ塔ヲアガメマスネ。富士山。ソウデショウ？」

晴れた日には満喜子の通学路からもよく見えた富士。彼は突然それを引き合いに出

す。

「(それは違います。富士は、山そのものが信仰の対象です。日本には険しい山を、神だけが踏み込む聖域として修験道の修行の場とする山岳信仰がありますから)」

ヴォーリズが一つ問題提起をすると、日本の青年たちが懸命に答える。西洋と東洋の違いをひとつひとつつまびらかにしながら、青年たちはなおも議論をかわす。

「(私も以前、登ったことがあるのですよ。富士は断然、夕刻の富士ですね)」

太平洋を越え、彼が初めて日本へやって来た時、横浜港沖に停泊したチャイナ号の甲板から見えたのだという。皆はしんとして彼の簡明な英語に耳を傾けた。

夕刻のことで、茜色《あかねいろ》に染まった西空を背景として、富士はその頂上を雲に隠された「頭の欠けた円錐《えんすい》」の姿をしていた。東に西に裾《すそ》を長く引き、宙にくっきり稜線《りょうせん》を描いた巨大な山。アメリカから着いたばかりの青年は、これから自分が赴く未知の国に、見えざる神の導きを感じずにはいられなかったという。destiny――運命を、富士は象徴して招いていた。

「(それでその年の夏、教え子の一人と一緒に登ったのですよ。そして山頂から自分の立っている富士の姿を見ました。その時、ようやくわかった気がしたのです)」

何が？　と皆は乗り出す。輪の外にいる満喜子も彼の答えが待てない気がした。

「(太陽は西へ沈んでいく。山の影は東へ裾を伸ばしていく。私のいる頂上は雲に覆《おお》われ、おそらく下界からは見えないでしょう。でも頂上からは見える。地平線へ没する影は完全で、欠けることなくそのピラミッドのような完全形を落としていたのですよ)」

さすがに詩人であった。いずこか遠いところを見るような彼の澄んだ瞳《ひとみ》。それで？と皆が続きを聞きたがった。

「(雲に覆われ、頂上が欠けた山は、神を知らずにいるこの東洋の国そのものだと思いましたね)」

まだ見えずにいる高みこそが彼らの神の居場所であった。彼は、日本人が、地上のすべてを創《つく》りたもうた天地創造の神が誰であるかも知らず、何百年も暮らしてきたのだと指摘する。そしてそんな不完全な国にさえ、神はそのはるかな上から輝いて、欠けたものたちもろとも包み込んでいるのだと。

そこにいた皆が、見えるはずのない富士を見ていた。不完全な円錐をした富士山を、満喜子も見たような気さえしていた。それほど、彼の言葉は研ぎ澄まされて心に響いた。宣教を人生の使命と刻んだ彼が、余すところなくその能力を見せた場であった。

「あのう、うちもお話、もっと聞きとおすけど、そろそろ子供らが……」

空気を破ったのはかめ子だった。そろそろ子供らを寝かしつける時間なのだった。

「うちにかまわんと、あんたら久しぶりに会《お》うたんや、ゆっくり話でもしなはれな」

「お義姉《ねえ》さま、私も行きますから、待って」

慌《あわ》てて言う満喜子。女中もいるが人任せにはできない。姪《めい》の躾《しつけ》は満喜子の仕事なのだ。せっかくのかめ子の配慮も、満喜子の真面目《まじめ》すぎる性格では受け入れられるはずもない。

「おマキさま、後日、大阪にお伺いさせていただきますから」

佑之進までが慌てた口ぶりになった。帰国したら語りたいことがある。手紙に書かれた言葉のとおり、まだまだ話し足りないのはお互いわかりきっている。

「そうどすかぁ？　ほなそういうことにしときまひょか」

互いの遠慮をかめ子が引き取り、満喜子はうなずくだけである。

「ではまた大阪で」

佑之進には目で約束をして、立ち上がる。お客様にご挨拶《あいさつ》なさい、と姪たちに命じれば、さからいもせず、おやすみなさいとあどけない声がそろった。

七夜、無言で詣《まい》って、これで満喜子の願いはかなったのだ。さらにその先を念じなかった無欲は後にならねば気づかない。

アメリカ人青年がGood《グッ》 night《ナイ》, ladies《レイディズ》! と明るい声を追いかけさせるのを目の端に留めながら、満喜子は後の祭の余韻の中を通り抜けた。

では、また大阪で。――佑之進が言ったはずの言葉を、何度も思い出してみる。また、というのは来週あたりか今月内か、せめて夏が終わる前をさすのではないのだろうか。凝視していた暦から顔を上げ、満喜子はため息をついた。

今は十月。姪の多恵子の新学期も始まり、もうすぐ運動会と秋たけなわである。待っている間にどんどん時間がすぎていく。姪たちは目に見えて成長していくのに、自分は意味のない一日を重ねていくばかり。音楽科卒業以来、自分は何の進歩もなかった。満喜子はようやく焦《あせ》り始めている。

「浅子ママ、ご提案どおり、私、日本女子大学校に受け入れていただこうと思います」

決心は、廣岡家での毎日があまりに無難に過ぎて流れることへの悔いからだった。

「そうどすか、やっと決心したのやな。それがええ。ここにおったらもったいない」

浅子は喜んでくれたが、満喜子はまだ気が晴れないでいる。父のことがあるからだ。

「ただ、助手という立場にしていただけないかと」

教職に身を捧《ささ》げるつもりか、華族の娘ともあろう者が。——父の叱責《しっせき》をかわすには給与などという禄《ろく》を食《は》んではいけない、働くという生々しさをまとってはならない。華族はあくまで霞《かすみ》を食べるが如《ごと》く、優雅に、庶民の外側で立っているべきもの。今にも父の声が聞こえそうだ。

「それもそうどすな。もしええ縁談が来たら即座に学校は辞めなあかんやろし、その時あんたほど優秀な先生の代わりはみつけられへんやろうしな」

学校側の都合も満喜子の都合も考えて、浅子は寛大に言ってのける。ありがたいことだった。まさか急に良縁が来るなどあてにはできないことだったが、満喜子の頭には佑之進が浮かんでわずかに気恥ずかしくなる。あれから与七郎も現れない。気にはなったが、ただ待つ身でなくなることでいくらか楽だ。

さらに浅子は、ちゃんと末徳への対処も見通してくれていた。

「うちから手紙を書いて、学校側からどうしてもあんたのような優れたお人がほしいと要請するんを断り切れんかったと報告します。けど、あんたもいっぺん、会って話した方がええのんとちがいますか」

その通りだった。近頃では手紙も滞りがちだ。書くべき用件がないからだったが、兄の勘当が世間一般に知られる事実となって以降、父とはますます疎遠《そえん》になるばかりなのだ。

母校の女学院を訪ねがてら、満喜子が明石へ足を延ばしたのはもう久々のことだ。紅葉も過ぎた庭に面した座敷で向かい合い、じっと満喜子の話に耳を傾ける末徳。還暦がまた一歩近くなり、耳も遠くなって、何度か言い直さなければ話がちゃんと伝わらないようだった。

「よかろう。おマキは今東京にいる、と、それだけでも世間には言い訳になろう」

何の言い訳というのか、教師になることを意外にすんなり父が認めたのには拍子抜けした。しかし真相は、あっと驚く事情だった。

「斯波の成り上がりが、おマキを佑之進の嫁にもらい受けたいと言ってきおった」

雷に打たれたように身をすくめる。それでどうした？　結果はどうだ？　彼が何も言ってこなかったということはよくない結果か？　気持ちが先へ先へと逸《はや》って急《せ》いた。落ち着こう。あの時満喜子に言ったとおり、与七郎は本当に、正式に父に話をつけに来たのだ。そして、父はどうこたえた？

乳兄弟であり、千恵子やナツを介してもっとも身近に暮らした仲間。今は立派に学問を修め、斯波家の身代を引き継ぐ将来がその肩にある。年を重ねて薹《とう》の立った自分が、引き合わないと見下せる相手ではないはずだ。だが末徳は厳然と言った。

「無礼な話だ、いくら年を食った娘とはいえ平民に身下りさせられようはずもない。それならいっそ誰にも嫁がぬがよい。一柳家の恥じゃ」

冷水を浴びせられた気がして顔を上げる。そこにはあいかわらず傲慢《ごうまん》な父の顔があった。

「そうであろう、斯波にはたしかによくしてもらったが、それとこれとは話が別じゃ」

末徳は本当に怒っている様子だ。だがいったいなぜ、と満喜子は焦る。

「お父さま、待ってください、ちゃんと聞かせてください。もっと順番を追って」

「順番も何もない、最初からありうるはずのない話だ」

突然持ち出され、突然否定された佑之進との結婚話。しかしそれは、今まで持ち込まれたどの縁談よりも満喜子にとっては具体的なものだったのに。

いつもならそばで父をいさめる係のナツも、さすがに身内の話だけに姿を見せない。

「今までの奴《やつ》の厚意も、こんな下心だったかと思えば、おのれ、腹のたつ」

「どんな下心というのです」

ようやく満喜子の声は、真意を知ろうと父に向かう。

「考えてもみよ。かなわぬことは一目瞭然《りょうぜん》。おまえは平民とは一緒になれぬ。佑之進がよほど気張って、相応な業績を上げない限りは」

たじろぐこともない末徳。今まで彼を抑えた者などありはしないのだ。

「業績って、どんなことです？」

しかし満喜子も引いてはいない。いつもは父に質問も返さず、言葉のやりとりすら期待せずにきた。だが今は違う。それゆえに末徳は勢いをそがれ、ごほん、と咳払《せきばら》いをする。

「たとえば維新の元勲どものように、身分は低いが国のために働いて勲章をもらうほどの功績を挙げ、爵位《しゃくい》を頂戴《ちょうだい》した輩《やから》は大勢いる」

「維新だなどと、この安泰な今の日本で、そのような不可能なことを。――他には？」

父の顔色が明らかに変わった。満喜子に追いつめられているのがわかったからだ。

「たしかに家柄は大事ですが、九鬼の好子おねえさまの旦那様《だんな》も一事業家。千恵子の旦那様もそうです。ご本人がご立派であれば、女の身分など、何ほどでもないはず」

父への反発が、おさえられない水位に達していた。それは父というよりこの国のおかしな身分制度に対して向けられるべきだったが、当面の敵に向けて満喜子は走り始めている。

「好子の亭主は侯爵松方の息子だ。千恵子の亭主も父親は男爵だ」

末徳も下がらない。事実、彼らの父はみな華族だ。だが父親と結婚するわけではない。そんな満喜子の反論を見抜いたように、末徳は佑之進の父親を話題に上げる。

「今太閤《いまたいこう》などともてはやされても、しょせんは斯波も播磨《はりま》の田舎の百姓上がりだ」

胸のどこかがつくんと痛む。久しぶりの痛みであった。

「身上がりしおって、冷泉《れいぜい》家の女を娶《めと》るわ、貴族院議員には出るわ、与七郎め、藩主気取りもいいところであった。さらにわしを岳父に据えて旧大名の血筋を汲《く》もうなど、思い上がりもほどほどにするべきと思い知れ」

父への反発が沸点を超えたのはそのときだった。

「お父さま。四民平等の世に、おっしゃっていることはおかしいではありませんか」

これまで与七郎にはずいぶん世話にもなった。たよりにもした。彼は本来藩主がなすべき施策を個人で行い、貢献している。それを、いまさらその言いようはひどいではないか。彼がこれからさらに地元のためになそうとしている事業に〝元の殿様の御身内〟というお墨付きがほしいなら、それは形骸《けいがい》だけの元藩主がせめても役に立てることではないのか。

「小石川の家の玄関にあった衝立《ついたて》は、お父さまが福沢先生から直々に書いていただいたもの、とご自慢でしたのに」

天ハ人ノ上ニ人ヲ造ラズ　人ノ下ニ人ヲ造ラズ、そう書かれた文字の意味を、満喜子が読めるようになったのはいつの頃だったか。以来、ずっと不思議に思ってきた。一柳の家の中では、人の上には父がおり、父の下には女たちがいたことを。

「けれどももう、お父さまの下には誰もいないではありませんか」

いまだに子孫をかの地に残し慕われ続ける代々の藩主と、父とは違う。父はあの幕末の風雲をかきわけて躍り出た、一瞬の燭光《しょっこう》にすぎなかった。まったく新しい日の出にはなりきれず、といって古い時代に返ることもできずにここにいる。それを自覚せずに、ふたたび自分の下に人を置こうとするのは間違っている。

末徳は満喜子の大きな瞳にみつめられ、追い詰められて、怒りで顔を紅潮させる。人の目をみつめ返すものではない、おまえのその目は人を威嚇《いかく》する。――深夜の寝間で隣に眠るねえやを犯した父の、人ではないものの目の輝きをみつめた憎悪《ぞうお》がよみがえった。それをどこへもぶつけられず、父の前ではかならず伏し目でいるのを自分に課した歳月。あれ以来、満喜子は一度も父にさからったことはない。まるで嵐《あらし》が吹きすぎるのを頭を低くして待つかのように、どんな横暴でさえ無表情に聞き流してきた。それは無力な自分が生き抜くための知恵でもあった。だが今は違う。父に捨てられ縁を切られたとしても、満喜子には大阪という帰る場所がある。けっして伏せずに父をみつめた。

「こっ、この無礼者がっ！」

末徳が叫んだ。殴られる。いや、足蹴《あしげ》にもされるか。

何を、ひるむまい。負けるまい。

「御免、蒙《こうむ》り、候《そうろう》っ」

大きく叫んで頭を突き出した。父から逃げない、おそれない。拳《こぶし》を握りしめたその瞬間。

がっ、……がっ……と、頭の先で、何かがもつれひっかかるような声がした。

父に何が起きたかわからなかった。人間のものとも思えないくぐもった声が発し続けられる。

「御前、どうなさいましたっ。御前、御前」

そっと目を開いた。ナツが飛び込んできて末徳を抱き起こしている。父は興奮のあまり、目を剝《む》いている。仰向けになった胸が大きく上下して呼吸の荒さを伝えている。

「しっかりなさって、御前、御前！　誰か、誰か」

揺り起こすナツの必死の様子を呆然《ぼうぜん》と見た。そしてこわごわ近づいた。おマキ、おまえ、とかすれた声が絞り出され、必死の形相をした末徳が目を見開いた。

「ゆ、佑之進のもとに、嫁ぎたいというのか……」

唸《うな》るような声だった。満喜子のもっともやわな心の部分を射抜く問いだ。

呆然と父を見下ろした。そうだ、と揺るがず言い返せるだけの強い気持ちがあるならいい。だがこれは自分一人の気持ちであった。佑之進が自分をどう思うのかまだ知らない、自信がない。自分を対等な位置の女とみなして you と呼ぶ、強い言葉はまだ胸の内で生きてはいたが、後日訪ねると言ったきり、彼はいまだ訪ねてもこないのだ。

「喋《しゃべ》ってはいけませぬ。早く御前を寝かせて。お医者様を呼びに行って」

目の前で起きている事態が違う世界のできごとのようだった。駆け込んできた使用人たちに囲まれ、たちまち動かせぬ病人として遠ざけられていく父を、満喜子はなすすべもなく眺めていた。女の身で、養われている子供の分際で、父を追い詰めるなど、なんということをしてしまったのだ。満喜子は言葉が過ぎたことを激しく悔いる。ぬけがらのように横たえられる老人は、あの傲慢な父と同じ男ではないかもしれないのに。

身を固くしたまま、満喜子はじっと目を凝らした。

土佐堀の廣岡家に、長兄の譲二がひょっこりとやってきたのは秋の終わり頃だった。大阪には出張で来たのだという。だがその実、倒れた父の様子を知るためであるのは誰にも明かだった。勘当されたとはいえ、やはり親子の絆《きずな》は絶ちきれないのだ。

末徳はさいわい落ちつき、静養の日々を送っている。医者からはもっと自分の年齢を自覚し、怒気をおさえて興奮しないよう心掛けよと諭されたらしい。

「まったく、おマキには驚いた。父上を殺《あや》めるなど、私ですらできなかったものを」

「ひどい、殺めるだなんて」

真剣な声で満喜子は責めた。自分が犯した罪は、言われなくても誰よりわかっている。だがすべて自分が悪いのではない。父にも非があったのだと満喜子は言いたい。

「わかっているよ。私もおまえも、皆、あの父上の子なのだから」

同じ父の血につながり、同じ父を敵として戦っただけに、兄と妹の会話はひとしお深い。

千恵子の結婚式にも顔を出さなかった譲二だから、実に五年ぶりの再会になる。川崎に設立した化学工場の経営に就いており、彼一人、その生活圏を関東に置いていることが、満喜子ら関西に住む家族との交流を遠ざける一因になっていた。もっとも、恵三とは彼の東京出張の折に示し合わせて会うこともあるらしい。

「お兄さま、時折はお手紙くらいくださらないと、生きているのか死んでいるのかもわからないし、お葬式にだって行けないわよ」

譲二がすこぶる健康であるのを見て、満喜子の皮肉は冗談になる。譲二も負けずに、

「いや、おまえの結婚式には冥土《めいど》からでも参列するつもりだけれど、できることなら生きてるうちにやってくれよ」

やりかえしてくる。この兄とこんなやりとりができる事実が不思議でならず、満喜子はしみじみ兄の顔を見る。年が離れていただけに、幼い頃はただ怖かった。妹である満喜子には彼はいつも大人に見えたし、彼は家の中では特別な人であり、義母たちからも女中らからも、「若さま」と呼ばれ、別格の扱いだった。それが彼が生まれた時からの定めであり、一柳家の跡継ぎ、次の子爵、という位置づけであるのは満喜子もよく理解していた。だからこそ満喜子が親しく言葉を交わす存在ではなく、やはりいちばん仲がいいのは年の近い剛であり、今はともに住んでいる恵三とがもっとも親しい。

けれどもその長兄も、もはや一柳家の跡継ぎではない。子爵の位は、末徳から三男の剛に譲られることが決まっていた。

「初子お義姉《ねえ》さまも、お変わりなく？」

「ありがとう、達者でいるよ」

初子は譲二が跡継ぎの座を捨て去ることになった原因の女だ。廃仏毀釈《きしゃく》で廃寺となった寺の娘で、一柳家に奉公に上がっていたのを譲二が見初《みそ》めた。譲二よりは二つ年上で、帰る家とてない身の上だった。

やがて初子が身ごもり、二人の仲は引き返せないまでに進展したが、末徳は、せいぜい妾《めかけ》にすればよいと軽く考え、あしらった。それを譲二は、初子を正式な妻にすると言い張り、父や一族の者に猛反対された。今や親戚《しんせき》うちでも有名な話であった。

「並大抵の強情者ではなかったからな、兄上は」

そばで見てきた恵三も、今は兄の人となりを表す武勇伝として軽口をたたく。その譲二が、似た者親子といえるだろう。強情さでは優劣つかない二人であった。その譲二が、おマキには負ける、と笑うのだ。わかっているが満喜子は居場所もないほど小さくなる。

「それで父上は」

「ここのところは調子がいいみたいだ。昔ほどではないようだが」

恵三も、見舞ってやれば喜ぶのに、とは言えないでいる。ほとんど来客もない隠居暮らしに、縁を切った息子の訪問がただ懐《なつ》かしさに満ちているとは思えなかった。嫡《ちゃく》子《し》を勘当するのは末徳にとっても断腸の思い、振り払うことのできない一生の悔いであるのに違いないのだ。

「お父さまもお父さまだけど、よくまあ、お兄さまもそこまでのことを」

「しかたない。他に道はなかったのだ」

恵三の結婚の後のできごとだから、次男を養子に出してしまった後では、三男にしか家督を譲る宛《あて》はない。末徳も苦渋の選択だった。

「それほどお義姉さまが大切だったということでしょう。お兄さまは殿方の鑑《かがみ》ね」

「からかうのか。……そんなたいしたことじゃない」

暗い顔で否定する兄に、夫婦の絆とは何か、もっと迫ってみたかったが、先に恵三から穏やかに訊《き》いた。

「それで、兄上は子供はもうあきらめたわけ?」

最初の子供を流産した事実を慮《おもんぱか》るのか、言葉を選びながら、

「うちは女ばかりで、まだ産めと言われ続ける毎日だけど」

「いや、もう私は嫡男じゃない、嗣《つ》ぐべき家もないのだから、子供のことは問題ではない」

行く先々で、子供はまだかと聞かれることもあるのだろう、慣れきった顔で譲二は言った。たしかに勘当の身で、家を捨てた身の上ならばそれも道理だ。自分が負わされてきたのと同じ、家を継ぐためだけの絆としての子なら必要ない。

「さらに言うとね。初子の影響で、私もこのたび洗礼を受けた」

寺の娘でありながらクリスチャンとなった初子を、末徳は節操のない宗旨替えだと揶揄《やゆ》したものだ。さらに息子もひきずりこんだと聞いたなら、いくらキリスト教に寛容な父でもいっそう彼らを愚弄《ぐろう》するにちがいない。

「私には母はなく、父からも切り捨てられたが、父なるイエスはいつもともにいてくださる。だから、子がないことも、少しも不幸ではなくなった」

その穏やかな顔。兄は幸せなのだ、という気がした。背後に、ここにはいない初子の、ひかえめな姿が透けて見えた。

――なんだか、ひどく解き放たれた気分だよ。

譲二は恵三に、そんなふうに語ったことがあったという。生まれた時から嫡男としての責任を負い、子爵《ししやく》継承者として多くの義務を負ってきた。それが一気になくなったことへの解放感が言わせたのか。わかる気がする。――恵三もまたそう返したらしい。廣岡家の養嗣子となって一柳の名を捨てた時、何ものからか自由になったと感じたのだろう。

彼らにとって、家とは何だ。爵位とは何だ。誰もすすんでそれを愛した者などいない。なのにどうして皆は必死で守るのだろう。

譲二と父が決裂した本当のいきさつについては、後で恵三から聞かされた。女に血迷う息子に業《ごう》を煮やした末徳は、あろうことか譲二の留守に、初子に乱暴しようとしたのだ。初子さえいなくなれば譲二も目が覚める。そんな短絡的な考え方はいかにも独善的な末徳らしい。あわやのところで、偶然帰宅した譲二が現場に入った。激しい乱闘になったことは想像がつく。それは父子の喧嘩《けんか》というようななまやさしいものではない、一人の雌をめぐっての激しい雄と雄との戦いだったことも。最後は力で勝る譲二の、父への絶縁宣言で終息したその戦いは、逆に面目をなくした父からの勘当で幕引きになった。

にわかには信じられずに満喜子は身がすくんだが、幼い頃に暗闇《くらやみ》で見た、ナツの上にのしかかるおぞましいものがよみがえれば身震いがした。それが自分の父の行いと悟れば許せなくなる。同じ女の身から見れば、父は、弱い者をしいたげるけだものでしかない。

その時受けた乱暴で、初子は兄の子を流産した。以後、二人の間に子供はない。

むごいことを、と胸が詰まる。互いに好きな者どうしが周りに祝福されないことの不思議。身分が、門地が、財産が、あらゆるものが人を縛って動けなくする。そんな中でも、人は懸命に生き、生きた証《あかし》を次の時代に残そうとするのだ。

「私のことより、おマキがいちばん問題だろう」

風向きが変わり、満喜子の方へと突風が吹く。世間はいつも、子のない夫婦、嫁がない娘、世間の雛形《ひながた》からはずれた者たちにのみ、非難とも説教ともとれる目を向ける。まるで、それができないならば一人前ではないかのように。

「知りません。相手がいる話ですもの。お兄さまのような人だったら喜んで嫁《ゆ》きますけど」

どうか佑之進のことにはふれないでほしい。父を怒りで倒した原因でありながら、いまだ彼や与七郎が未来を変えてくれるという淡い期待を消せずにいる。兄にはそれを知られたくなかった。

「なんというわがままなやつだ」

「お兄さまには負けますが」

やりあいながら、満喜子は兄たちに許されているのを感じ取る。それは、ここが廣岡家という開放的な場だからであり、大阪という遠隔の地であるからであり、そして三人がそれぞれ大人になったからでもあるのだろう。歳月は、兄たちにとっても満喜子にとっても、よい形で流れたのだ。クロアルジにおびえ、ものも言えずに暮らした小石川の一柳家は、もうすっかり遠い。

「だがおマキには一言、父上を弁護しておく。父上にも言い分はあるのだよ」

父のことなど聞きたくはないと思ったが、勘当処分を受けた譲二が言うのである。不満顔でも満喜子は兄の話に耳を傾けるべきだった。譲二はゆっくり話した。

「大名家にとって、家督を継ぐべき子孫を残すことは何より優先される責務だということさ。その血統を引く男児はいくら多く生まれても多すぎるということはない。事実、子のない一柳家は一時は断絶の危機に直面していたのだし」

だからといってそれにうなずけば、女はただ子を産むだけの存在と認めることになる。

「納得いかぬ顔だな、おマキ。父上はご自分を含めた六人兄弟で育ち、長兄の隆備《たかとも》どのが九鬼家の家督を継いだほかは全員が養子縁組で他家に入り家督を継ぐ役目をはたしたのだぞ」

それは聞いている。次男の富清は下野《しもつけ》大田原藩の十三代藩主に。三男隆義は摂津三《さん》田《だ》藩十三代藩主に。四男秀隆は播磨林田藩主に。そして末徳は播磨小野藩主に。いずれも無城の外様《とざま》であるが、結束すればそれなりの力にはなったであろう。言い換えるなら、家長にそれだけの繁殖能力があったからこそ、綾部九鬼家が他家の命運までを救えたのだ。

身にしみてそのことを知っている末徳にとっては、多くの妾を持ち多くの子をなすことは、身分低き者にはわからぬ義務であるのだ、と兄らは言いたげだ。

「だから父上のすべてを許せ、とは言わんが、理解すべき部分もあるのではないかな」

満喜子は黙り込む。反論はできないが、うなずくこともまたできなかった。

頑《かたく》なな妹に苦笑しながら、兄たちは男同士、次の話題に移ってしまう。

「会社の業績はどうだ。戦争のあおりで社会経済は沈滞しているが」

実業家らしい経済談義だ。そこには満喜子が加わる余地はない。下がって茶など入れてこよう。そっと部屋を出て行きかけたその時、満喜子を釘付《くぎづ》けにする会話が耳に飛び込む。

「なにしろ、あの河合屋までが破綻《はたん》する時代だからな」

「飛ぶ鳥を落とす勢いで成長し、地元のために貢献したのは奇特なことだが」

「おまえの加島屋からもかなり貸し付けているのだろう？　回収は？」

「おそらく不能だ。債鬼が押し寄せていると聞いた。身ぐるみはがされて、うちの取り分などいくらもあるまい。今まで世話になった分を考慮すれば、しかたないとも思っている」

「そうだな。河合屋にはほんとうに世話になった。無念なことだ」

二人の会話を背中で聞いた。河合屋、と言ったのか？　あの、斯波の与七郎の会社のことか？　それが、破綻？　債鬼に追われて？　それは本当の話なのか。

「お兄さま、今のお話……」

青ざめて振り向いた満喜子に、二人の兄は複雑な顔でうなずいて返す。

「おマキには聞かせないでおこうと今まで黙っていた。だが現実だ。おまえ、受け止められるな？」

それは確認なのか、命令なのか。兄たちの目がそろって満喜子へ向かって来た。

「河合屋与七郎は破産した。再起は不能、もう未来はない」

見開かれる満喜子の目。威嚇《いかく》するな、とたしなめられたその大きな目は、今、兄たちの告げる事実に射抜かれてただ宙をさまよう。兄の言葉は続いていた。

「日露戦争の後、あちこちで倒産が出ている中で、よく持ちこたえた方だ。播州《ばんしゅう》鉄道を建設した負債が大きすぎたのだよ。他にも、ため池の造成や河川改修など、民間人が私財を投じて請け負うにはあまりに大きな事業に手を出しすぎたのだ」

錦秋《きんしゅう》の鴨池《かもいけ》、土手からせりだし川瀬に骨だけの脚を踏み入れる巨大な鉄橋。そして、河合御殿の偉容がよみがえる。長屋門、能舞台、なたね油工場に広大な庭。いつも凪のように現れ、悠々と前を歩いた与七郎。あの男が、破産したのか、一文無しになったのか。

目の前が真っ暗になった。よき土地にして、それらすべてを佑之進に引き渡すのだと、遠い目をして語った与七郎の、夢は夢で終わったのか。

「大阪、神戸の出張所はもちろん、河合御殿と言われていた屋敷はたいへんな騒ぎだそうだ。昨日までへつらっていた奴《やつ》らも、いったん破産となると、自分の生き残りのため、容赦はないと言うからな」

あの優雅な屋敷の内外、いたるところに債鬼の差し押さえの札が貼《は》られ、取り立ての者に時をわきまえずに踏み込まれ略奪されているという。

「では、では、あの……」

佑之進はどうなるのか、と問いたくて、言葉にならない。

大阪を訪ねる、と言った。多くを語らず京の祭の夜に別れた。与七郎と、どこより繁栄した地を築くはずだった。そのために四年もの歳月、異国で学んだはずの佑之進。

彼の手で、小野にはいくつもの洋館が建つのではなかったのか。

「佑之進か」

兄の方から尋ねてくれたのは幸いだった。こくり、とうなずく顔に色がないのは乳兄弟なら当然だろうと言いたかったが、それ以上の思いを寄せる自分をもう隠せない。

「気の毒だが、自慢の跡継ぎとして河合屋が育てた男だ。引き継ぐものが負債になっただけだ。養父の恩にはこたえねばなるまい」

なんということ。アメリカの大学で学び、やっとこれから与七郎の願いにこたえてその活躍の翼を広げてみせる時だというのに、彼は借財という重荷だけを引き継ぐのか。

河合屋が破綻したとなれば、彼には帰る地はなく、夢をかなえるための援助もない。あの与七郎が、時代の流れの棹《さお》を誤り、膝《ひざ》を屈して、持てるものすべてを失ったのだ。

風が鳴る。燃えるような赤い紅葉がふぶきのように散り流れ、その向こうを、鴨の大群が激しい羽音をたてて飛び立っていく。満喜子は呆然《ぼうぜん》と立ち尽くした。

大蔵谷を訪ねようと思い立ったのは翌日のことだった。兄の話は本当なのか、本当とすれば佑之進はどうしているのか、与七郎はどこにいるのか、居ても立ってもいられない気持ちに駆られた。そうだ、姉のナツなら何か報《しら》せを受けているかもしれない。そう思いつくのに一晩かかってしまったことになる。

だがその途上、満喜子が再会することになったのは思いがけない人物だった。

「だから帰りも乗ってあげると言ってるでしょう？　往復だから安くしなさい」

山陽鉄道の明石駅。かつて松平藩の居城だった堀端が正面にある。乗り合い人力車の停車場で、その人は地図を片手にこれからの道のりの料金を交渉していた。その勝ち気な声。

「絹代さんではないこと？　絹代さんでしょ？」

最初は人違いかと思った。だが洋装で、似た背丈似た顔の女はそうそういるまい。

「やっぱり絹代さん。あなた、アメリカにいたはずでは？」

彼女は余那子とともにアリスのもとへ旅だってほぼ四年になる。最後にもらった手紙では、帰国は少し先、きりのいい春をめどに、ということだったはずではなかったか。

「おマキさま、おマキさまなの？　あなた、どちらへ？」

まさかこんなところでめぐりあおうとは思わなかった旧友の出現に、彼女も同じくらい驚いている。だがどこへ行くのか、何をしにこんなところにいるのか、聞きたいのはこちらの方だ。あれほどの決心で旅立った留学はどうなったのだ、いつ帰国したのだ。それに、その思い詰めた顔は、あの天真爛漫《らんまん》な絹代とも思えないではないか。なのに絹代は先走る。

「もしかして、一柳の、おマキさまのお父さまのところへいらっしゃるのでは？」

言葉にしながら、食いつくように満喜子の手を取っている。

「私も連れて行ってください。お姉さまに、佑之進さんのお姉さまにお目に掛かりたいの」

あっ、と反射的に握られた手を引っ込めたのはなぜだろう。

「絹代さん、あなた……」

そうか、絹代も同じことを思いついたのか。佑之進の消息を知るには、実の姉であるナツしかないと。だがどうしてわざわざそんなことを——。

視線と視線がからみあう。それは同じ人をみつめる視線だ。同じ人を想《おも》ってその境遇を案じる目であった。だからこそ同じ場所で出会い、同じところへ訪ねて行こうとしている。この明石で、その人、佑之進の姉ナツに会うために。

「あなた、佑之進のこと……」

息が止まりそうだった。訊《き》くべきでなかったかもしれない。知って、何をどうできる自分でもないのだ。だが絹代は訊かれるのを待っていたかのようにはればれとうなずいた。

「ええ、おマキさま、打ち明けます。私、佑之進さんのことをずっと想っておりました」

そのおだやかな日。優しい顔。いつから、と訊くまでもなく、絹代は言った。独楽《こま》を投げこまれた御茶の水の濠端《ほりばた》で初めて彼に会った時から、彼だけを想ってきたと。

「今はそんなことより、この車が行ってくれるそうよ。おマキさま、先に乗りますね」

急《せ》かす絹代の声で我に返る。何度もこの地を訪ねて来て見慣れたはずの明石の城の石垣がゆがんで見えた。のろのろと後に続きながら、心はどこかに置き去りのままだ。佑之進、絹代、佑之進、絹代――。車は二つの名前を響かせて揺れた。

「始まりは、あのかたが貸してくれたチーフでした」

二台並んで走る車の中から、絹代は話す。覚えている、佑之進のイニシアルが刺繍《ししゅう》された白い清潔なリネンのチーフは、満喜子の手から、絹代に渡っていったのだ。

身を乗り出さない限り互いの顔が見えないことは、今の場合、幸いだったと満喜子は思う。

チーフを返したいという口実でたびたび佑之進を訪ね、そのつど返さず次の機会につないだという積極性はいかにも絹代らしかった。陸軍卿《りくぐんきょう》の家での家庭教師は紹介者が与七郎であったので何かと理由をつけやすかったとも笑う。おかげで彼のアメリカ留学もいち早く聞きつけ、追いかけるようにして出発した。すべて、恋するがゆえの疾走だった。

「佑之進さんがアメリカに行くから私も急いだ。佑之進さんが日本に帰ってしまったから私も帰国を決めた。あの人がいない場所なんて、何の意味もないもの」

ニューヘイヴンのアリスのもとでは、週に一度、許されてイエールへ聴講に行き、経済学の講義を聴いて佑之進との接点をつないだ。ニューヘイヴンに学園町の空気を醸《かも》し出す広大なイエール大のハルニレの木立の美しさ。規模も大きく学生の数も多いイエール大では、東洋人の男女が二人まぎれこんでいてもまったく目立たなかったにちがいない。

あたりから音が消え、暗い中を走っている気がしている。満喜子の心はうつろだった。今、四年ぶりに再会した友ならば、その空白の時間を埋める他愛ない女どうしの会話があってしかるべきでないだろうか。けれど絹代は一方的に自分が過ごした密度の濃い青春の日々を語ってやまないのだ。

「帰国後も、ずっとついていく気でおりましたけど、こんなことになれば、予定を早めてでも追いかけなければ。もう、胸がつぶれそうでした」

居ても立ってもいられずアリスのもとを飛び出し、帰国の途に就くについては、すでに決められた許婚《いいなずけ》の危機だからと伝えたそうだ。アリスはすべて納得の上で絹代を帰してくれたという。

だが真実は、約束も何もない男を勝手に想い、苦境に放置したまま失うことができなかっただけ。彼のために何かしたい、力になりたい。絹代の切羽詰まった思いが太平洋を駆け抜けたのだ。——なんという行動力。なんというまっすぐさ。

胸に鉛を打ち込まれたような、熱く、重く、鈍い感覚が満喜子の全身を巡っていく。思いもしないなりゆきだった。佑之進を見つめていたのは自分だけで、一緒に育ったこの距離の内に誰か他の人間が入り込むとは考えもせずにいた。

「でも絹代さん、佑之進の家はもう、どうにもならないかもしれないのよ……」

自分自身の衝撃を去らせるために満喜子は悲観的な材料を持ち出す。その声の生気のなさ。我ながら、どこかを撃ち抜かれたような脱力感が全身に広がるのを何ともできない。

それに反して、絹代のいきいきとした、はずむ声はどうだろう。

「知っています、でも何かできることがあるかもしれない。だから現状を知らなければ」

少女の頃からちっとも変わっていないその積極性、その行動力。留学したいと決めたら女書生《おんなしょせい》になってでもと家を飛び出した、あの勢いは今も健在なのだ。

では絹代にどんなことができるというのか、この場で訊きたい衝動に駆られたが、満喜子は抑えた。訊いてしまえばますます自分は敗北感にまみれるだろう。自分にはない、人として女としてあらゆる魅力をそなえたこの友に。

敗北感、と言った。いつ、自分たちは勝負をしていたのだ？　激しい衝撃がまた満喜子を愕然《がくぜん》とさせる。勝負などしない、と彼女の挑む目を避け続けた女学生時代がよみがえる。虎《とら》は鼠《ねずみ》と勝負せぬもの、そう決めてきたが、恋に惑う女はみんな愚かな小鼠だ。負けんとき、浅子はそう言い、切磋琢磨《せっさたくま》、二人を好敵手として励ました。だが負けるな、とは、傍目に見ても負けているから、劣勢だから、応援するのだ。自分はもう絹代に負けている。

今はその勝負そのものから逃げたかった。それには佑之進がおしえてくれたあの言葉——御免蒙《こうむ》り候《そうろう》、と言えばすむのだろうか。いや、言えばその場で佑之進を放棄することを意味する。そんなことが自分にできるのか。彼を絹代に譲れるのか。助けてほしい、自分はいったいどうすればいい？

満喜子の心を揺さぶりながら車は走り、見慣れた一柳家の門前に着いた。

「絹代さん、ここで少し待っててもらえる？」

父が倒れてからは初めての訪問になる。また興奮させたりすることがないよう、満喜子は庭先に絹代を待たせ、縁側から屋敷に入った。大蔵谷の家はいつものように静かだった。

深呼吸して、気持ちを払う。これは自分自身のためにすることだ。

しかし奥に進むまでもなく大きな声が聞こえてきた。ナツの声だ。

「お待ち下さい、御前、少しは私の言うことも聞いてくださいまし」

狂乱したかのような声だった。末徳は逃げるように座敷を通り抜けて縁側に来る。

「何度も同じことを言うな、もうどうしようもないことじゃ」

のそのそと動きも鈍重な末徳を追いながら、ナツが何度も懇願する。

「御前、御前、お願いです。斯波も、この家のためにあれだけ一生懸命やってくれたではございませんか。その功績に免じて、なにとぞ佑之進を、佑之進を助けてくださいまし」

口をへの字に曲げた末徳は黙って目を閉じ、ナツが静まるのを待っていた。

「心配せんでも、佑之進に負債がのしかかっていくことはない」

「でも御前……」

誰より弟の出世を喜び自慢としていたナツだった。それだけに、昇った高みから転げ落ちることは恐怖ですらある。なのに末徳の言葉は非情だった。

「男なら一から始めることだ。養父のふんどしで取るすもうなど、真の武士なら望むまい」

体のいい縁切りとも言えた。明治維新の動乱を生きてきた末徳には、昨日まで栄えた者が地に落ちるさまなど、いやというほど見てきたのだ。泣き崩れるナツ。絶望とは、沈みゆく者を助けることのできない我が身の非力を認める瞬間なのかもしれない。

満喜子は土間の冷たいその場にくずおれた。二人が一緒になれる未来どころか、彼ひとり立ちゆく前途が見えないのだ。そして自分には、何もできない。ひんやりと薄暗いその場所は、ひさしぶりにあの物《もの》の怪《け》の瘴気《しょうき》を感じさせた。不幸と絶望とをいちはやくかぎつけてしみ出してくる闇《やみ》の感覚。もう自分たちに未来はない。

振り返ると、待っててと言ったはずの絹代が立っていた。一部始終を聞いた証拠の曇った表情を隠せもしない。ナツ、満喜子、そして絹代。佑之進を思う気持ちは同じであり、何もできない無力もまた共通だった。末徳が歩いて過ぎる廊下のきしむ音だけが聞こえた。

3

年の暮れの東京はせわしなかった。ゆきかう人の肩が小柄な満喜子をこづくように流れて行く。満喜子は浅子の勧めにしたがって、目白台にある日本女子大学校で助手となっていた。

今まで学生として教わる立場でしかなかった自分が、逆転して教える立場に立つ。その状況の大転換、初めて立つ教壇にも満喜子がこれといって身構えなかったのは、やはり混乱していたから、心ここにあらずの状態だったからとしか言いようがない。そして実際、生徒たちには申し訳ないが、心を教壇に投入しきることはできなかった。主に授業を務める教授ではなく助手であったのは完璧《かんぺき》主義者の満喜子にとってはせめてもの言い訳だった。

学期が終了して生徒を送り出した後は、大阪の兄の家に帰省するつもりだ。東京では浅子の世話で大学ちかくの三井家の別荘に下宿させてもらっている。小石川にいる兄の剛とも遠くないだけに、帰省前の挨拶《あいさつ》に伺うつもりの午後だった。異母姉の喜久子の病院も見舞っておきたい。そう考えて、こみあう目白の停車場に来たのであった。世の中はふしぎだ。これだけたくさん行く人々にも、それぞれつれあいがあるのだろう。男には妻が、女には夫が。今通り過ぎた禿頭《とくとう》の男も、無愛想な小太りの女も、問題もなく結婚をして普通に家庭を築くのだ。なのに、その普通のことがなぜ自分にはできない？ 皆が自分に結婚、結婚と言う。ではやってみようか、顔も知らない隣をゆくこの男とでも？ 無理だ、世の中の人々には普通のことでも、自分はそうはいかない、できはしない。

それは自分が華族だからか、誰より高学歴な女であるからなのか。自分で問いかけ、自分で答える。違う、心が求める人はただ一人、あの人以外にないからだ。どうしてこんな不自由なことになったのだろうと、また目の奥が潤《うる》んでくる。

その時、人ごみの中に、人の流れとさからうかたちで立っている男を見た。

この停車場にいればいつかは大学から帰省する満喜子に出会えると信じて待っていたのか、その目はまっすぐ満喜子だけを探し当て、視線を揺らさなかった。

濃紺のコートに身を包み、ポケットから懐中時計を出して見るこなれた態度は、思ったほどにはくたびれてはおらず、満喜子を安心させた。しかし前に会った時より確実に痩《や》せていたのは、この数ヶ月、彼を襲った境遇の激変がもたらしたものだろう。

「おひさしぶりです、おマキさま」

もう会えないものと思っていた。いつか会える、とも思っていた。おかしなことだ。矛盾する自分の気持ちに気がつかず、立ち止まったまま一歩が出ない。

ではまた、と別れたその後が、こんなかたちでつながるとは。

帰国を迎える祝いも、米国滞在の報告も、何もかもを短縮しての再会だった。

黙礼し、佑之進は待合室のベンチを指さした。正面切ってどこか静かな場所で向き合える間柄ではない。こうやって、隣が誰だかわからぬ人ごみこそが、若い男女が言葉を交わせる唯一《ゆいいつ》の安全地帯にほかならなかった。まるで偶然隣り合わせた旅人どうしのように、満喜子と佑之進は待合室の隅のベンチの角に並んですわった。

「大変だったと聞きました」

「はい、大変でした」

養父与七郎の破産と斯波家の没落。想像しただけで、それは「大変」と一言でかたづけられる状況ではなかったが、そんな簡単な言葉しか出てこない。

しばらく二人はうなだれていた。

待合室には、商人風、事業家風、里帰りする日本髪の中年女性とそのお伴など、さまざまな人が列車を待ってざわめいていた。

それで佑之進は、今どうしているのか、これからどうしていくのか。聞きたいことが満喜子の胸の内にうごめいている。だが、聞いてどうなるものでもないのだった。満喜子には、彼を救う力もなければ、慰めることすらできる立場にないのだった。

「こんなところでお待ちして、ご迷惑でしょう」

ようやく佑之進が言った言葉に、満喜子はただ首を振った。自分も会いたかったのだと、胸で暴れて吹きこぼれそうな言葉をおさえるためにはそうするしかなかった。

「いつかみたいに、独楽《こま》だけ投げ入れてしくじって去られるよりはずっとまし」

そんなふざけたことを言うぐらいしかできない。力なく佑之進がほほえんだ。

「河合屋が左前になっている事実は帰国後すぐに知りました。しかしその全貌《ぜんぼう》を知ったのは祇園祭《ぎおんまつり》からもどった後のことです。どうにもならないところまで金策も尽きておりました。養父《ちち》はせめて私が帰国するまでは、と石にかじりついて踏ん張っていたようです」

台風の災害復興のため、田畑の三分の一を売り払ったという与七郎だが、さらに、ため池の造成でまた三分の一、そして鉄道敷設《ふせつ》では、借財が彼の資産を大きく上回った。けっして彼ひとりが私腹を肥やし贅沢《ぜいたく》に溺《おぼ》れた結果の破産ではないというのに、現実は非情であった。一文無しになった彼は、今は東京に出て来て、再起をあきらめずにいるという。つぶやくように佑之進が語る与七郎の身の流転《るてん》は、あの、風をはらんだような颯爽《さっそう》とした姿を思い比べるにつけ、胸に痛い。

「養父が、寸前のところで私との養子縁組を解消しておりました。おかげで、私にまでは債鬼は追いかけてはこないのです」

まだ彼を見ることはできない。つらくて、彼が気の毒で。

「お恥ずかしいことに、その上で明石の殿様のもとへ、おマキさまとの結婚をお願いに上がったようです。私をなんとかしたいと考えた愚かな親心、どうかお許しのほど」

謝らないでほしい。頭を下げる彼が、満喜子は何より悲しい。涙があふれた。

「こんな情けないことになり、おマキさまにもご心配をおかけしたことでしょう」

やはり佑之進も満喜子を見ない。

「しばらくは上方へは帰れませぬゆえ、おマキさまにお会いし、佑之進は元気だったと姉やチエさまにお伝えいただく所存でございました」

またうなずくのみだ。

「元気で、生きてさえおりますれば、なんとかやってゆけます。どうぞ心配なきようにと」

もっと大きくうなずいた。伝えよう、ナツにも、チエにも。だがそれだけか。二人への伝言を託す媒体としてだけ、自分を待っていたというのか。

わたくしには、何か、ないのですか、伝えたいことが。――だがどうしてそんなことが言えよう。そして自分は、いったい何を伝えてほしいというのだろう。

「ではもうまいります。私はくじけません。地上にどこからでも見える塔を築いて、おマキさまに達者でいるとお知らせします。そしていつか、養父与七郎のような男になって、お目に掛かります」

言いながら、もう立ち上がろうとする佑之進。ベンチの隅で、互いを見ることもなくつぶやくだけの二人を、そろそろ周りの客も不審に思い始めた。好奇心にみちた人の目が気になる。続いて立ち上がりながら、満喜子は心が急《せ》いた。これで別れていいのか。何か大事なことを忘れてはいないか。しかし佑之進は歩き始めている。

「アメリカからいただいた手紙、……私、うれしかったわ」

彼の背中に、それだけでも言うためには、全身をたぎらす鼓動と勇気が必要だった。帰ったら話すことがある、そう書かれた文面が脳裏をよぎる。Maki と自分を呼び捨てにした書き出しや、Yours. と締めた手紙も。

佑之進は振り返り、満喜子を見た。その目は冬の断崖《だんがい》を洗う波を思わせるような絶望に満ち、すさんだ、悲しい色をしていた。

「お忘れください」

愕然《がくぜん》として足が止まる。

そしておしあわせに、とつぶやいた彼の口の動きは満喜子には見えない。

あの親しげな、別人のようにはれやかな男、Yunoshin、は初めから存在しなかったというのか。

かつて与七郎は満喜子に言った。佑之進をささえてくれ、この小野の地をふるさととして豊かに築いてくれと。おそらく彼の願いは佑之進も聞いたであろう。あるいは、元藩主の娘である満喜子との未来も、何らかのかたちで思い描いて語ってあったのかも知れない。

なのに今、彼と自分は、ただナツと千恵子への伝言役としてしか存在しない。たのむから言ってほしい、何でもいい、未来につながる一言を。

すがりつけない満喜子がいる。頭を下げて背を向けていく男をただ呆然《ぼうぜん》と見送る。自分をここに留め置くのはいったい何だ。華族としての矜持《きょうじ》か、学歴高い女の誇りか、あるいは彼を慕う絹代の思いへの友情か。違う、単に愚かな女だからだ。

彼の方から駆け寄って、求めてくれれば何でも差し出しただろう。だが求められてもいない女がみずから投げ出すものは何もない。世界中で、自分ほど価値のない女はいなかった。

佑之進が立ち去っていく。佑之進が遠ざかっていく。佑之進が、人ごみの中に、消えていく。――もう、見えない。

雑踏の中に年末大売り出しの呼び込みの声や鳴り物が響いてかしましい。それが遠い祭の日に聞いた晴れやかな音と重なり、胸を切り裂く。祝うて三度、チョチョンのチョン――。

もう、会うこともないのであろうか。満喜子は、胸を切り裂く痛みに耐えることができなくて、思わず顔を歪《ゆが》めた。さいわいなことに、せわしなげに行き交う人は、小柄な娘が泣いていることなど気づきもしない。幼い日、泣き止《や》むことが出来ずにしゃくりあげて止められなかった。あの日以来、母が亡《な》くなった時でも泣かずにいた。だが今はおさえられなかった。大事な人を失った、その事実だけが胸を切り裂き、心の中で何かが回る。きりきり心に食い込む、それは思い出という独楽なのか。涙でゆがんだ停車場の中を、回る、回る、なめらかに回る赤い独楽。ひとすじの軌跡を描いて駆け抜けていった。

それは病であったのか、なかったのか、満喜子にはわからない。何をしたわけでもないのに突然心臓が早鐘のように動悸《どうき》を打ち、暴れて、飛び出しそうになる。胸が張り裂けるほどに激しいこの不整脈を、医者は正しく期外収縮と診断したが、なぜそうなるか、どうすれば治るかは不明だった。何か心に大きな心配事でもおありでは――。そう伝えられて初めて皆は顔を見合わせたのだった。

「おマキちゃん、今のままではおかしゅうなってしまう」

七夜詣《しちやもうで》の願いが叶《かな》い四番目の子をみごもったかめ子が、やけに高ぶった声を上げていた。おかしくなる？　たしかに、心臓が暴れるたびに立ち止まり、考え込み、うずくまる、そんな女が正常には見えないだろう。そうか自分はそんなにも皆に心配をかけていたのかと、初めて気づく義姉の声だった。大学へは浅子が休職願いを出してくれたが、この様子ではとても教壇への復帰は難しい。

「忌々《いまいま》しい娘だ。いったいいつまでこのわしを悩ますのじゃ」

当初、恵三から満喜子の容態を相談された時、そう言って怒りを爆発させた末徳だった。

彼にしてみれば、敬愛する福沢諭吉の名言をとって父を言い込めた利発な娘だ。知識や思考では並の男は勝てまい。このうえ気鬱《きうつ》で病院に入れるなど、ますます結婚には不利になる。末徳の頭にあるのは娘の治療や回復ではなく、何より子爵家《ししゃくけ》としての体面なのだ。

かつて末徳もさまざまな女に手こずった。けれどいつも男の力でねじふせてきた。しかし、最後の女は、娘という、断じて力で押し切れない種類の女であるのが皮肉であった。これはあの権高で教養高い正妻栄子の呪縛《じゅばく》なのか。

忘れ形見の満喜子の中には、今はっきりと栄子の影が宿っている。しかもそれは、遠ざければすむ他人の女とは違い、自分が血を分けどこまでも絶つことのできない我が子なのだ。栄子は、そんな厄介なものを自分に押しつけ残していった。

愛と憎とは裏おもて。愛《いと》しいが厄介きわまりないこの娘をどう片付けるか、栄子がまるでお手並み拝見とでも言って高笑いしているような。そんな気がして、つい深酒が過ぎる。

父を怒らせていることは満喜子にもわかっている。兄や浅子を心配させていることも知っていた。だが何が起きたか、自分自身でわからないのだ。

こうしている間にも、彼はどうしているだろう。何かささえはあるのだろうか、未来に宛《あ》てはあるのだろうか。Yunoshin と、その名を呼んだ。自分を you と対等の二人称で呼び、この人生で最初に男と認識した人。かつて止まらなくなった涙を止めた彼だからこそ、今の涙も呪縛のように彼本人にしか止められないのだと思う。そして心が探している。彼が今にもここに現れるまぼろしを。大丈夫、お泣きなさるな、と言ってくれる一言を。

ありうるはずのない幻影を求め、心が泣いた。泣いて泣いて、そのうちなぜに自分が泣いているのかすらわからなくなった。

いつのまに、ここまで彼が、いて当然の存在になっていたのだろう。いなくなって初めて思い知らされた事実の重さ。どこでどうしているか、誰に尋ねることもできず、突然消息を絶った男の今を想像すれば、絶望的な苦境しかない。それでも知りたい、会いたいと願う聞き分けのなさだ。恋しいという言葉の存在を、ナツとの別れの後も母の死後もいまだ満喜子は知らずに来たが、身を揉《も》むほどの悲しみがこの世に存在することを、長く学んだ学校では誰も教えてくれなかったのは確かであった。

ある日兄が言った。もう見てはいられないのか、満喜子と目を合わさない一言だった。

「おマキ、おまえ、アメリカに遊学したらどうだ」――

ぼんやり聞いたその提案が、当初、父の意志であるとは思いも寄らなかった。

「外国なんて、お父さまがお許しになるわけがない」

無意識に首を振っていたが、兄は顔をゆるませ、こう言った。

「そのことならおまえは何も心配しなくていい。父上は了解ずみだ」

父が、外国行きを、許した？　この自分を誰の目もない異国へ解き放ち自由にすると？　それは、もう嫁に行かなくてもよいということを意味するのか。……まさか。

だが兄の次の言葉で納得がいった。

「おまえが嫁に行かないのは勝手だが、父上としてはお困りなのだ」

なるほど、二十四歳にもなって結婚もせずにいる娘を恥と思う気持ちが、どこでもいい、自分の目に入らない遠い外国へ捨て去りたいと願ったわけか。子供の頃、何度も脅されたように、聞き分けのない者は捨ててしまうとの言を、いよいよ実行しようというわけだ。

「おそらくそのご了解の中には、外国で気が合う日本人でもいれば、おマキが自分で結婚相手をみつけてこようという算段もおありなのだろう」

なんと安易なことを。だがいかにも父が考えそうなことではあった。留学といえば上流家庭の娘にしかできない進路のようで面目もたち、体のいい厄介払いができるわけだ。

父の本心はわかったけれど、悲しくはなかった。そうか、やはり自分を捨てたいのかと、ふしぎと心は素直であった。それなら捨てられてみよう。もうこの国にいて、望むことは何一つない。捨てられるのではなく、自分から父のもとを飛び出すのだ、と。

「行くのか、本当に」

いとまごいに訪ねた父は、今さらのように呆《あき》れていた。アメリカ行きは末徳にとっても雲をつかむような話だ。だが捨てたいくらい厄介なこの娘への見せしめとしては妥当であり、どこか遠くで笑って見ているはずの栄子に対して溜飲《りゅういん》を下げる方法でもある。なのにそれを罰とも思わぬ満喜子の平然とした行動力には、もう何も言うべき言葉はない。

こんな父ともうしばらく会うこともないと思えば満喜子もやさしくなれた。とりあえず女高師時代の恩師であるアリス・ベーコンを訪ねて行くことだけ決めてある。向こうにはまだ余那子もいるし、従姉《いとこ》の好子が喜んで旧知のアメリカ人を紹介してくれた。さらに、浅子の大阪教会での知り合いが、ちょうどアメリカへ帰国するクレメント夫妻に道中のお伴をたのんでもくれた。その先どうするかは何一つ定まってはいない遊学だが、この父と別れられるという事実がとりあえずの未来であった。それほどに長く嚙《か》み合わずにきた父娘《おやこ》である。父は娘を捨てたつもりであり、娘は父から飛び出すつもりでいる。それで納得しあって事態は進むのだ。

「ならばこの金子《きんす》を持って行くがいい。おまえの婚礼のしたくにと蓄えておいた金だ。もう使うこともないかもしれぬな。月々のものは恵三から送金してもらうようにしておく」

父と自分の間に隔たる距離の半分ばかり、畳の上に投げ出された袱紗《ふくさ》包みを黙ってみつめた。御免蒙《こうむ》り候《そうろう》。そう言って突き返せるならどれだけ溜飲が下がることだろう。しかし、反目しながら、結局は父の庇護《ひご》がなければ生きていけない身であることは痛感している。

これで最後にしよう。アメリカに行ったなら、必ずそこで一人で生きていく道をみつけてみせる。一呼吸つき、満喜子は深々と頭を下げて、封のされた金を受け取った。

「ありがとうございます。行ってまいります。お父さま、どうかお達者で」

もしかしたら今生の別れになるというのに、もうそれで話題などない二人であった。

「おマキはん、今、おもしろいお客さんが来てはるのやけど、顔、出さん？　気が晴れるで」

そう言って、渡航の用意にうちこむ満喜子の手を止めさせたのは浅子だった。出発はもう一週間後に迫っていた。

「あの人の話を聞いたら、誰でも、負けんとこ、ていう気になる」

すすめに従って満喜子が応接間へと顔を出していたなら、その後の運命も少しは変わっただろうか。客とは、後にめぐりあうウイリアム・メレル・ヴォーリズであり、大阪教会を通じて彼との知遇を得た浅子は、彼のその若者らしい活力に圧倒されて、とうとう家に呼ぶまでの親しさになっていたのだった。

「たった一人でアメリカから日本に来て、滋賀県立八幡商業学校で英語を教える先生をしてはったんやけど、えらい妨害に遭って、そらもう、聞くも涙や。それでも負けんと日本でがんばってはる姿、これから逆にアメリカに行くあんたには、励まされる話やと思いますで」

日本に着任するや、みずからの宣教として課外授業で聖書講読を始めたメレルは、そこにあまりにたくさんの生徒が集まったことで、親たちに危険視されてしまうのだ。大事な息子がアメリカから来た教師に心酔して耶蘇《やそ》に洗脳されてしまうのではないか。親たちの危機感はそんなことであり、田舎町に限らず日本はまだ頑迷な意識に覆《おお》われていたのだ。廃仏毀釈《きしやく》で劣勢に追い込まれた仏教勢力がその不満のぶつけどころをキリスト教に向けたことも災いした。メレルは目の敵にされ、彼が組織したＹＭＣＡに対抗して、仏教勢力ではＹＭＢＡなるものまで組織した。ここまでの騒ぎになっては学校側も長いものに巻かれろで、ついにメレルを辞めさせてしまう。

むろん彼は引き下がらず県の教育課へ訴えて出るが、面倒を避けたがる役人らは暖《の》簾《れん》に腕押しで、メレルの正当な抗議は聞き届けられることはなかった。それでも本国には帰らず、建築家としてゼロから出発したのが彼なのである。

東と西、太平洋を挟んだ違う国に生を受けた二人が、はるかな距離を経てやっとこの時同じ屋根の下にまで近づいた。満喜子も、すでに祇園祭で会ったあの詩人であると知ったなら、また反応は違っていたかもしれない。だが――。

「いえ……浅子ママ、もう少しだから、やってしまいます」

やり始めたらやりとげるまで集中する、それが満喜子のきまじめさであった。そんな気性を知りぬいている浅子も、それ以上はすすめなかった。

「そうか、そやな、向こうに行ったらアメリカ人なんか嫌っちゅうほど会うもんな」

むろんメレルのようなアメリカ人がそうそういるはずはないのだが、浅子があっさり引いたことで、運命の男と会うための扉は、この時はまだ開かれることなく終わるのだ。

「羨《うらや》ましいことや。うちがもう二十ばかり若かったら、おマキはんと一緒に行くんやけどな」

　ほぼ詰まった荷物を浅子は感慨深げに眺めた。女として得るべきものすべてを持った浅子が、満喜子の何を羨むというのか。自分は何も持たないゆえに、しかたなく海外へ流れて行くのに。そう、流れていく自分は、この国の女の〝正しい〟生き方ができなかっただけなのに。

「一つだけ、おマキはんに言うておきたいことがあるのや」

　浅子は満喜子の隣に座り込んで、改まって言った。

「佑之進はんはたしかに前途有望な、ええ男やった。惜しい人やと思いますけどな」

　誰もが腫《は》れ物にさわるようにしていたそのことを、怖《お》じずに浅子は切り込んでくる。

「けど、まあ、結局おマキはんとの縁がなかった、ということどす」

　その名を聞くだけでまだ胸のどこかが痛い。そんな男の話を、ためらいもなく、浅子はする。

「思えばあの人がおマキはんにアメリカへ行くチャンスをくれたんかも知れまへんで」

　平然と聞いているつもりなのに、意思とは裏腹に涙があふれて流れた。

　佑之進は風や空気と同じ、自分が努力せずとも常にある、そういうものであるかのように思っていた。その怠慢を今にして知る。なくさなければその空虚さをはかることができないとは、人はなんと愚かなのだろう。

「縁のある二人なら、どんなにこじれてもまた会える、一緒になれる。けど、やめとき。破産者のところにおマキはんをみすみすやるのは、御前だけやない、うちらみんな反対やし」

言われるたびに心がばっさり切り裂かれる気がした。

涙が止まらぬ夜、満喜子は一人、起きあがって屋敷の内をさまよったものだ。涙は佑之進しか止められない。ならば今すぐここを抜けだし佑之進を捜し出そう。だが木戸まで来て扉を押せずにいたのは厳しすぎる現実であった。彼には今、他人の涙を止めるほどの余裕はなく、自身の屈辱を堪え忍ぶだけでせいいっぱいのはず。彼をみつけたとしても、自分に何ができる、どう助けてやれる？　こうして何もできずに泣くだけではないか。

悲しみの理由は相手から優しい心をもらえないからではなく、自分が相手に何もしてあげられないからだ。人は自分の無力さを知って希望を絶たれる。

「よろしいなあ。手放しで人を好きになれる、そんなことは、人生のうちで、そうたびたびあることやおませんで」

そうなのか。こんなに痛くても、それは喜ばしいことなのか。

「アメリカに行ったら全部忘れておいで。子供の頃から一緒やったんなら、同じだけの時間をかけて忘れたらよろし。遠い異国なら、時間は二倍で進むやろし」

そんな日が来るのだろうか。すべて忘れて楽になれる、そんな日が。

「負けんときや、おマキはん」

浅子が言う。弥生《やよい》の雨のように優しく心に降る言葉だ。だが自分は何と戦うのだ？　彼と過ごした思い出とか。それとも、彼を捜してしまう聞き分けのない自分の心とか。

「私、一生結婚はしません。佑之進のほかには、きっと誰も考えられないから」

言葉に出せば、あとはもうからっぽだった。だが浅子はさらに優しい言葉を降らす。

「そないに肩肘《かたひじ》張らんと。――あのな、勝とうとしたらあかんのどす。大阪は勝たへんのが華。相手を勝たしてなんぼが商売どす。けどな、負けへんのどす、絶対自分に負けんと立っとるのどす」

強い、確かな言葉であった。負けんとき、か――。ふしぎに満喜子が落ちついたのを見届けて浅子は言った。

「ええか、佑之進はんのことは忘れなはれ。おマキはんがおらんでも、あの人は大丈夫や」

誰も言わない本音の叱責《しっせき》。彼は一人で自分の運命と戦うだろうと浅子は言う。しかし次の一瞬、浅子はふいと黙った。続く言葉を言うべきか言わざるべきか、さすがの彼女も迷うほどの、満喜子の知らない事実があるのだった。やがて彼女はそれを言うと決める。

言えば最後になると知りながら、それでも満喜子に負けるなと願うからだ。

「あの人にはな、絹代はんがついとります」

思案のすえに、浅子は冷たく言い放った。

「肝のすわった女子《おなご》や。惚《ほ》れた弱みと言うけど、あれは、惚れて無敵になりましたな」

ふいに浅子と初めて会った時に見た、能の『道成寺《どうじょうじ》』が思い出された。恋する男を追いかけ、蛇の姿に変わってまでも追いかけていく一途《いちず》な娘。その蛇身の鱗《うろこ》が誇らかに陽にきらめく。それは決して不気味でも邪悪でもなく、ひたすら健全に輝く光を放ち、天へと駆ける。

それが満喜子へのとどめであった。鱗のきらめきに目を射られ、何も見えない真っ暗な闇《やみ》。心臓がばくばくと膨張と収縮を繰り返していた。その音が満喜子を深海へと突き落としていく。

黒い影が見える。そこは深い、底なしの闇だ。どくんどくん、心臓の音はどこか他人の鼓動のような遠いところでうごめきながら、人より蛇よりグロテスクなその形をさらし、クロアルジ、そう呼んだ物《もの》の怪《け》の手の中に落下していった。

初めて海を見たのはいつだったろう。満喜子の記憶は定かでないが、母がまだ生きていた頃、日曜学校の遠足で浜離宮へ出かけたことがあるらしい。おそらくそれが生涯初の海だったはずだ。母亡《な》き後は、娯楽と称して外へ連れ出してくれる人もなく、明石に移った父の家から遠く松林のかなたに光る瀬戸内を眺めたくらいが関の山だ。じかに触れるもっとも広い水辺も、小野で見た鴨池が最初といえるだろう。

しかし今、目の前に広がる海は太平洋。

大海原とは、行く手を遮るものもない波、波、波の連なりで、それ一枚が地球という顔も見えない巨大な生物の表皮のようで、生きている証《あかし》とばかりに蠕動《ぜんどう》している。

満喜子は今、アメリカへ向かう大洋丸の中にいる。明治四十二年、二十五歳の夏のことだった。

潮の香りが肺に満ちる。自分の中にも海がある。旅立ちまでの日を思い出せばまだどこかしみるようなその感情に、満喜子はなすすべもなくただ浸った。

今、あの涙は遠くに去ったのか。確認するように、満喜子は深呼吸する。わからない。自分が立ち直ったのか癒《いや》されたのか、まだわからないのだ。ただ、泣き続けた場所を遠く離れてきたことだけはこの大きな海がおしえてくれる。

佑之進はもういない。だがそれでいい。そばに寄り添いささえる絹代を見なくてすむ。浅子によれば、彼女は佑之進の境遇を知ってあえて押し掛け女房になり、ともに苦労を背負う覚悟でいるという。何度も拒んで押し返す佑之進に、一枚上手のねばり強さでついて行き、どこへ行くにも離れないということだ。

絹代らしい、と思いつつ、もう自分が入って行けない二人の密度を感じ取る。おそらくもう会うこともないだろう。いや、会わない。会えばまた自分が壊れてしまう気がする。

だからこれは寂しさではない。怖さでもない。悲しみというのでもなかった。とうとう自分は、あまりいいことのなかった日本を脱出し、この先に何のしるべもない大海原へと飛び出した。たった一人で。――その事実が満喜子におののきを与えるのだ。一人で生きるとはどういうことか。自分を縛る厄介な家族はいないかわりに、どんな危機にも助けてくれる身内はいない。泣きたい時に涙を鎮《しず》めてくれる人はなく、舞い上がりたい喜びを聞いてくれる人もいない。振り返れば必ずそこにいてくれると信じ切っていた佑之進も、失ってしまった。空と海の間に自分がたった一人であることを実感した。

どこからか音楽が聞こえてきた。木管楽器の陽気なメロディだ。反対側の甲板が明るいのは、何か船上の催しが始まったらしい。覗《のぞ》いてみると紳士淑女が飲み物を片手に楽しそうに語らいあっていた。満喜子はほんの少し見るだけのつもりでまぎれこんだ。気の毒なことに監督役のクレメント夫人は一昨日から死にそうな顔で吐き気に苦しんでいる。満喜子は案外平気で、以前好子が言ったとおり、自分の中にも海に暮らした水軍の血があるのだろうと腑に落ちている。海がすべてを癒すこの感覚は、九鬼の系譜のなせるわざにちがいない。

だが小柄な東洋人の娘が人目につかぬはずはない。まずバーテンダーがめざとくみつけ、

「(お嬢さん、飲み物はいかがですか?)」

差し出されたのは三角錐《さんかくすい》を逆さにした足長のグラス。なみなみたたえられた海の色の飲み物は、一目見た瞬間からあらがいがたく満喜子の心をとらえた。

「(ください)」

口をつけると甘酸《あまず》っぱい味がした。体の中に、海を飲み込む。ほわっと気分が軽く

なる。

「(どこから来たの？)」

「(日本)」

「(それは知っているよ。中国娘には見えないからね。日本のどこ？　きみはだれ？)」

幼く見える満喜子に、バーテンダーの気安い英語はことさらなれなれしく響く。だれ、か——。満喜子は苦笑した。彼に子爵《ししやく》一柳の娘だと言ったところで伝わるまい。

二口め。青い飲み物は甘くさわやかに満喜子をほぐしていく。

「(国のご家族はどうしたのです？)」

いつか隣に別の紳士が立っていた。若い娘が外国へ一人旅。それだけでわけがあるのは察せられたから、満喜子の返事を待つかのように連れの婦人たちも物見高く集まってくる。

「(一人でアメリカに行って、何をするの？)」

答えなければ永遠につきまとわれそうだ。船旅は長い。満喜子は無難に答える。

「(まだ決めていませんが、引受先の先生と会って、相談するつもりです)」

おお、と客たちからため息が洩《も》れる。あまりに満喜子が無謀と思ったからだろう。

「(カリフォルニアへ金鉱を掘りに行く男たちと変わらないわね)」

空前のゴールド・ラッシュに沸いた西海岸へは、その日暮らしの男たちが一攫《いっかく》千金を求めて押し寄せた。先の展望も具体的な生活手段も持たない満喜子を彼らにたとえた冗談だったが、満喜子には通じなかった。

「(いえ、金《ゴールド》なんていりません)」

きまじめなその返事には、おそらくそこにいた客たち全員が苦笑しただろう。

満喜子は満喜子で、気がつけば自分のまわりにあまりにたくさんの大人たちが集まっていることにうろたえた。後で知れたらクレメント氏に何と言って叱《しか》られることか。

「(では私はこれで。皆様、ごきげんよう、おやすみなさい)」

満喜子は残りの液体を一気に飲み干すと、礼儀正しく挨拶《あいさつ》をした。だが皆は納得しない。

「(まだ出会ったばかりなのだし、我々はもっときみのことを知りたいよ)」

この後、彼女の身の振り方について親身になって世話してくれる最初のアメリカ人たちとの出会いであったが、満喜子はただ困ったことになったと慌《あわ》てていた。

大きなその目をくるりとめぐらす。すると思いがけないアイデアが浮かんできた。

「（それでは、お別れの際に日本で行う儀式をご覧に入れて、おいとまします）」

目をぱちくりさせる面々に向かい、両腕を大きく広げた。さっき飲んだ海色の飲み物が胸の奥で沸騰《ふっとう》したかのように全身が熱く、まるで生まれ変わったように心が軽い。酔ったのだとは自覚もなく、ただただ心が晴ればれとして、満喜子は別人のように大胆になれた。

「（これは皆様の幸運を祈る儀式でもあるのですよ。はい、みなさんもお手を拝借）」

胸からわき上がる軽快な気分のままに大声を張り上げた。紳士淑女は、おもしろそうだと目を輝かせ、この小柄な娘の指揮に従い、同じように手を広げる。

「みなさまの健康と旅の安全を祝って」

そこからは日本語だった。全身をそらして声を張った。

「いよおっ。打ーちましょ、チョン、チョン」

大阪締めだ。そう、これは自分のための儀式。忘れなくてはいけない。アメリカに旅立ったのはそのためなのだ。日本を去って、今まで生きた歴史を捨てて、あたらしい白紙の自分に向かうのなら、よい思い出も懐《なつ》かしい記憶も、すべて葬《ほうむ》り去らねばならなかった。

客たちはわけもわからずまねしているが、手打ちをするとなんだか気分が楽しくなるのはふしぎだった。婦人たちは顔を見合わせ、笑っている。

「もひとつセイ、チョン、チョン」

つん、と冷たい潮の香りが胸を打つ。いや潮の香りではない、それは記憶の痛みか。

「祝うて三度！」

かつてこうして手打ちをしながら顔を合わせ、笑い合った人がいた。その人の笑顔はまだ鮮明なのに、もう自分のそばにはいない。さっき飲み干した海が胸の中でうずくのか。

チョチョンのチョン！――さらに声を張り上げた。

「失礼しましたーっ」

最後は深々とお辞儀をした。

アメリカ人たちは調子がわからず皆の手打ちとはずした者の方が多く、大笑いしながら「（もう一回やってよ）」と口々にせがむ。

「（ノー、ノー。これは〝締め〟ですからそう何度もするものじゃありません）」

答える満喜子は爽快《そうかい》だった。さっきまで知らない者同士だった人達とこうやって笑い合っている。まさか自分が恥ずかしげもなくこんなふうに騒いでいるなど、ほんの一月前なら信じられないことだった。

おとなしい華族の娘にはできまい。学校をいくつも出た才媛《さいえん》にはできまい。だが自分にはできる。ふしぎな自信がわいていた。自分は孤独ではない。少なくとも今は。満喜子の中で、何か大きな縛りがはずれて解けた。きっと体に入った海が勢いを増して波打つのだ。両腕を広げ、かつてない解放感に身をゆだねながらその場を後にした。

そして舷側《げんそく》の暗がりへ入ったとたんのことだった。ふいに足から力が抜けた。酔いが急に回ってきたらしい。慌てて手すりをつかんだものの、その場に腰から崩れてへたりこむ。

背後でおおー、と驚く声が上がる。みんな、この小柄な日本娘から目を離せなくなっていたのである。大丈夫かと口々に問いながらたちまち数人の紳士淑女が駆け寄ってきた。

とろんと目を見開けば、自分を取り囲んで覗き込むアメリカ人たちの心配そうな顔、顔、顔。しかしその背後に見知った一つの顔が覗く。はっとした。——佑之進か。

驚いて起き上がろうとした。胸がふたたび暴れ出す。そんなはずはない、もうここは遠い大海原の上なのだ。そして事実、改めて目をこらしたが誰もいない。

ふいに胸がつくんと痛んで、涙をあふれさせる。心が叫んで、彼のまぼろしを追いかけるのだ。ふがいない。だが会いたい。佑之進――。

こみ上げる嗚咽《おえつ》をこらえず満喜子は泣いた。泣くな、と叱られた幼い日。父が、母が、そして独楽《こま》が、泣いた満喜子を制したのだ。以来、一度も泣かずに過ごした少女時代。それが華族たる者の慎みであると教えられた。だが、一度泣いてしまえばもう駄目だ。海の上に解き放たれて、自分はすでに子爵令嬢ではない、ただのちっぽけな日本の娘だ。この広大な海の上にたった一人で放り出された不安に怯《おび》える気持ちを、もう隠せない。

「(困った赤ちゃんだ。泣き上戸かね)」

皆は案じ、口々に大丈夫かと腕を取ってくれる。

それらの手を借り立ち上がろうと手すりにすがった時だった。

目の高さに海が開けた。頰に残る涙を拭《ふ》きさらって風が行く。

その方向に海は茫洋《ぼうよう》とただ広がり、船の進むはるかな距離を一面の青で示していた。

太陽が沈んだ後の大海原は、波濤《はとう》がどこまでも続くただの余白だ。やがて宵闇《よいやみ》が落ち、そこは星明かりにきらめく夜の領域になるであろうが、たしかなのは、もうクロアルジは追いかけてこないという現実だ。前も後ろも左舷も右舷も波また波。あの陰湿で残忍な妖怪《ようかい》が隠れる場所はここにはない。長い跪座《きざ》の時代はすぎたのだ。

「(危ない)」「(気を付けて)」「(大丈夫?)」

口々に手を差し伸べる人々の手をふりはらった。

「ごめん……こうむり、そうろう」

負けんときや、おマキ。自分自身を励まして立つ。一人で生きるとは、家族を持たずに暮らすとは、つかのま出会った人達のぬくもりに慰められてこの海を行くのと同じことだ。

負けずにいよう。孤独に、不安に、自分自身に。負けずに海を乗り切ろう。満喜子はまっすぐ目を上げ海をみつめた。

いずれめぐりあうウイリアム・メレル・ヴォーリズはこの同じ時、ミッション建築家として福島日本基督《キリスト》教会を設計、宣教師としては膳所《ぜぜ》と米原に鉄道で働く青年たちのための鉄道YMCAを設立。未知の国日本での、負けない戦いの過程にあった。一年後には、最初の教え子吉田悦蔵という生涯のパートナーとともに、アメリカから連れ帰った建築技師チェーピンと三人で近江八幡《おうみはちまん》に本格的な建築事務所「ヴォーリズ合名会社」を興《おこ》す。

海はそんな未来や過去を幾重にも重ね、無限の潮路へ送り継ぐ。そのうねりの中に身をゆだねながら、満喜子はようやく自分の足で立ち、たった一人の波濤へ一歩を踏み出していく。

（下巻へ続く）

玉岡かおる著
天涯の船（上・下）
身代りの少女ミサオは、後の造船王・光次郎と船上で出会い、数奇な運命の扉が開く。日欧の近代史を駆け抜けた空前絶後の恋愛小説。

玉岡かおる著
お家さん（上・下）
織田作之助賞受賞
日本近代の黎明期、日本一の巨大商社となった鈴木商店。そのトップに君臨し、男たちを支えた伝説の女がいた――感動大河小説。

玉岡かおる著
銀のみち一条（上・下）
近代化前夜の生野銀山で、三人の女が愛した一人の坑夫。恋に泣き夢破れてもなお、導かれる再生への道――感動と涙の大河ロマン。

谷崎潤一郎著
細（ささめゆき）雪
毎日出版文化賞受賞（上・中・下）
大阪・船場の旧家を舞台に、四人姉妹がそれぞれに織りなすドラマと、さまざまな人間模様を関西独特の風俗の中に香り高く描く名作。

谷崎潤一郎著
春琴抄
盲目の三味線師匠春琴に仕える佐助は、春琴と同じ暗闇の世界に入り同じ芸の道にいそしむことを願って、針で自分の両眼を突く……。

谷崎潤一郎著
卍（まんじ）
関西の良家の夫人が告白する、異常な同性愛体験――関西の女性の艶やかな声音に魅かれて、著者が新境地をひらいた記念碑的作品。

阿川弘之著

山本五十六

新潮社文学賞受賞（上・下）

戦争に反対しつつも、自ら対米戦争の火蓋を切らねばならなかった連合艦隊司令長官、山本五十六。日本海軍史上最大の提督の人間像。

阿川弘之著

米内光政

歴史はこの人を必要とした。兵学校の席次中以下、無口で鈍重と言われた人物は、日本の存亡にあたり、かくも見事な見識を示した！

阿川弘之著

井上成美

日本文学大賞受賞

帝国海軍きっての知性といわれた井上成美の戦中戦後の悲劇――。「山本五十六」「米内光政」に続く、海軍提督三部作完結編！

吉村昭著

ふぉん・しいほるとの娘

吉川英治文学賞受賞（上・下）

幕末の日本に最新の西洋医学を伝え神のごとく敬われたシーボルトと遊女・其扇の間に生まれたお稲の、波瀾の生涯を描く歴史大作。

吉村昭著

大黒屋光太夫

（上・下）

鎖国日本からロシア北辺の地に漂着し、帝都ペテルブルグまで漂泊した光太夫の不屈の生涯。新史料も駆使した漂流記小説の金字塔。

吉村昭著

長英逃亡

（上・下）

幕府の鎖国政策を批判して終身禁固となった当代一の蘭学者・高野長英は獄舎に放火させて脱獄。六年半にわたって全国を逃げのびる。

有吉佐和子著

芝桜（上・下）

芸者としての宿命に泣く一本気の正子。男を手玉にとり嘘を本当と言いくるめる蔦代。二人の対照的な芸者の凄まじい愛憎の絡み合い。

有吉佐和子著

華岡青洲の妻

女流文学賞受賞

世界最初の麻酔による外科手術――人体実験に進んで身を捧げる嫁姑のすさまじい愛の葛藤……江戸時代の世界的外科医の生涯を描く。

有吉佐和子著

紀ノ川

小さな流れを呑みこんで大きな川となる紀ノ川に託して、明治・大正・昭和の三代にわたる女の系譜を、和歌山の素封家を舞台に辿る。

遠藤周作著

王妃マリー・アントワネット（上・下）

苛酷な運命の中で、愛と優雅さを失うまいとする悲劇の王妃。激動のフランス革命を背景に、多彩な人物が織りなす華麗な歴史ロマン。

遠藤周作著

女の一生

一部・キクの場合

幕末から明治の長崎を舞台に、切支丹大弾圧にも屈しない信者たちと、流刑の若者に想いを寄せるキクの短くも清らかな一生を描く。

遠藤周作著

女の一生

二部・サチ子の場合

第二次大戦下の長崎、戦争の嵐は教会の幼友達サチ子と修平の愛を引き裂いていく。修平は特攻出撃。長崎は原爆にみまわれる……。

新潮文庫最新刊

帚木蓬生著
蛍の航跡
―軍医たちの黙示録―
日本医療小説大賞受賞

シベリア、ビルマ、ニューギニア。戦、飢餓、病に斃れゆく兵士たち。医師は極限の地で自らの意味を問う。ライフ・ワーク完結篇。

玉岡かおる著
負けんとき
―ヴォーリズ満喜子の種まく日々―
（上・下）

日本の華族令嬢とアメリカ人伝道師。数々の逆境に立ち向かい、共に負けずに闘った男女の愛に満ちた波乱の生涯を描いた感動の長編。

金城一紀著
映画篇

たった一本の映画が人生を変えてしまうことがある。記憶の中の友情、愛、復讐、正義……。物語の力があなたを救う、感動小説集。

いしいしんじ著
ある一日
織田作之助賞受賞

「予定日まで来たいうのは、お祝い事や」。十ヶ月をかけ火山のようにふくらんでいった園子の腹。いのちの誕生という奇蹟を描く物語。

小路幸也著
荻窪シェアハウス小助川

恋、仕事、人生……他人との共同生活を通して、家族からは学べないことを経験する「シェアハウス」。19歳の佳人が見出す夢とは？

吉川英治著
新・平家物語（八）

源三位頼政と以仁王は、宇治川の合戦で六波羅軍に敗れる。一方、源氏の棟梁・頼朝が、雌伏二十年、伊豆で打倒平家の兵を挙げる。

負《ま》けんとき（上）

ヴォーリズ満喜子の種まく日々

新潮文庫　た-51-11

平成二十六年八月一日 発行

著　者　玉《たま》岡《おか》かおる

発行者　佐藤隆信

発行所　株式会社 新潮社

郵便番号　一六二―八七一一
東京都新宿区矢来町七一
電話　編集部（〇三）三二六六―五四四〇
　　　読者係（〇三）三二六六―五一一一
http://www.shinchosha.co.jp

価格はカバーに表示してあります。

印刷・二光印刷株式会社　製本・株式会社植木製本所

ISBN978-4-10-129621-0 C0193